मन्नू भंडारी
की
लोकप्रिय कहानियाँ

मन्नू भंडारी
की
लोकप्रिय कहानियाँ

मन्नू भंडारी

प्रभात प्रकाशन

प्रकाशक • **प्रभात प्रकाशन प्रा. लि.**
4/19 आसफ अली रोड,
नई दिल्ली–110002

संस्करण • 2025
मूल्य • चार सौ रुपए
मुद्रक • नरुला प्रिंटर्स, दिल्ली

MANNU BHANDARI KI LOKPRIYA KAHANIYAN
Published by Prabhat Prakashan Pvt. Ltd., 4/19 Asaf Ali Road, New Delhi-2
e-mail: prabhatbooks@gmail.com ISBN 978-93-90923-99-1
₹ 400.00

‘मैं हार गई’ से ‘गोपाल को किसने मारा’ तक

छह दशकों की रचनात्मक यात्रा

हिंदी कथा साहित्य की शीर्षस्थ लेखिकाओं में मन्नू भंडारी एक जाना-माना प्रतिष्ठित नाम है और उनकी कहानियाँ इस भूमिका को बखूबी निभाती हैं। मन्नूजी का लेखन पाठकों के साथ बड़ी सहजता से एक तादात्म्य स्थापित कर लेता है। इसका एक सीधा कारण जीवन में उनका ‘अलेखक’ होना है—एक निहायत सीधा-सादा, आडंबरहीन, ईमानदार और बेहद पारदर्शी व्यक्तित्व, जिसकी पचास-साठ साल पुरानी कहानियाँ, आज भी उसी तरह उद्वेलित करती हैं, जैसे तब करती थीं, जब कथा लेखन में महिला रचनाकार उँगलियों पर गिनी जा सकती थीं। दूसरा कारण उनका अपने समाज के दायरे से ऐसे पात्रों और मुद्दों को उठाना है, जो सहज ही एक बड़े मध्यवर्ग का प्रतिनिधित्व करते हैं और ऐसे कथानक को बेहद सहज, संप्रेषित होनेवाली, बेहद सादी लेकिन चुस्त और पैनी भाषा में, जिसमें न ज्यादा घुमाव हैं, न पेच, अपने पाठकों तक पहुँचा देना कि कहानी के निहितार्थ तक पहुँचने में पाठकों को किन्हीं आड़े-तिरछे रास्तों से होकर न गुजरना पड़े।

मन्नूजी की कहानियों में से कुछ चुनिंदा कहानियाँ इस संग्रह में संकलित हैं, जिसमें उनकी 1957 में प्रकाशित पहली कहानी ‘मैं हार गई’ से लेकर 2013 में प्रकाशित उनकी कहानी ‘गोपाल को किसने मारा?’ भी शामिल हैं। दोनों कहानियाँ स्त्री से इतर उनके बड़े सामाजिक सरोकारों को दरशाती हैं और उनके उपन्यास ‘महाभोज’ की पृष्ठभूमि को भी छूकर गुजरती हैं।

मन्नूजी की पहली प्रकाशित कहानी ‘मैं हार गई’ में भ्रष्ट राजनीति के माहौल

में एक रचनाकार की प्रतिबद्धता के साथ-साथ उसके कुछ न कर सकने की अक्षमता की सशक्त कहानी है। कहानी में कथा एक साथ कई स्तरों पर चलती है; जो हो रहा है और जो होना चाहिए के बीच तालमेल बिठाने में भाषा और शिल्प की बुनावट अपने में बेजोड़ है। मन्नूजी की कहानियों का कैनवास बहुत व्यापक है और इसकी विराटता में शिल्प लगातार परिपक्व होता गया है। उनकी कहानियों में व्यंग्य की धार तो उनकी शुरुआती कहानियों से ही दिखाई देने लगती है, पर कालांतर में यह धार बहुत पैनी और बेबाक होती गई है।

मन्नू भंडारी का छह दशकों का रचनात्मक सफर इन कहानियों के आलोक में देखा जा सकता है। उनके समय, उनके परिवेश और सामाजिक स्थितियों के बरक्स मन्नू भंडारी की अधिकांश कहानियाँ घरेलू स्थितियों, पारिवारिक विडंबनाओं, पुरुष के सामंती स्वरूप, समय के साथ बदलती सामाजिक स्थितियों में व्यक्ति के अकेले होने और अपने इच्छित प्राप्य तक न पहुँच पाने की मनोदशा की सशक्त कहानियाँ हैं। हम सब जानते हैं कि स्त्री का भीतरी घरेलू 'स्पेस' पुरुष के बाहरी व्यापक 'स्पेस' के मुकाबले छोटा है। इस छोटे स्पेस में होने के बावजूद लेखिका का कथानक के चुनाव और उसके निर्वाह का अपना एक व्यापक और विश्लेषणात्मक नजरिया है, जो स्त्री की विशिष्ट संवेदनात्मक दृष्टि और लेखक की ईमानदार निगाह से जुड़ा है।

मन्नूजी की अधिकांश कहानियाँ उनके अपने निजी जीवन का बेहद खूबसूरत और पैना रचनात्मक विरेचन (कैथार्सिस) है। अपने जीवन की विकट स्थितियों को कलम की नोक पर लाकर झेल ले जाने का अद्भुत कौशल मन्नूजी ने शुरू से ही साध लिया था। साहित्य और कला में ऐसी ताकत होती है कि सर्जक अगर उसमें पूरी तरह डूब जाए तो अपने जीवन की त्रासदियों से जूझने का हौसला उसमें बखूबी पैदा हो जाता है। इसलिए जीवन की वे स्थितियाँ जो किसी भी एकनिष्ठ और समर्पित पत्नी को तोड़कर रख दें, उन्हें उस हद तक नेस्तनाबूद नहीं कर पाईं। उन स्थितियों और उनसे जनमे आघातों का एक निरपेक्ष दृष्टि से आकलन कर उन्होंने बेहद संयम और कुशलता के साथ कुछ अविस्मरणीय कहानियाँ रच डालीं। सृजन के इस संतोष ने बाद के सालों में इतनी तटस्थता और दूरदर्शिता भी पैदा की कि वे उन स्थितियों का मखौल उड़ाते हुए, एक चुभनेवाली व्यंग्यात्मक कहानी लिखने में भी समर्थ रहीं—'स्त्री सुबोधिनी' (1977) और मन्नूजी के संपूर्ण कथा लेखन की एक और कहानी 'करतूते-मरदां' (2002) तो उनके कहानी लेखन के धारदार

शिल्प का अप्रतिम और बेजोड़ नमूना है, जिसमें व्यंग्य कुछ ज्यादा ही तीखा और तंज कुछ ज्यादा नुकीला होकर सामने आ गया है।

सन् 1984 में जब मैंने कलकत्ता दूरदर्शन के लिए मन्नूजी का साक्षात्कार लिया था तो उनसे एक सवाल पूछा था—"क्या कारण है कि आपकी नायिकाएँ त्रासदी से गुजरती हैं तो भी समझौता करती दिखाई देती हैं या अपने जीवन की विसंगतियों को पहचान तो लेती हैं पर विद्रोह नहीं करतीं?" तो उन्होंने फौरन उत्तर दिया था—"यह बताओ, हमारे भारतीय समाज में कितनी औरतें हैं, जो विद्रोह का झंडा हाथ में लेकर बगावत पर उतर आती हैं? जब जीवन में यह नहीं होता तो कहानी में हम ऐसा होते हुए कैसे दिखा सकते हैं?" आज मन्नूजी की उस तत्काल प्रतिक्रिया को याद करते हुए डॉ. आंबेडकर का वक्तव्य याद आता है कि शोषित को शोषण की पहचान करवाना जरूरी है, विद्रोह करना तो वह अपने आप सीख जाएगा।

मन्नूजी की अधिकांश कहानियाँ स्त्री की सामाजिक विसंगतियों की कहानियाँ हैं, जहाँ वह अपनी पहचान कायम करना चाहती है, पर उसे हर फ्रंट पर समझौते करने पर मजबूर होना पड़ता है। मन्नूजी की वे कहानियाँ ज्यादा ध्यान खींचती हैं, जो बेहद सादे शिल्प में अपनी पहचान ढूँढ़ती और पहचान बनाती औरत की कहानियाँ हैं। इसमें 'अकेली' की सोमा बुआ भी हैं, 'नई नौकरी' की रमा भी। सोमा बुआ, अपने जीवन की त्रासदी के बावजूद, दूसरों की हर उलझन सुलझाने को हमेशा तत्पर, सबको अपनों सा मान देती हैं और यह स्त्री का कोमल मन है, जो कुछ देता है तो अपने लिए कुछ चाहता भी है, पर जब वह नहीं मिलता तो भीतर की टीस को दरकिनार कर अपने को बहला-फुसलाकर आगे बढ़ जाता है। एक घटनाप्रधान सीधी-सहज कहानी जो सोमा बुआ की टीस को पाठक के भीतर तक स्थानांतरित कर देती है।

'नई नौकरी' में पारिवारिक जिम्मेदारियों और अफसर पति की ऊँची महत्त्वाकांक्षाओं के तले उन असंख्य औरतों के अपने अस्तित्व और सपनों को अनचाहे होम कर देने की कहानी है, जो वैश्विक समाज में अपने दोयम दर्जे को बखूबी रेखांकित करती है। धीरे-धीरे रमा भी इसकी आदी हो जाएगी और पति की दी हुई सुविधा और सुरक्षा में ही अपने 'होने' की सार्थकता महसूस करेगी। कहानी में यह सूक्त एक अंडरकरेंट की तरह शुरू से ही जगह बना लेता है। पूरी कहानी में एक के बाद एक घटती हुई स्थितियाँ उस पर मोहर लगाती चलती हैं।

मन्नू भंडारी के सामाजिक सरोकार हर कहानी में रेखांकित किए जा सकते हैं। 'दो कलाकार' कहानी में लड़कियों के हॉस्टल में साथ रहती दो सहेलियाँ जीवन में कला के दो सिद्धांतों का प्रतिरूप बन जाती हैं—कलाकार बड़ा है या सामाजिक कार्यकर्ता। सामाजिक सरोकारों के प्रति निर्लिप्त रहनेवाली आत्मकेंद्रित चित्रा का 'कला कला के लिए' पर विश्वास है। एक भिखारिन की लाश पर रोते-बिलखते दो बच्चों को देखकर कलाकार चित्रा उसे कैनवास पर उतारकर विश्व में ख्याति अर्जित करती है, पर उन्हीं बच्चों को अरुणा सड़क से उठाकर अपने घर लाकर अपना सामाजिक दायित्व निभाती है। सामाजिक काम में सक्रियता से जुटी अरुणा की ऊँचाई के सामने अंततः चित्रा को अपने चित्रकार की ख्याति बौनी लगने लगती है। प्रख्यात कथाकार-चित्रकार प्रभु जोशी ने दूरदर्शन के नेशनल चैनल पर आर्काइव्हस के लिए इस कहानी पर एक टेलीफिल्म बनाई, जो एशिया पैसिफिक मीडिया में टेलीफिल्म वर्ग की प्रतियोगिता में भारत की ओर से एकमात्र प्रविष्टि थी।

'त्रिशंकु' मन्नू भंडारी की बेहद महत्त्वपूर्ण कहानियों में से एक है। बेशक यह कहानी मन्नूजी के अपनी बेटी के साथ हुए निजी अनुभवों से जनमी है, पर यह उस समय और उस पीढ़ी का बिल्कुल सही प्रतिनिधित्व करती है, जब परंपरा और आधुनिकता के टकराव के संक्रमण काल से मध्यवर्ग की स्त्रियों की एक पूरी पीढ़ी गुजर रही थी। हम आधुनिक होना चाहते थे, पर हमारे पिता, दादा, नाना की पीढ़ी के संस्कारों के द्वंद्व हमें पूरी तरह मुक्त नहीं होने दे रहे थे। नतीजा—त्रिशंकु होना एक अनिवार्य परिणति। कहानी के बारे में मन्नूजी स्वयं कहती हैं, "इस कहानी में अपनी पक्षधरता कतई नहीं, बल्कि अपनी ही धज्जियाँ बिखेर देने का एक तटस्थ विवेक ही है, जो अपनी सीमाओं से उबरने का संकेत भी करता है। सारे ऊहापोह के बाद विकास की दिशा में बढ़ता कदम आज की वास्तविकता है।" इस कहानी में मन्नूजी की भाषा का सौंदर्य अपने चरम पर है—"बाल कटाने और छुरी-काँटे से खानेवाली आधुनिकता नहीं, ठेठ बुद्धिजीवियों की आधुनिकता में लीक छोड़ने की बात बहुत सुनाई देती है। आप लीक को दुलत्ती झाड़ते आइए, सिर आँखों पर··· पर लीक से चिपककर आइए, दुलत्ती खाइए!" कहानी युवा होती लड़की तनु का बयान है, जो माँ के अंकुश से अंततः खीझकर कहती है, "ममी, जो चलेगा, वह गिरेगा भी और जो गिरेगा, वह उठेगा भी और खुद ही उठेगा, उसे किसी की जरूरत नहीं है।" तनु आधुनिक ममी के दोतरफा मापदंड से दुविधा में है, "नाना पूरी तरह नाना थे, इसलिए मम्मी के लिए उनसे लड़ना आसान था, पर

इन मम्मी से लड़ा भी कैसे जाए, जो एक पल नाना होकर जीती हैं तो एक पल मम्मी होकर।"

मन्नूजी की कहानियों में नाट्य तत्त्व और दृश्यात्मकता भरपूर है। उनकी कई कहानियों और उपन्यासों पर फिल्में बनने का कारण कहानियों का यही तत्त्व है। चुस्त संवादों का चुटीलापन और कसावट उनकी कहानियों को कहीं भी ढीले सिरे छोड़ने नहीं देता। उनकी अपेक्षाकृत लंबी कहानियों पर भी यह बात लागू होती है। 'यही सच है', 'ऊँचाई' तथा 'एक बार और' अलग किस्म की प्रेम कहानियाँ हैं, जिन्हें नैतिक-अनैतिक के परंपरागत रूढ़ ढाँचे में रखकर नहीं देखा जा सकता। ये कहानियाँ स्त्री की अपनी अस्मिता, अपनी सोच और संवेदना की कहानियाँ हैं, जिनमें अपने पहले प्रेम के प्रति एक ओर कोमलता बची हुई है, दूसरी ओर इस कोमलता को अपनी ही समझदारी से आँकने की ताकत भी। अपने समय में इन कहानियों ने काफी हलचल पैदा की, क्योंकि ये लीक से हटकर प्रेम कहानियाँ थीं। दो स्त्रियों के बीच एक पुरुष का प्रेम तो उस समय की सामाजिक व्यवस्था में सहज स्वीकार्य था, पर दो पुरुषों के प्रेम में पेंडुलम की तरह डोलती दीपा का द्वंद्व आशंकित करता था। पर इस कहानी में वह द्वंद्व इतना प्रामाणिक और सहज स्वीकार्य लगता है कि उस पीढ़ी की कई युवा लड़कियों के विद्रोह और द्वंद्व की कहानी बन जाती है।

'यही सच है' जैसी मन की भीतरी तहों में चलनेवाले द्वंद्व को दरशाती कहानी पर भी प्रख्यात कला फिल्म निर्देशक बासु चटर्जी ने 'रजनीगंधा' जैसी सशक्त कला फिल्म बनाई, जिसने रजत जयंती मनाई और सर्वश्रेष्ठ कला फिल्म और सर्वश्रेष्ठ व्यावसायिक फिल्म—दोनों पुरस्कार जीतकर फिल्म जगत् में एक नया इतिहास रचा।

मन्नूजी की चुटीली और धारदार भाषा को प्रामाणित करती एक और कहानी है—'स्त्री सुबोधिनी'। प्रथम पुरुष के बयान के रूप में लिखी गई व्यंग्यात्मक उक्तियों से भरपूर इस कहानी में कामकाजी युवा लड़की के अपने बॉस से—जो सामाजिक रूप से प्रतिष्ठित, बेहद व्यावहारिक और दुनियादार है—प्रेम करने, सपनों के टूटने और छले जाने का बखान है। व्यंग्य सिर्फ विवाहेतर संबंधों को जाँबाज प्रेमी की तरह 'दो नावों में एक साथ' चलते चले जाने के मर्द के छलावे पर नहीं है, बल्कि ठगी हुई प्रेमिका के मोहभंग पर भी है और भरपूर है, बल्कि कहानी की एक-एक पंक्ति में पूरी ठसक के साथ विराजमान है—

"प्रेम के इस खेल में वह एक सधे हुए खिलाड़ी की तरह खेला और

मैं निहायत अनाड़ी की तरह। आठ साल तक चलनेवाला प्रेम प्रसंग महज एक खिलवाड़ था, जिसकी बाजी बड़ी होशियारी से शिंदे ने बाँटी। भ्रमजाल के हटते ही नजर साफ हुई तो बाजी में बँटे हुए पत्तों का यह नक्शा रह-रहकर मेरी आँखों में उभरने लगा—

तुरुप का इक्का यानी घर···उसके पास

तुरुप का बादशाह यानी बच्चा···उसके पास

तुरुप की बेगम यानी बीवी और प्रेम करने के लिए प्रेमिका···उसके पास

तुरुप का गुलाम यानी नौकर-चाकर, बँगला-गाड़ी···उसके पास

लब्बो-लुआब यह कि तुरुप के सारे पत्ते उसके पास···और मुझे मिले उसके दिए हुए छक्के-पंजे यानी टोटके की तरह पुड़िया में बँधे, दार्शनिक लफ्फाजी में लिपटे हवाई प्यार के चंद जुमले। इन टटपूँजिया पत्तों के सहारे मैं ज्यादा-से-ज्यादा इतना ही कर सकती थी कि जिंदगी भर उसकी पूँछ पकड़े रहती और उसे ही अपनी उपलब्धि समझ-समझकर संतोष करती। मन बहुत घबराता तो उसी पूँछ से हवा करके उसके साथ बिताए मधुर क्षणों पर जीम समय की धूल उड़ाकर कुछ समय के लिए अपना खालीपन भर लेती···" त्रासद स्थितियों में भी मन्नूजी के 'सेंस ऑफ ह्यूमर' का और अपने पाठकों के साथ एक सहज संप्रेषणीयता का इससे अच्छा उदाहरण नहीं हो सकता। मन्नूजी अपने पूरे एकालापी बयान के बाद अपनी तरह की युवा कामकाजी लड़कियों को खुली नेक सलाह का नुकीला दंश भी देती हैं— "भूलकर भी शादीशुदा आदमी के प्रेम में मत पड़िए। 'दिव्य' और 'महान्' प्रेम की खातिर बीवी-बच्चों को दाँव पर लगानेवाले प्रेमवीरों की यहाँ पैदावार ही नहीं होती। हाँ, दो नाव पर पैर रखकर चलनेवाले 'शूरवीर' जरूर सरेआम मिल जाएँगे।" स्त्रियों के लिए कर्तव्य शिक्षा के नए आयाम गढ़ती, पुरुष वर्चस्ववादी समाज में स्त्रियों के अंतर्मन में गहरी पैठ रखतीं मन्नूजी की यह कहानी स्त्रियों के लिए सुबोधिनी का ही काम करती है। साहित्य का आखिरी लक्ष्य समाजशास्त्रीय अध्ययन का हिस्सा होना और उसे पुख्ता करना है, यह कहानी उस जरूरत को पूरा करती है। इसे मन्नूजी के एक वक्तव्य से जोड़कर भी देखा जा सकता है—"रात-दिन आधुनिकता का दंभ भरनेवाले, बड़े-बड़े भाषण फटकारनेवाले, लेखों का अंबार लगा देनेवाले इन तथाकथित आधुनिक पुरुषों की चमड़ी की बस एक परत उतारिए कि आप पाएँगे—वही सामंती संस्कारों वाला पति, जो स्त्री पर शासन करना अपना जन्मसिद्ध अधिकार समझता है।"

मन्नूजी की कहानियों का एक दूसरा पक्ष भी है, जहाँ अकेली स्त्री ही शोषण या अनाचार का शिकार नहीं, पुरुष भी इस भ्रष्ट सामाजिक व्यवस्था का शिकार होता है। समाज की क्रूरताएँ न बच्चों को बख्शती हैं, न युवाओं को और न बूढ़ों को। 'क्षय', 'सजा', 'रानी माँ का चबूतरा', 'ईसा के घर इनसान', 'कील और कसक' और 'असामयिक मृत्यु' व्यवस्था की विसंगतियों पर कटाक्ष है। 'क्षय' में कुंती अकेले बहुत से मोर्चों से जूझती है। अपने पिता के दिए संस्कारों और उसूलों को व्यवहार में लाती कुंती धीरे-धीरे अपने संकल्पों में ध्वस्त होती जाती है। रोग की संक्रामकता पिता से निकलकर बेटी के भीतर पैठ चुकी है और वह समझौते करने पर मजबूर हो जाती है। 'सजा' कहानी में लचर न्याय व्यवस्था के ढीलेपन पर प्रहार है। निर्दोष व्यक्ति का निर्दोष होना प्रमाणित तो होता है, पर इस बीच लंबे समय तक झेले गए संत्रास से बढ़कर और सजा क्या होगी, जहाँ सिर्फ निर्दोष पात्र ही नहीं, बल्कि पूरा परिवार सजा झेल चुका है। परिवार की इकाई समाज के लिए कितनी महत्त्वपूर्ण है, इसका भी संदेश अनायास पाठक तक पहुँच ही जाता है। 'असामयिक मृत्यु' पिता की अचानक हुई मौत है, पर इसका मुआवजा उठाना पड़ रहा है—परिवार के सबसे बड़े बेटे को, जो पिता के आकस्मिक रूप से चले जाने से अपने सपने, अपना मनपसंद कॅरियर छोड़कर उनका दायित्व अपने कंधों पर उठा लेता है। यह मन्नूजी की सूक्ष्म और पैनी दृष्टि का ही सूचक है कि वह बहुत बारीक बदलावों में छिपी सामाजिक विसंगतियों को पहचानकर अपने पाठकों को कुछ सोचने पर मजबूर करती है।

चरित्रों और स्थितियों का फोटोग्राफिक विवरण और पैना बयान उनकी विषेशता है। उसमें सभी कुछ बहुत सहज भाव से आता है—बाहर से आरोपित या अनावश्यक रूप से थोपा हुआ नहीं होता। जैसा कि मन्नूजी स्वयं कहती हैं—

"थोपा हुआ तो कुछ भी हो—बौद्धिकता, नैतिकता, करुणा या विचारधारा—जिंदगी के असली रंग को धुँधला और कहानी के संतुलन को डगमगा तो देता ही है।"

—सुधा अरोड़ा

मुंबई

इ-मेल : sudhaarora@gmail.com

अनुक्रम

भूमिका : छह दशकों की रचनात्मक यात्रा *5*

1. मैं हार गई 15
2. अकेली 23
3. मजबूरी 30
4. छत बनानेवाले 42
5. रानी माँ का चबूतरा 56
6. नई नौकरी 67
7. ईसा के घर इनसान 78
8. बंद दराजों का साथ 90
9. कील और कसक 98
10. स्त्री-सुबोधिनी 111
11. नायक खलनायक विदूषक 122
12. त्रिशंकु 133
13. गोपाल को किसने मारा 151
14. यही सच है 163

मैं हार गई

जब कवि-सम्मेलन समाप्त हुआ तो सारा हॉल हँसी-कहकहों और तालियों की गड़गड़ाहट से गूँज रहा था। शायद मैं ही एक ऐसी थी, जिसका रोम-रोम क्रोध से जल रहा था। उस सम्मेलन की अंतिम कविता थी—'बेटे का भविष्य'। उसका सारांश कुछ इस प्रकार था—एक पिता अपने बेटे के भविष्य का अनुमान लगाने के लिए उसके कमरे में एक अभिनेत्री की तसवीर, एक शराब की बोतल और एक प्रति गीता की रख देता है और स्वयं छिपकर खड़ा हो जाता है। बेंटा आता है और सबसे पहले अभिनेत्री की तसवीर को उठाता है। उसकी बाछें खिल जाती हैं। बड़ी हसरत से उसे वह सीने से लगाता है, चूमता है और रख देता है। उसके बाद शराब की बोतल से दो-चार घूँट पीता है। थोड़ी देर बाद मुँह पर अत्यंत गंभीरता के भाव लाकर बगल में गीता दबाए वह बाहर निकलता है। बाप बेटे की यह करतूत देखकर उसके भविष्य की घोषणा करता है, "यह साला तो आजकल का नेता बनेगा!"

कवि महोदय ने यह पंक्ति पढ़ी ही थी कि हॉल के एक कोने से दूसरे कोने तक हँसी की लहर दौड़ गई। पर नेता की ऐसी फजीहत देखकर मेरे तो तन-बदन में आग लग गई। साथ आए हुए मित्र ने व्यंग्य करते हुए कहा, "क्यों, तुम्हें तो वह कविता बिल्कुल पसंद नहीं आई होगी। तुम्हारे पापा भी तो एक बड़े नेता हैं!"

मैंने गुस्से में जवाब दिया, "पसंद! मैंने आज तक इससे भद्दी और भोंड़ी कविता नहीं सुनी!"

अपने मित्र की व्यंग्य की तिक्तता को मैं खूब अच्छी तरह पहचानती थी। उनका क्रोध बहुत कुछ चिलम न मिलनेवालों के आक्रोश के समान ही था। उनके पिता चुनाव में मेरे पिताजी के प्रतिद्वंद्वी के रूप में खड़े हुए थे और हार गए थे। उस तमाचे को वह अभी तक नहीं भूले थे। आज यह कविता सुनकर उन्हें दिल की

जलन निकालने का अवसर मिला। उन्हें लग रहा था, मानो उनके पिता का हारना भी आज सार्थक हो गया। पर मेरे मन में उस समय कुछ और चक्कर चल रहा था।

मैं जली-भुनी जो गाड़ी में बैठी तो सच मानिए, सारे रास्ते यही सोचती रही कि किस प्रकार इन कवि महाशय को करारा सा जवाब दूँ। मेरे पापाजी के राज में ही नेता की ऐसी छीछालेदर भी कोई चुपचाप सह लेने की बात थी भला! चाहती तो यही थी कि कविता में ही उनको जवाब दूँ, पर इस ओर कभी कदम नहीं उठाया था। सो निश्चय किया कि कविता नहीं तो कहानी ही सही। अपनी कहानी में मैंने एक ऐसे सर्वगुणसंपन्न नेता का निर्माण करने की योजना बनाई, जिसे पढ़कर कवि महाशय को अपनी हार माननी ही पड़े। भरी सभा में वह जो नहला मार गए थे, उस पर मैं दहला नहीं, सीधे इक्का ही फटकारना चाहती थी, जिससे बाजी हर हालत में मेरी ही रहे।

यही सब सोचते-सोचते मैं कमरे में घुसी, तो दीवार पर लगी बड़े-बड़े नेताओं की तसवीरों पर नजर गई। सबके प्रतिभाशाली चेहरे मुझे प्रोत्साहन देने लगे। सब नेताओं के व्यक्तिगत गुणों को एक साथ ही मैं अपने नेता में डाल देना चाहती थी, जिससे वह किसी भी गुण में कम न रहने पाए।

पूरे सप्ताह तक मैं बड़े-बड़े नेताओं की जीवनियाँ पढ़ती रही और अपने नेता का ढाँचा बनाती रही। सुना था और पढ़कर भी महसूस किया कि जैसे कमल कीचड़ में उत्पन्न होता है, वैसे ही महान् आत्माएँ गरीबों के घर ही उत्पन्न होती हैं। सोच-विचारकर एक शुभ मुहूर्त देखकर मैंने सब गुणों से लैस करके अपने नेता का जन्म, गाँव के एक गरीब किसान की झोंपड़ी में करा दिया।

मन की आशाएँ और उमंगें जैसे बढ़ती हैं, वैसे ही मेरा नेता भी बढ़ने लगा। थोड़ा बड़ा हुआ तो गाँव के स्कूल में ही उसकी शिक्षा प्रारंभ हुई। यद्यपि मैं इस प्रबंध से विशेष संतुष्ट नहीं थी, पर स्वयं ही मैंने परिस्थिति बना डाली थी कि इसके सिवाय कोई चारा नहीं था। धीरे-धीरे उसने मिडिल पास किया। यहाँ तक आते-आते उसने संसार के सभी महान् व्यक्तियों की जीवनियाँ और क्रांतियों के इतिहास पढ़ डाले। देखिए, आप बीच में ही यह मत पूछ बैठिए कि आठवीं का बच्चा इन सबको कैसे समझ सकता है? यह तो एकदम अस्वाभाविक बात है। इस समय मैं आपके किसी भी प्रश्न का जवाब देने की मनःस्थिति में नहीं हूँ। आप यह न भूलें कि यह बालक एक महान् भावी नेता है।

हाँ, तो यह सब पढ़कर उसके सीने में बड़े-बड़े अरमान मचलने लगे, बड़े-

बड़े सपने साकार होने लगे, बड़ी-बड़ी उमंग करवटें लेने लगीं। वह जहाँ कहीं भी अत्याचार देखता, मुट्ठियाँ भींच-भींचकर संकल्प करता, उसको दूर करने की बड़ी-बड़ी योजनाएँ बनाता और मुझे उसकी योजना में, उसके संकल्पों में अपनी सफलता हँसती-खेलती नजर आती। एक बार जान का खतरा मोल लेकर मैंने जमींदार के कारिंदों से भी उसकी मुठभेड़ करा दी और उसकी विजय पर उससे अधिक हर्ष मुझे हुआ।

तभी अचानक एक घटना घट गई। उसके पिता की अचानक मृत्यु हो गई। दवा-इलाज के लिए घर में पैसा नहीं था। सो उसके पिता ने तड़प-तड़पकर जान दे दी और वह बेचारा कुछ भी न कर सका। पिता की इस बेबसी की मृत्यु का भारी सदमा उसको लगा। उसकी बूढ़ी माँ ने रोते-रोत प्राण तो नहीं, पर आँखों की रोशनी गँवा दी। घर में उसकी एक विधवा बुआ, एक छोटी क्षयग्रस्त बहन और थी। सबके भरण-पोषण का भार उस पर आ पड़ा। आय का कोई साधन था नहीं। थोड़ी-बहुत जमीन जो थी, उसे जमींदार ने लगान बकाया निकालकर हथिया लिया। उसके पिता की विनम्रता का लिहाज करके अभी तक वह चुप बैठा था। अब क्यों मानता? उसके क्रांतिकारी बेटे से वह परिचित था। सो अवसर मिलते से बदला ले लिया। अब मेरे भावी नेता के सामने भारी समस्या थी। वह सलाह लेने के लिए मेरे पास आया। मैंने कहा, "अब समय आ गया है। तुम घर-बार और रोटी की चिंता छोड़कर देश-सेवा के कार्य में लग जाओ। तुम्हें देश का नव-निर्माण करना है। शोषितों की आवाज को बुलंद करके देश में वर्गहीन समाज की स्थापना करनी है। तुम सबकुछ बड़ी सफलतापूर्वक कर सकोगे, क्योंकि मैंने तुममें सब आवश्यक गुण भर दिए हैं।"

उसने बहुत ही बुझे हुए स्वर में कहा, "यह तो सब ठीक है, पर मेरी अंधी माँ और बीमार बहन का क्या होगा? मुझे देश प्यारा है, पर ये लोग भी कम प्यारे नहीं।"

मैं झल्ला उठी, "तुम नेता होने जा रहे हो या कोई मजाक है? जानते नहीं, नेता लोग कभी अपने परिवार के बारे में नहीं सोचते। वे देश के, संपूर्ण राष्ट्र के बारे में सोचते हैं। तुम्हें मेरे आदेश के अनुसार चलना होगा। जानते हो, मैं तुम्हारी स्रष्टा हूँ, तुम्हारी विधाता!"

उसने सबकुछ अनसुना करके कहा, "यह सब तो ठीक है, पर मैं अपनी अंधी बूढ़ी माँ की दर्द भरी आहों की उपेक्षा किसी भी मूल्य पर नहीं कर सकता। तुम मुझे कहीं नौकरी क्यों नहीं दिला देतीं? गुजारे का साधन हो जाने से मैं बाकी सारा समय

सहर्ष देश-सेवा में लगा दूँगा। तुम्हारे सपने सच्चे कर दूँगा, पर पहले मेरे पेट का कुछ प्रबंध कर दो।"

मैंने सोचा, क्यों न अपने पिताजी के विभाग में इसे कहीं कोई नौकरी दिलवा दूँ। पर पिताजी की उदार नीति के कारण कोई जगह खाली भी तो रहने पाए! देखा तो सब जगह भरी हुई थीं। कहीं मेरे चचेरे भाई विराजमान थे, तो कहीं फुफेरे। मतलब यह है कि मैं उसके लिए कोई प्रबंध न कर सकी। उसका मुँह तो चीर दिया, पर उसे भरने का प्रबंध न कर सकी। हारकर उसने मजदूरी करना शुरू कर दिया। जमींदार की नई-हवेली बन रही थी, वह उसी में ईंटें ढोने का काम करने लगा। जैसे-जैसे वह सिर पर ईंट उठाता, उसके अरमान नीचे को धसकते जाते। मैंने लाख उसे यह काम न करने के लिए कहा, पर वह अपनी माँ-बहन की आड़ लेकर मुझे निरुत्तर कर देता। मुझे उस पर कम क्रोध नहीं था। फिर भी मुझे भरोसा था, क्योंकि बड़ी-बड़ी प्रतिभाओं और गुणों को मैंने उसकी घुट्टी में पिला दिया था। हर परिस्थिति में वे अपना रंग दिखलाएँगे। यह सोचकर ही मैंने उसे उसके भाग्य पर छोड़ दिया और तटस्थ दर्शक की भाँति उसकी प्रत्येक गतिविधि का निरीक्षण करने लगी।

उसकी बीमार बहन की हालत बेहद खराब हो गई। वह उसे बहुत प्यार करता था। उसने एक दिन काम से छुट्टी ली और शहर गया, उसके इलाज के प्रबंध की तलाश में। घूम-फिरकर एक बात उसकी समझ में आई कि काफी रुपया हो तो उसकी बहन बच सकती है। रास्ते भर उसकी रुग्ण बहन के करुण चीत्कार उसके हृदय को बेधते रहे। बार-बार जैसे उसकी बहन चिल्ला-चिल्लाकर कह रही थी, "भैया, मुझे बचा लो। कहीं से भी रुपए का प्रबंध करके मुझे बचा लो। भैया, मैं मरना नहीं चाहती!"…और उसके सामने उसके बाप की मृत्यु का दृश्य घूम गया। गुस्से से उसकी नसें तन गईं। वह गाँव आया और वहाँ के जितने भी संपन्न लोग थे, सबसे कर्ज माँगा, मिन्नतें कीं, हाथ जोड़े, पर निराशा के अतिरिक्त उसे कुछ नहीं मिला। इस नाकामयाबी पर उसका विद्रोही मन जैसे भड़क उठा। वह दिनभर बिना बताए, जाने क्या-क्या संकल्प करता रहा। और आधी रात के करीब दिल में निहायत ही नापाक इरादा लेकर उठा।

मैं काँप गई। वह चोरी करने जा रहा था! मेरे बनाए नेता का ऐसा पतन! वह चोरी करे! छिह-छिह! और इसके पहले कि चोरी जैसा जघन्य कार्य करके वह अपनी नैतिकता का हनन करता, मैंने उसका ही खात्मा कर दिया! अपनी लिखी हुई

कहानी के पन्नों के टुकड़े-टुकड़े कर दिए।

उसकी तबाही के साथ एक महान् नेता के निर्माण करने का मेरा हौसला भी मुझे तबाह होता नजर आया, लेकिन इतनी आसानी से मैं हिम्मत हारनेवाली न थी। बड़े धैर्य के साथ मैं अपनी कहानी का विश्लेषण करने बैठी कि आखिर क्यों, सब गुणों से लैस होकर भी मेरा नेता नेता न बरकर चोर बन गया? और खोजबीन करते-करते मैं अपनी असफलता की जड़ तक पहुँच ही गई। गरीबी! गरीबी के कारण ही उसके सारे गुण दुर्गुण बन गए और मेरी मनोकामना अधूरी ही रह गई। जब सही कारण सूझ गया तो उसका निराकरण क्या कठिन था।

एक बार फिर मैंने कलम पकड़ी और नेता बदले हुए रूप और बदली हुई परिस्थितियों में फिर एक बार इस संसार में आ गया। इस बार उसने शहर के करोड़पति सेठ के यहाँ जन्म लिया, जहाँ न उसके सामने पेट भरने का सवाल था, न बीमार बहन के इलाज की समस्या। असीम लाड़-प्यार और धन-वैभव के बीच वह पलने लगा। बढ़िया-से-बढ़िया स्कूल में उसे शिक्षा दी गई। उसकी अलौकिक प्रतिभा देखकर सब चकित रह जाते। वह अत्याचार होते देखकर तिलमिला जाता, जोशीले भाषग देता, गाँवों में जाकर वह बच्चों का पढ़ाता। गरीबों के प्रति उसका दिल दया से लबालब भरा रहता। अमीर होकर भी वह सादगी से जीवन बिताता, सारांश यह कि महान् नेता बनने के सभी शुभ लक्षण उसमें नजर आए। कदम-कदम पर वह मेरी सलाह लेता और मैंने भी उसके भावी जीवन का नक्शा उसके दिमाग में पूरी तरह उतार दिया था, जिससे वह कभी भी पथभ्रष्ट न होने पाए।

मैट्रिक पास करके वह कॉलेज गया। जिस कॉलेज में एक समय में केवल राजाओं के पुत्र ही पढ़ा करते थे और आज भी जहाँ रईसी का वातावरण था, उसी कॉलेज में उसके पिता ने उसे भर्ती कराया। लेकिन मेरी सारी सावधानी के बावजूद उन रईसजादों की सोहबत अपना रंग दिखाए बिना न रही। वह अब जरा आरामतलब हो गया। मेरे सलाह-मशविरों की अब उसे उतनी चिंता न रही। घंटों अब वह कॉफी-हाउस में रहने लगा। एक दिन तो मैंने उसे हाउजी खेलते देखा। मेरा दिल धक् से कर गया। जुआ! हाय राम! यह क्या हो गया? मैं सँभलकर कुरसी पर बैठ गई और कलम को कसकर पकड़ लिया। कलम को जोर से पकड़कर ही मुझे लगा, मानो मैंने उसकी नकेल को कसकर पकड़ लिया हो। पर उसके तो जैसे अब पर निकल आए थे। जुआ ही उसके नैतिक पतन की अंतिम

सीमा न रही। कुछ दिनों बाद ही मैंने उसे शराब पीते भी देखा। मेरा क्रोध सीमा से बाहर जा चुका था। मैंने उसे अपने पास बुलाया। अपने क्रोध पर जैसे-तैसे काबू रखते हुए मैंने उससे पूछा, "जानते हो, मैंने तुम्हें किसलिए बनाया है?"

वह भी मानो मेरा सामना करने के लिए पूरी तरह तैयार होकर आया था। बोला, "अपने स्वार्थ की पूर्ति के लिए, अपनी इच्छा पूरी करने के लिए तुमने मुझे बनाया है। पर यह जरूरी नहीं कि मैं तुम्हारी इच्छानुसार ही चलूँ, मेरा अपना अस्तित्व भी है, मेरे अपने विचार भी हैं।"

मैं चिल्ला उठी, "जानते हो, तुम किससे बातें कर रहे हो? मैं तुम्हारी स्रष्टा हूँ, तुम्हारी निर्माता! मेरी इच्छा से बाहर तुम्हारा कोई स्वतंत्र अस्तित्व नहीं!"

वह हँस पड़ा, "अरे! तुमने तो मुझे अपनी कलम से पैदा किया है, मेरे इन दोस्तों को देखो! इनकी अम्माओं ने तो इन्हें अपने जिस्म से पैदा किया है। फिर भी वे इनके निजी जीवन में इतना हस्तक्षेप नहीं करतीं, जितना तुम करती हो। तुमने तो मेरी नाक में दम कर रखा है। ऐसा मत करो, वैसा मत करो। मानो मैं आदमी नहीं, काठ का उल्लू हूँ। सो बाबा ऐसी नेतागिरी मुझसे निभाए न निभेगी। यह उम्र, दुनिया की रंगीनी और घर की अमीरी! बिना लुत्फ उठाए यों ही जवानी क्यों बरबाद की जाए? यह करके क्या नेता नहीं बना जा सकता?"

और मैं कुछ कहूँ, उसके पहले ही वह सीटी बजाता हुआ चला गया।

कल्पना तो कीजिए उस जिल्लत की, जो मुझे सहनी पड़ी! इच्छा तो यह हुई कि अपने पहलेवाले नेता की तरह इसका भी सफाया कर दूँ, पर सदमा इतना गहरा था कि जोश भी न रहा। इतना सब हो जाने पर भी जाने क्यों, मन में क्षीण सी आशा बनी हुई थी कि शायद वह सीधे रास्ते पर आ जाए। गांधीजी ने भी तो एक बार बचपन में चोरी की थी, बुरे कर्म किए थे, फिर अपने आप रास्ते पर आ गए। संभव है, इसके हदय में भी कभी पश्चात्ताप की आग जले और यह अपने आप सुधर जाए, पर अब मैंने उसे आदेश देना बंद कर दिया और धैर्य के साथ उस दिन की प्रतीक्षा करने लगी, जब वह पश्चात्ताप की अग्नि में झुलसता हुआ मेरे चरणों में आ गिरेगा और अपने किए के लिए क्षमा माँगेगा!

पर ऐसा शुभ दिन कभी नहीं आया। जो दिन आया, वह कल्पनातीत था। एक बहुत ही सुहावनी साँझ को मैंने देखा कि वह खूब सज-धज रहा है। आज का लिबास कुछ अनोखा ही था। शार्कस्किन के सूट की जगह सिल्क की शेरवानी थी।

सिगरेट की जगह पान था। सैंट महक रहा था। बाहर हॉर्न बजा और वह गुनगुनाकर अपने मित्र की गाड़ी में जा बैठा। गाड़ी एक बार के सामने रुकी। और रात तक वे साहबजादे पेग-पर-पेग ढालते रहे, भद्दे मजाक करते रहे और ठहाके लगाते रहे। रात को नौ बजे उठे तो पैर लड़खड़ा रहे थे। जैसे-तैसे गाड़ी में बैठे और ड्राइवर से जिस गंदी जगह चलने को कहा, उसका नाम लिखते भी मुझे लज्जा लगती है!

अपने को बहुत रोकना चाहती थी, फिर भी वह घोर पाप मैं सहन न कर सकी और तय कर लिया कि आज जैसे भी होगा, मैं फैसला कर ही डालूँगी। मैं गुस्से से काँपती हुई उसके पास पहुँची। इस समय उससे बात करने में भी मुझे घृणा हो रही थी, क्रोध से मेरा रोम-रोम जल रहा था! फिर भी अपने को काबू में रखकर और स्वर को भरसक कोमल बनाकर मैंने उससे कहा, "एक बार अंतिम चेतावनी देने के खयाल से ही मैं इस समय तुम्हारे पास आई हूँ। तुम्हारा यह सर्वनाश देखकर जानते हो मुझे कितना दु:ख होता है? अब भी समय है, सँभल जाओ। सुबह का भूला यदि शाम घर आ जाए भूला नहीं कहलाता!"

पर इस समय वह शायद मुझसे बात करने की मन:स्थिति में ही नहीं था। उसने पान चबाते हुए कहा, "अरे जान! यह क्या तुमने हर समय नेतागिरी का पचड़ा लगा रखा है? कहाँ तुम्हारी नेतागिरी और कहाँ छमिया का छमाका! देख लो तो बस सरूर आ जाए।"

मैंने कान बंद कर लिये। वह कुछ और भी बोला, पर मैंने सुना नहीं। पर उसने जो आँख मारी, वह दिखाई दी और मुझे लगा, जैसे पृथ्वी घूम रही है। मैंने आँखें बंद कर लीं और गुस्से से होंठ काट लिये। क्रोध के आवेग में कुछ भी कहते नहीं बना, केवल मुँह से इतना ही निकला, "दुराचारी! अशिष्ट! नारकीय कीड़े!"

उसके मित्र ने जो कुछ कहा, उसकी हलकी सी ध्वनि मेरे कान में पड़ी। वह जाते-जाते कह रहा था, "अरे! ऐसी घोर हिंदी में फटकारोगी तो वह समझेगा भी नहीं! जरा सरल भाषा बोलो!"

और अधिक सहना मेरे बूते के बाहर की बात थी। मैंने जिस कलम से उसको उत्पन्न किया था, उसी कलम से उसका खात्मा भी कर दिया। वह छमिया के यहाँ जाकर बैठनेवाला था कि मैंने उसे रद्दी की टोकरी में डाल दिया। जैसा किया, वैसा पाया!

उसने तो अपने किए का फल पा लिया, पर मैं समस्या का समाधान नहीं पा

सकी। इस बार की असफलता ने तो बस मुझे रुला ही दिया। अब तो इतनी हिम्मत भी नहीं रही कि एक बार फिर मध्यम वर्ग में अपना नेता उत्पन्न करके फिर से प्रयास करती। इन दो हत्याओं के भार से ही मेरी गरदन टूटी जा रही थी और हत्या का पाप ढोने की न इच्छा थी, न शक्ति ही। और अपने सारे अहं को तिलांजलि देकर बहुत ही ईमानदारी से मैं कहती हूँ कि मेरा रोम-रोम महसूस कर रहा था कि कवि भरी सभा में शान के साथ जो नहला फटकार गया था, उस पर इक्का तो क्या, मैं दुग्गी भी न मार सकी। मैं हार गई, बुरी तरह हार गई।

□

अकेली

सोमा बुआ बुढ़िया हैं।

सोमा बुआ परित्यक्ता हैं।

सोमा बुआ अकेली हैं।

सोमा बुआ का जवान बेटा क्या जाता रहा, उनकी अपनी जवानी चली गई। पति को पुत्र-वियोग का ऐसा सदमा लगा कि वे पत्नी, घर-बार तजकर तीर्थवासी हुए और परिवार में कोई ऐसा सदस्य था नहीं, जो उनके एकाकीपन को दूर करता। पिछले बीस वर्षों से उनके जीवन की इस एकरसता मैं किसी प्रकार का कोई व्यवधान उपस्थित नहीं हुआ, कोई परिवर्तन नहीं आया। यों हर साल एक महीने के लिए उनके पति उनके पास आकर रहते थे, पर कभी उन्होंने पति की प्रतीक्षा नहीं की, उनकी राह में आँखें नहीं बिछाईं। जब तक पति रहते, उनका मन और भी मुरझाया हुआ रहता, क्योंकि पति के स्नेहहीन व्यवहार का अंकुश उनके रोजमर्रा के जीवन की अबाध गति से बहती स्वच्छंद धारा को कुंठित कर देता। उस समय उनका घूमना-फिरना, मिलना-जुलना बंद हो जाता और संन्यासीजी महाराज से तो यह भी नहीं होता कि दो मीठे बोल-बोलकर सोमा बुआ को एक ऐसा संबल ही पकड़ा दें, जिसका आसरा लेकर वह उनके वियोग के ग्यारह महीने काट दें। इस स्थिति में बुआ को अपनी जिंदगी पास-पड़ोसवालों के भरोसे ही काटनी पड़ती थी। किसी के घर मुंडन हो, छठी हो, जनेऊ हो, शादी हो या गमी, बुआ पहुँच जातीं और फिर छाती फाड़कर काम करतीं, मानो वे दूसरे के घर में नहीं, अपने ही घर में काम कर रही हों।

आजकल सोमा बुआ के पति आए हुए हैं और अभी-अभी कुछ कहासुनी हो चुकी है। बुआ आँगन में बैठी धूप खा रही हैं, पास रखी कटोरी से तेल लेकर हाथों

में मल रही हैं और बड़बड़ा रही हैं। इस एक महीने में अन्य अवयवों के शिथिल हो जाने के कारण उनकी जीभ ही सबसे अधिक सजीव और सक्रिय हो उठती है। तभी हाथ में एक फटी साड़ी और पापड़ लेकर ऊपर से राधा भाभी उतरीं।

"क्या हो गया बुआ, क्यों बड़बड़ा रही हो? फिर संन्यासीजी महाराज ने कुछ कह दिया क्या?"

"अरे, मैं कहीं चली जाऊँ, सो भी इन्हें नहीं सुहाता। कल चौकवाले किशोरीलाल के बेटे का मुंडन था, सारी बिरादरी का न्योता था। मैं तो जानती थी कि ये पैसे का ही गरूर है, जो मुंडन पर भी सारी बिरादरी को न्योता है, पर काम उन नई-नवेली बहुओं से सँभलेगा नहीं, सो जल्दी ही चली गई। हुआ भी वही", और सरककर बुआ ने राधा के हाथ से पापड़ लेकर सुखाने शुरू कर दिए। "एक काम गत से नहीं हो रहा था। अब घर में कोई बड़ा-बूढ़ा हो तो बतावे या कभी किया हो तो जानें। गीतवाली औरतें मुंडन पर बन्ना-बन्नी गा रही थीं, मेरा तो हँसते-हँसते पेट फूल गया।" और उसकी याद से ही कुछ देर पहले का दुःख और आक्रोश धुल गया। अपने सहज स्वाभाविक रूप में वे कहने लगीं, "भट्ठी पर देखो तो अजब तमाशा—समोसे कच्चे ही उतार दिए और इतने बना दिए कि दो बार खिला दो और गुलाबजामुन इतने कम कि एक पंगत में भी पूरे न पड़ें। उसी समय खोया मँगाकर नए गुलाबजामुन बनाए। दोनों बहुएँ और किशोरीलाल तो बिचारे इतना जस मान रहे थे कि क्या बताऊँ? कहने लगे, 'अम्माँ! तुम न होतीं तो आज भद्द उड़ जाती। अम्माँ! तुमने लाज रख ली!' मैंने तो कह दिया कि अरे, अपने ही काम नहीं आवेंगे, तो कोई बाहर से तो आवेगा नहीं। ये तो आजकल इनका रोटी-पानी का काम रहता है, नहीं तो मैं तो सवेरे से ही चली जाती!"

"तो संन्यासी महाराज क्यों बिगड़ पड़े? उन्हें तुम्हारा आना-जाना अच्छा नहीं लगता बुआ!"

"यों तो मैं कहीं आऊँ-जाऊँ सो ही इन्हें नहीं सुहाता और फिर कल किशोरी के यहाँ से बुलावा नहीं आया। अरे, मैं तो कहूँ कि घरवालों का कैसा बुलावा? वे लोग तो मुझे अपनी माँ से कम नहीं समझते, नहीं तो कौन भला यों भट्ठी और भंडारघर सौंप दे? पर उन्हें अब कौन समझाए। कहने लगे, तू जबरदस्ती दूसरों के घर में टाँग अड़ाती फिरती है।" और यकायक उन्हें उस क्रोध भरी वाणी और कटुवचनों का स्मरण हो आया, जिनकी बौछार कुछ देर पहले ही उन पर हो चुकी थी। याद आते ही फिर उनके आँसू बह चले।

"अरे, रोती क्या हो बुआ! कहना-सुनना तो चलता ही रहता है। संन्यासीजी महाराज एक महीने को तो आकर रहते हैं, सुन लिया करो और क्या?"

"सुनने को तो सुनती ही हूँ, पर मन तो दुःखता ही है कि एक महीने को आते हैं, तो भी कभी मीठे बोल नहीं बोलते। मेरा आना-जाना इन्हें सुहाता नहीं, सो तू ही बता राधा, ये तो साल में ग्यारह महीने हरिद्वार रहते हैं। इन्हें तो नाते-रिश्तेवालों से कुछ लेना-देना नहीं, पर मुझे तो सबसे निभाना पड़ता है। मैं भी सबसे तोड़-ताड़कर बैठ जाऊँ तो कैसे चले? मैं तो इनसे कहती हूँ कि जब पल्ला पकड़ा है तो अंत समय में भी साथ ही रखो, सो तो इनसे होता नहीं। सारा धरम-करम ये ही लूटेंगे, सारा जस ये ही बटोरेंगे और मैं अकेली पड़ी-पड़ी, यहाँ इनके नाम को रोया करूँ। उस पर से कहीं आऊँ-जाऊँ, वह भी इनसे बरदाश्त नहीं होता…" और बुआ फूट-फूटकर रो पड़ीं। राधा ने आश्वासन देते हुए कहा, "रोओ नहीं बुआ, अरे वे तो इसीलिए नाराज हुए कि बिना बुलाए तुम चली गईं।"

"बेचारे इतने हंगामे में बुलाना भूल गए, तो मैं भी मान करके बैठ जाती? फिर घरवालों का कैसा बुलाना? मैं तो अपनेपन की बात जानती हूँ। कोई प्रेम नहीं रखे तो दस बुलावे पर नहीं जाऊँ और प्रेम रखे तो बिना बुलाए भी सिर के बल जाऊँ। मेरा अपना हरखू होता और उसके घर काम होता, तो क्या मैं बुलावे के भरोसे बैठी रहती? मेरे लिए जैसा हरखू, वैसा किशोरीलाल! आज हरखू नहीं है, इसी से दूसरों को देख-देखकर मन भरमाती रहती हूँ!" और वे हिचकियाँ लेने लगीं।

पापड़ों को फैलाकर स्वर को भरसक कोमल बनाकर राधा ने कहा, "तुम भी बुआ बात को कहाँ से कहाँ ले गईं? अब चुप भी होओ! अच्छा देखो, तुम्हारे लिए एक पापड़ भूनकर लाती हूँ, खाकर बताना कैसा है?" और वह पापड़ लेकर ऊपर चढ़ गई।

□

कोई सप्ताह भर बाद बुआ बड़े प्रसन्न मन से आई और संन्यासीजी से बोली, "सुनते हो, देवरजी के ससुरालवालों की किसी लड़की का संबंध भागीरथजी के यहाँ हुआ है। वे सब लोग यहीं आकर ब्याह कर रहे हैं। देवरजी के बाद तो उन लोगों से कोई संबंध ही नहीं रहा, फिर भी हैं तो समधी ही। वे तो तुमको भी बुलाए बिना नहीं मानेंगे। समधी को आखिर कैसे छोड़ सकते हैं?" और बुआ पुलकित होकर हँस पड़ीं। संन्यासी की मौन उपेक्षा से उनके मन को ठेस तो पहुँची, फिर भी वे प्रसन्न थीं। इधर-उधर जाकर वे इस विवाह की प्रगति की खबरें लातीं! आखिर

एक दिन वे यह भी सुन आईं कि उनक समधी यहाँ आ गए। जोर-शोर से तैयारियाँ हो रही हैं। सारी बिरादरी को दावत दी जाएगी—खूब रौनक होनेवाली है। दोनों ही पैसेवाले ठहरे।

“क्या जाने हमारे घर तो बुलावा आएगा या नहीं? देवरजी को मरे पच्चीस बरस हो गए, उसके बाद से तो कोई संबंध ही नहीं रखा। रखे भी कौन? यह काम तो मरदों का होता है, मैं तो मरदवाली होकर भी बेमरद की हूँ।” और एक ठंडी साँस उनके दिल से निकल गई।

“अरे वाह बुआ! तुम्हारा नाम कैसे नहीं हो सकता। तुम तो समधिन ठहरीं। देवर चाहे न रहे, पर कोई रिश्ता थोड़े ही टूट जाता है!” दाल पीसती हुई घर की बड़ी बहू बोली।

“है बुआ, नाम है। मैं तो सारी लिस्ट देखकर आई हूँ।” विधवा ननद बोली। बैठे-ही-बैठे दो कदम आगे सरककर बुआ ने बड़े उत्साह से पूछा, “तू अपनी आँखों से देखकर आई है नाम? नाम तो होना ही चाहिए। पर मैंने सोचा कि क्या जाने आजकल के फैशन में पुराने संबंधियों को बुलाना हो-न-हो।” और बुआ बिना दो पल भी रुके वहाँ से चल पड़ीं। अपने घर जाकर सीधे राधा भाभी के कमरे में चढ़ीं, “क्यों री राधा, तू तो जानती है कि नई फैशन में लड़की की शादी में क्या दिया जावे है? समधियों का मामला ठहरा, सो भी पैसेवाले। खाली हाथ जाऊँगी तो अच्छा नहीं लगेगा। मैं तो पुराने जमाने की ठहरी, तू ही बता दे क्या दूँ? अब कुछ बनाने का समय तो रहा नहीं, दो दिन बाकी हैं, सो कुछ बना-बनाया ही खरीद लाना।”

“क्या देना चाहती हो अम्माँ, जेवर, कपड़ा, शृंगारदान या कोई और चाँदी को चीज?”

“मैं तो कुछ भी नहीं समझूँ री। जो कुछ पास है, तुझे लाकर दे देती हूँ, जो तू ठीक समझे, ले आना। बस भद्द नहीं उड़नी चाहिए! अच्छा देखूँ पहले कि रुपए कितने हैं?” और वे डगमगाते कदमों से नीचे आईं। दो-तीन कपड़ों की गठरियों हटाकर एक छोटा सा बक्स निकाला। उसका ताला खोला। इधर-उधर करके एक छोटी सी डिबिया निकाली। बड़े जतन से उसे खोला, उसमें सात रुपए की कुछ रेजगारी पड़ी थी और एक अँगूठी। बुआ का अनुमान था कि रुपए कुछ ज्यादा होंगे, पर जब सात ही रुपए निकले, तो सोच में पड़ गईं। रईस समधियों के घर में इतने से रुपयों से बिंदी भी नहीं लगेगी। उनकी नजर अँगूठी पर गई। यह उनके मृत-पुत्र की

एकमात्र निशानी उनके पास रह गई थी। बड़े-बड़े आर्थिक संकटों के समय भी वे उस अँगूठी का मोह नहीं छोड़ सकी थीं। आज भी एक बार उसे उठाते समय उनका दिल धड़क गया, फिर भी उन्होंने पाँच रुपए और एक अँगूठी आँचल में बाँध ली। बक्स को बंद किया और फिर ऊपर को चलीं, पर इस बार उनके मन का उत्साह कुछ ठंडा पड़ गया था और पैरों की गति शिथिल! राधा के पास जाकर बोलीं, "रुपए तो नहीं निकाले बहू। आएँ भी कहाँ से, मेरे कौन कमानेवाला बैठा है? उस कोठरी का किराया आता है, उसमें दो समय की रोटी निकल जाती है जैसे-तैसे!" और वे रो पड़ीं। राधा ने कहा, "क्या करूँ बुआ, आजकल मेरा भी हाथ तंग है, नहीं तो मैं ही दे देती। अरे, पर तुम देने के चक्कर में पड़ती ही क्यों हो? आजकल तो देने-लेने का रिवाज ही उठ गया है।"

"नहीं रे राधा! समधियों का मामला ठहरा! पच्चीस बरस हो गए, तो भी वे नहीं भूले और मैं खाली हाथ जाऊँ? नहीं-नहीं, इससे तो न जाऊँ, सो ही अच्छा!"

"तो जाओ ही मत। चलो छुट्टी हुई, इतने लोगों में किसे पता लगेगा कि आईं या नहीं।" राधा ने सारी समस्या का सीधा सा हल बताते हुए कहा।

"बड़ा बुरा मानेंगे। सारे शहर के लोग जाएँगे और मैं समधिन होकर नहीं जाऊँगी, तो यही समझेंगे कि देवरजी मरे तो संबंध भी तोड़ लिया। नहीं-नहीं, तू यह अँगूठी बेच ही दे।" और उन्होंने आँचल की गाँठ खोलकर एक पुराने जमाने की अँगूठी राधा के हाथ पर रख दी। फिर बड़ी मिन्नत के स्वर में बोली, "तू तो बाजार जाती है राधा, इसे बेच देना और जो कुछ ठीक समझे, खरीद लेना। बस शोभा रह जावे, इतना खयाल रखना।"

गली में बुआ ने चूड़ीवाले की आवाज सुनी, तो यकायक ही उनकी नजर अपने हाथ की भद्दी मटमैली चूड़ियों पर जाकर टिक गई। कल समधियों के यहाँ जाना है, जेवर नहीं है तो कम-से-कम काँच की चूड़ी तो अच्छी पहन ले। पर एक अव्यक्त लाज ने उनके कदमों को रोक दिया, कोई देख लेगा तो। लेकिन दूसरे ही क्षण अपनी इस कमजोरी पर विजय पाती सी वे पीछे के दरवाजे पर पहुँच गईं और एक रुपया कलदार खर्च करके लाल-हरी चूड़ियों के बंद पहन लिये। पर सारे दिन हाथों को साड़ी के आँचल से ढके-ढके फिरीं।

शाम को राधा भाभी ने बुआ को चाँदी की एक सिंदूरदानी, एक साड़ी और एक ब्लाउज का कपड़ा लाकर दे दिया। सबकुछ देख-पाकर बुआ बड़ी प्रसन्न

हुईं और यह सोच-सोचकर कि जब वे यह सब दे देंगी, तो उनकी समधिन पुरानी बातों की दुहाई दे-देकर उनकी मिलनसारिता की कितनी प्रशंसा करेगी, उनका मन पुलकित होने लगा। अँगूठी बेचने का गम भी जाता रहा। पासवाले बनिए के यहाँ से एक आने का पीला रंग लाकर रात में उन्होंने साड़ी रँगी। शादी में सफेद साड़ी पहनकर जाना क्या अच्छा लगेगा? रात में सोईं, तो मन कल की ओर दौड़ रहा था।

दूसरे दिन नौ बजते-बजते खाने का काम समाप्त कर डाला। अपनी रँगी हुई साड़ी देखी तो कुछ जँची नहीं। फिर ऊपर राधा के पास पहुँची, "क्यों राधा, तू तो रँगी साड़ी पहिनती है तो बड़ी आब रहती है, चमक रहती है, इसमें तो चमक आई नहीं?"

"तुमने कलफ जो नहीं लगाया अम्माँ, थोड़ा सा माँड़ दे देतीं तो अच्छा रहता। अभी दे लो, ठीक हो जाएगी। बुलावा कब का है?"

"अरे, नए फैशनवालों की मत पूछो, ऐन मौकों पर बुलावा आता है। पाँच बजे का मुहूरत है, दिन में कभी भी आ जावेगा।"

राधा भाभी मन-ही-मन मुसकरा उठी।

बुआ ने साड़ी मैं माँड़ लगाकर सुखा दिया। फिर एक नई थाली निकाली, अपनी जवानी के दिनों में बिना हुआ क्रोशिए का एक छोटा सा मेजपोश निकाला। थाली में साड़ी, सिंदूरदानी, एक नारियल और थोड़े से बताशे सजाए, फिर जाकर राधा को दिखाया। संन्यासी महाराज सवेरे से इस आयोजन को देख रहे थे। उन्होंने कल से लेकर आज तक कोई पच्चीस बार चेतावनी दे दी थी कि यदि कोई बुलाने न आए तो चली मत जाना, नहीं तो ठीक नहीं होगा। हर बार बुआ ने बड़े ही विश्वास के साथ कहा, "मुझे क्या बावली ही समझ रखा है, जो बिना बुलाए चली जाऊँगी? अरे, वह पड़ोसवालों की नंदा अपनी आँखों से बुलावे की लिस्ट में नाम देखकर आई है। और बुलावेंगे क्यों नहीं? शहरवालों को बुलावेंगे और समधियों कहो नहीं बुलावेंगे क्या?"

तीन बजे के करीब बुआ को अनमने भाव से छत पर इधर-उधर घूमते देख राधा भाभी ने आवाज लगाई, "गईं नहीं बुआ?"

यकायक चौंकते हुए बुआ ने पूछा, "कितने बज गए राधा? क्या कहा, तीन? सर्दी में तो दिन का पता ही नहीं लगता है। बजे तीन ही हैं और धूप सारी छत पर से

ऐसे सिमट गई, मानो शाम हो गई हो।" फिर यकायक जैसे खयाल आया कि वह तो भाभी के प्रश्न का उत्तर नहीं हुआ, तो जरा ठंडे स्वर में बोली, "मुहरत तो पाँच बजे का है, जाऊँगी तो चार तक जाऊँगी, अभी तो तीन ही बजे हैं।" बड़ी सावधानी से उन्होंने स्वर में लापरवाही का पुट दिया! बुआ छत पर से गली में नजर फैलाए खड़ी थीं, उनके पीछे ही रस्सी पर धोती फैली हुई थी, जिसमें कलफ लगा था और अभरक छिड़का हुआ था। अभरक के बिखरे हुए कण रह-रहकर धूप में चमक जाते थे, ठीक वैसे ही जैसे किसी को भी गली में घुसता देख बुआ का चेहरा चमक उठता था।

सात बजे के धुँधलके में राधा ने ऊपर से देखा, तो छत की दीवार से सटी, गली की ओर मुँह किए एक छाया मूर्ति दिखाई दी। उसका मन भर आया। बिना कुछ पूछे इतना ही कहा, "बुआ! सर्दी में खड़ी-खड़ी यहाँ क्या कर रही हो? आज खाना नहीं बनेगा क्या, सात तो बज गए?"

जैसे यकायक नींद में से जागते हुए बुआ ने पूछा, "क्या कहा, सात बज गए?" फिर जैसे अपने से ही बोलते हुए पूछा, 'पर सात कैसे बज सकते हैं, मुहरत तो पाँच बजे का था।' और फिर यकायक ही सारी स्थिति को समझते हुए, स्वर को भरसक संयत बनाकर बोली, "अरे, खाने का क्या है, अभी बना लूँगी। दो जनों का तो खाना है, क्या खाना और क्या पकाना।"

फिर उन्होंने सूखी साड़ी को उतारा। नीचे जाकर अच्छी तरह उसकी तह की, धीरे-धीरे हाथों से चूड़ियाँ खोलीं, थाली में सजाया हुआ सारा सामान उठाया और सारी चीजें बड़े जतन से अपने एकमात्र संदूक में रख दीं।

और फिर बड़े ही बुझे हुए दिल से अँगीठी जलाने बैठीं।

□

मजबूरी

"बेटू को खिलावे जो एक घड़ी,
उसे पिन्हाऊँ मैं सोने की घड़ी।
बेटू को खिलावे जो एक पहर,
उसे दिलाऊँ मैं सोने की मोहर।"

बूढ़ी अम्माँ जोर-जोर से यह लोरी गा रही थीं और लाल मिट्टी से कमरा लीप रही थीं। उनके घोंसले जैसे बालों में से एक मोटी सी लट निकलकर उनके चेहरे पर लटक आई थी, जो उनके हिलते हुए सिर के साथ हिल-हिलकर मानो लोरी पर ताल ठोंक रही थी। बरतन मलने के लिए आई हुई नर्बदा ने जो यह देखा तो हैरत में आ गई, बोली, "अम्माँ, यह क्या हो रहा है? कल तो गठिया में जुड़ी पड़ी थीं, दरद के मारे तन-बदन की सुध नहीं थी और आज ऐसी सर्दी में आँगन लीपने बैठ गईं।"

एक क्षण को अम्माँ का हाथ रुका, फिर पुलकित स्वर में बोलीं, "अरी नर्बदा, मेरा बेटू आ रहा है कल!" फिर गाने के ही लहजे में बोलीं, "बेटू मेरा आवेगा⋯"

"ओहो तो रामेसुर लल्ला आ रहे हैं कल!" नर्बदा ने पूछा।

"मैं कह नहीं रही थी कि छुट्टी मिली नहीं कि वह दौड़ा आएगा। अम्माँ के मारे तो उसके प्राण सूखते हैं! इतना बड़ा हो गया, फिर भी यहाँ आएगा तो रात में एक बार मेरी गोदी में जरूर सोएगा। पर इस बार मैं कह दूँगी कि चल, मैं तुझे गोदी में नहीं लूँगी, अब तू गोदी में सोएगा कि बेटू⋯ ?" और वे हँस पड़ीं, जैसे कोई भारी मजाक कर दिया हो। फिर यकायक काम का खयाल आ जाने से बोली, "ले री, मैंने खड़िया भिगो रखी है, जरा बाहर के आँगन को माँड़ दे। बस ऐसा माँड़ना कि सब देखते ही रह जाएँ। क्या करूँ, आजकल हाथ काँपने लगा है, नहीं तो मैं ही माँड़ लेती!"

नर्बदा को खड़िया के काम में लगाकर वे फिर गाने लगीं—

"आओ री चिड़िया चून करो
बेटू ऊपर राइ-नून करो
नून करो-नून करो..."

ले, मैं तो भूल ही गई, क्या है इसके आगे! रामेसुर छोटा था तो ढेरों याद थीं, उसके बाद तो छोटा बच्चा ही घर में नहीं रहा, सो सब भूल गई। मेरा रामेसुर तो बिना लोरी सुने कभी सोता ही नहीं था, बेटू भी जरूर उसी पर होगा। "अब तो दौड़ता-फिरता होगा आँगन में।" और उनकी धुँधली आँखों के आगे जैसे दौड़ते-फिरते बेटू के चित्र बनने-बिगड़ने लगे! उसी कल्पना में खोई-खोई वे बोलती गईं, "पहले बहू लेकर आई थी, तब तो दो महीने का था, बस पालने में पड़ा-पड़ा हाथ पैर मारता था और मैं जाकर खड़ी हो जाती थी तो टुकुर-टुकुर मुझे ही निहारा करता था। सूरत भी एकदम रामेसुर पर ही पड़ी है उसकी। अब तो खुद देख लेना, सारा घर नापता फिरेगा।" और वे हँस पड़ीं। इन सब कल्पनाओं से ही रह-रहकर उनका शरीर रोमांचित हो रहा था।

अम्माँ का काम समाप्त हुआ तो मिट्टी में सनी दोनों हथेलियों को जमीन पर पूरे जोर से टिकाते हुए उन्होंने उठने का प्रयत्न किया, पर एक सर्द आह सी उनके मुँह से निकलकर रह गई। वे उठ नहीं पाईं तो बड़े ही कातर स्वर में बोलीं, "अरे नर्बदा! मुझे जरा उठा दे री, घुटने तो जैसे फिर जुड़ गए।"

"जुड़ेंगे तो सही। ऐसी सर्दी में जल से मिट्टी में सनी बैठी हो! बेटे-बहू आ रहे हैं तो ऐसी क्या नवाई हो रही है, सभी के घर आते हैं।" और नर्बदा ने अम्माँ को सहारा देकर उठाया, उनके हाथ धुलाए और खटिया पर लिटा दिया।

"तू भी कैसी बात करती है नर्बदा। दो बरस बाद मेरा बेटा आ रहा है, और मैं आँगन भी न लीपूँ?"

"दो बरस बाद आ रहा है तो मैं तो यही कहूँगी कि उनमें मोहमाया नहीं है। तुम यों ही मरी जाती हो उनके पीछे।"

"देख नर्बदा, मेरे रामेसुर के लिए कुछ मत कहना। यह तो मैं ही जानती हूँ कि दो-दो बरस मुझसे दूर रहकर उसके दिन कैसे बीतते होंगे, पर क्या करे, नौकरी तो आखिर नौकरी ही है। मेरे पास आज लाखों का धन होता तो बेटे को यों नौकरी करने परदेस नहीं दुरा देती, पर..." और उनके कुछ क्षण पहले पुलकते चेहरे पर मायूसी छा गई। आँखें अनायास ही डबडबा आईं।

नर्बदा यहाँ बरसों से काम करती है, अम्माँ के लिए उसके मन में अपार श्रद्धा है, पर बेटे के प्रसंग को लेकर वह जब-तब उनका दिल दुखा दिया करती है। कुछ और खरी-खोटी सुनाने का उसका मन हो रहा था, पर आज अम्माँ पर तरस खाकर चुप रह गई। जब तक वह काम करती रही, अम्माँ शून्य में ताकती जाने क्या सोचती रहीं, बोली एक शब्द भी नहीं। जब वह जाने लगी तो न चाहकर भी उन्हें कहना पड़ा, "तू जाते समय ग्वाले को कहती जाना कि कल दूध जल्दी दे जाए, और अब से दूध ज्यादा लगेगा। बच्चेवाले घर में तो दूध पूरा ही रहना चाहिए। जब तक वे लोग यहाँ रहें, तब तक तू भी चौका-बरतन करके यहीं रहा करना। घर में पाँच प्राणी रहते हैं तो काम तो निकल ही आता है, फिर बच्चे का साथ रहेगा। देने-लेने की चिंता मत करना, मैं रामेसुर को एक कहूँगी तो वह पाँच देगा।"

कुछ तो गठिया के दर्द ने और कुछ नर्बदा की बातों ने अम्माँ का उत्साह तोड़ दिया। बहुत से काम उन्होंने सोच रखे थे, पर वे कुछ न कर सकीं। बस अपनी खाट पर पड़े-पड़े भूली-बिसरी लोरियाँ याद करके गुनगुनाती रहीं। धीरे-धीरे रात के अंधकार में उनके मन की मायूसी भी डूब गई और वे भोर होने के पहले ही उठ बैठीं। घुटने का दर्द मन के उत्साह में खो गया, बेटे-पोते से मिलने की उमंग में मौसम की ठंडक भी जैसे जाती रही। सात बजते-बजते तो वे सब घर ही पहुँच जाएँगे। साथ छोटा बच्चा है, दूध तो गरम करके रख ही दूँ। फिर उन दोनों को भी चाय की आदत होगी, ऐसी सर्दी में चाय तैयार नहीं मिलेगी तो अम्माँ को क्या कहेंगे भला? दूसरा चूल्हा भी जला दूँ, नहाने को गरम पानी भी तो चाहिए।

उस कड़कती सर्दी में ठिठुरते-ठिठुरते अम्माँ ने बेटे-बहू को गरम करने के सारे आयोजन कर डाले। फिर सोचा—लगे हाथ तरकारी भी काट ही दूँ, नहीं तो वे इधर आएँगे और उधर मैं चूल्हे में सिर देकर बैठ जाऊँगी। बरसों में मेरा बेटा आ रहा है, घड़ी-दो-घड़ी उससे बात भी नहीं करूँगी? इनका क्या, ये तो अपने राजी-खुशी पूछकर औषधालय चल देंगे। तरकारी भी कट गई—अब क्या करें? अम्माँ अपने को इतना व्यस्त कर देना चाहती थीं, जिससे प्रतीक्षा के बोझिल क्षण महसूस न हों, पर समय जैसे बीत ही नहीं रहा था! तभी दूर कहीं घोड़ों के घुँघरूओं की आवाज आई और ताँगा अम्माँ के घर के सामने रुका। अम्माँ पागलों की तरह दरवाजे की ओर दौड़ पड़ीं। रामेसुर की गोद से उन्होंने झपटकर बच्चे को ऐसे छीना, मानो किसी चोर-उचक्के के हाथ से वे अपने बच्चे को छीन रही हों और

कसकर उसे सीने से चिपका लिया। चरण छूते हुए रामेश्वर की पीठ पर हाथ फेरते हुए दूसरे हाथ के घेरे में उसे भी लपेट लिया। बच्चा यकायक इतना प्यार और शारीरिक कष्ट पाकर रो उठा और माँ के पास जाने के लिए मचलने लगा। वे उसके आँसू पोंछने लगीं, तो उनकी अपनी आँखों से भी आँसू की धारा बहने लगी। पुचकारने पर भी जब बच्चा चुप नहीं हुआ, तो बहू की ओर बढ़ाते हुए उन्होंने कहा, "अभी मुझे पहचानता नहीं। एक बार मुझे पहचानने लगेगा तो छोड़ेगा नहीं।" उपेक्षित सी एक ओर खड़ी बहू ने बच्चे को ले लिया।

चाय-पानी हो गया और रामेश्वर नहाने चला गया तो अम्माँ ने बहू को अकेले पाकर कहा, "खबर तो दी होती बहू कि तुम्हारे महीने चढ़े हैं, कितने महीने हैं?"

झेंपते हुए बहू ने उत्तर दिया, "यह भी कोई लिखने की बात थी अम्माँ!" फिर जरा रुकते-रुकते कहा, मानो कहने का साहस बटोर रही हो, "अम्माँ, इस बार बेटू को आप ही रखेंगी। जैसे भी हो, मैं यहाँ हूँ, तब तक उसे अपने से हिला लीजिए। मैं तो इसके मारे ही परेशान थी, दो-दो को तो..."

अम्माँ आँखें फाड़-फाड़कर ऐसे देख रही थीं, मानो जो कुछ सुन रही हैं, उस पर विश्वास करें या नहीं। फिर यकायक बोल पड़ी, "तुम क्या कह रही हो बहू, बेटू को मेरे पास छोड़ जाओगी, मेरे पास! सच! हे भगवान्, तुम्हारी सब साध पूरी हो, तुम बड़भागी होओ। मेरे इस सूने घर में एक बच्चा रहेगा तो मेरा तो जनम सफल हो जाएगा।" फिर वे यकायक रो पड़ीं, "तुम क्या जानो बहू! अपने कलेजे के टुकड़े को निकालकर मुंबई भेज दिया। रामेसुर के बिना यह घर तो मसान जैसा लगता है। ये ठहरे संत आदमी, दीन-दुनिया से कोई मतलब नहीं। मैं अकेली ये पहाड़ जैसे दिन कैसे काटती हूँ, सो मैं ही जानती हूँ। भगवान् तुम्हें दूसरा भी बेटा दें, तुम उसे पाल लेना! पर देखो, अपनी बात से मुड़ना नहीं...मैं...मैं..." तभी रामेश्वर ने ठिठुरते हुए रसोई में प्रवेश किया, "अम्माँ, एक अँगीठी जरा इधर रख दो। मुंबई में रहकर तो सर्दी सहने की आदत ही नहीं रही। यहाँ तो नहाते ही जैसे जम गया।"

अम्माँ ने अँगीठी रामेश्वर के पास सरका दी। तभी रामेश्वर का ध्यान अम्माँ के कपड़ों की ओर गया, "यह क्या अम्माँ, तुम कुछ भी गरम कपड़ा नहीं पहने हो! सर्दी खा गई तो बीमार पड़ जाओगी। फिर तुम्हें गठिया की भी तो तकलीफ है, ऐसे कैसे चलेगा। न हो तो बनवा लो कपड़े, मैं रुपए दे दूँगा।"

पर यह सब अनसुना करके अम्माँ बोलीं, "देख, आज बहू ने कह दिया है कि बेटू अब मेरे पास रहेगा और अब जो बच्चा होगा, वह तुम्हारे पास। तू कहीं टाल

मत जाना, बात पक्की हो गई। आज से बेटू मेरा हुआ!"

"अरे, हम सभी तो तुम्हारे है अम्माँ, बोलो नहीं हैं?" परिहास के स्वर में रामेश्वर बोला।

"हो, क्यों नहीं? मेरे नहीं तो और किसके हो। पर बेटू आज से मेरे पास रहेगा।" अम्माँ ने कहा।

तभी वैद्यराजजी कुछ खाली शीशियाँ लेकर आए तो अम्माँ बोलीं, "सुनते हो जी, इस बार बेटू यहीं रहेगा। बेचारी बहू खुद अभी बच्ची है, दो-दो को कैसे सँभालेगी? और फिर पहले बच्चे पर तो यों भी दादी का हक होता है।" उनके हाथों की गति बढ़ गई थी और वे अब उठने-बैठने में जरा भी तकलीफ महसूस नहीं कर रही थीं।

दोपहर को नर्बदा से भी कहा, "बहू के तो फिर बच्चा होनेवाला है, बेचारी दो-दो को कैसे सँभालेगी, सो मुझसे कहने लगी—अम्माँ, बेटू को तो तुम्हें ही रखना पड़ेगा। उसे कहने में बड़ा संकोच हो रहा था कि मुझे बुढ़ापे में तकलीफ होगी, पर तू ही बता, घर के बच्चे को रखने में कैसी तकलीफ भला! ऐसे समय में घर के ही लोग काम न आएँगे, तो कौन आएँगे भला?"

इसके बाद घर में जो कोई भी आया, उसे यही खबर सुनाई गई! अम्माँ इस बात का इतना प्रचार कर देना चाहती थीं कि यदि अब किसी कारण से बहू का मन फिर भी जाए तो शरम के मारे ही वह अपना इरादा न बदल पाए। अम्माँ का सारा दिन बेटू को खिलाने में और उसकी नोन-राई करने में ही बीतता! जाने कैसी-कैसी औरतें घर में आती हैं, तंदुरुस्त-सुंदर बच्चे को कड़ी नजर से देख जाएँ, तो लेने के देने पड़ जाएँ। बेटू को लेकर उनके शिथिल और नीरस जीवन में नया उत्साह आ गया था। घुटनों के दर्द के मारे कहाँ तो वे अपने शरीर का बोझ ही नहीं ढो पाती थीं और कहाँ अब वे बेटू को लादे फिरती हैं। शाम को उसके साथ आँख-मिचौनी खेलतीं। बेटू का घोड़ा बनकर आँगन में दौड़ती फिरतीं। बेटू के साथ-साथ उनका भी जैसे बचपन लौट आया था। देखनेवाले अम्माँ के पागलपन पर हँसते, पर इसकी उन्हें जरा भी चिंता नहीं थीं। रामेश्वर ने टोका, "अम्माँ, क्यों उसे लादे फिरती हो, यों ही तुम्हारे घुटनों में दर्द रहता है।" तो बिगड़ पड़ीं, "कैसी बातें करता है रामेसुर, इसमें भी कोई वजन है, जो उठाना भारी पड़े। फूल जैसा तो हलका है, खाली-खाली दोनों वेला मिलते टोक दिया। माँ-बाप की नजर ही सबसे ज्यादा लगती है बच्चों

को, तभी तो बेटू एक दिन ठीक नहीं रहता।"

निश्चित समय पर दूध पिलाना, शीशी में दूध भरना, बाद में उसकी सफाई करना आदि सब काम अम्माँ के लिए बिल्कुल नए थे। उन्होंने तो रामेश्वर को अपने ढंग से पाला था। जब बच्चा रोया, झट दूध पिला दिया। दूध के लिए भी समय देखना पड़ता है, यह बात उनके लिए एकदम नई थी। दो साल तक तो उन्होंने रामेश्वर को अपना दूध पिलाया था, उसके बाद गिलास से पिलाती थीं। यह शीशी का नखरा उस जमाने में था ही नहीं, और होगा भी तो शहरों में। पर रमा से बड़ी लगन और तत्परता से एक जिज्ञासु विद्यार्थी की तरह उन्होंने यह सब भी सीखा। पति से जिद करके औषधालय की दीवारघड़ी, जो पिछले बीस वर्षों से वहीं लगी थी, उतरवाकर घर में लगवाई। उनके एकाकी जीवन में समय का कोई महत्त्व ही नहीं था। न पति को दफ्तर जाना रहता था, न बच्चों को स्कूल, जो समय पर कोई काम करना पड़े। पर अब यकायक ही उन्हें घड़ी की आवश्यकता महसूस होने लगी थी। यों उनकी याददाश्त बड़ी कमजोर थी, पर दूध के समय उन्होंने जो याद किए, तो कभी नहीं भूलीं। शुरू-शुरू में यह सब उन्हें बड़ा अटपटा-सा लगा था, फिर भी वे सारा काम बड़ी सतर्कता से करतीं। शीशी से दूध भरते समय उनका बूढ़ा हाथ अकसर काँप जाया करता था और दूध बाहर को गिर जाता था। उस समय वे एक असफल विद्यार्थी की तरह सफाई पेश करती थीं—"बहुत जल्दी सीख लूँगी बहू। जरा सा हाथ काँप गया था, फिर शीशी का मुँह भी तो कितना छोटा है।" उनका कहने का भाव ऐसा होता, मानो वे कर रही हों कि इस छोटी सी गलती के कारण ही कहीं तुम बेटू को ले मत जाना!

बीस दिन बाद जब बहू ने अपनी माँ के घर प्रयाण किया तो बेटू ने न जिद की, न वह रोया ही। बहू के कड़े नियंत्रण के बाद दादी के असीम दुलार में रहना, जहाँ कोई बंधन नहीं, अंकुश नहीं, बेटू को बड़ा अच्छा लगा। बहू चली गई, अम्माँ ने निश्चिंतता की एक साँस ली। महीना बीतते-न-बीतते खबर आई कि बहू के दूसरा भी लड़का हुआ है। अम्माँ की छाती पर से जैसे एक भारी बोझ हट गया। संशय का एक काँटा, जो रमा के जाने के बाद भी उनके मन में चुभा करता था, वह भी निकल गया। बेटू अब मेरा है, पूरी तरह मेरा है, यह भावना उस दिन जाकर पूरी तरह उनके मन में जम पाई।

जाने से पहले रामेश्वर ने अम्माँ और पिताजी के लिए ढेर सारे कपड़े बनवाए

थे। अम्माँ सारे मोहल्ले की औरतों को दिखाती फिरतीं। जो कोई आता, उसी से कहतीं, "अम्माँ के पीछे तो बस रामेसुर पागल है, न आगे की सोचता है, न पीछे की। उसका बस चले तो मुझ पर ही सारा घर लुटा दे। लाख मना करती रही, पर एक बात नहीं मानी। अब बुढ़ापे में ये छपी साड़ियाँ पहनकर कहाँ जाऊँगी, पर वह क्यों सुनने लगा?" यह सब कहते समय उनके झुर्रियों भरे चेहरे पर चमक आ जाती और वे आँखें मूँदकर अपने बेटे के चिरायु होने की कामना करतीं। जब रामेश्वर के जाने का समय आया तो उन्होंने रो-रोकर घर भर दिया। हिचकियाँ लेते हुए बोली, "देख रामेसुर, यह दो-दो बरस तक घर का मुँह न देखनेवाली बात अब नहीं चलेगी। साल में एक बार तो आ ही जाया कर मेरे लाल? नौकरी की जगह नौकरी है और माँ-बाप की जगह माँ-बाप! मेरी तबीयत भी ठीक नहीं रहती, किसी दिन भी आँख मुँदी रह गई तो मैं तेरी सूरत को भी तरस जाऊँगी। सो कम-से-कम अपनी इस बुढ़िया माँ को···" पर आगे वे कुछ नहीं कह सकीं, बस फूट-फूटकर रोने लगीं। आँसू भरी आँखों से वे रामेश्वर के ताँगे को तब तक देखती रहीं, जब तक वह आँखों से ओझल नहीं हो गया। उसके बाद उन्होंने कसकर बेटू को अपनी छाती से चिपका लिया।

दूसरे साल रामेश्वर नहीं आया, केवल रमा आई, शायद बेटू को देखने। पर बेटू को जो देखा तो उसका माथा ठनक गया। जिस बेटू को वह छोड़ गई थी, और जिसे अब वह देख रही है, दोनों में कोई सामंजस्य ही नहीं था। बात-बात में उसकी जिद देखकर रमा का खून खौल जाता। खाना वह दादी अम्माँ के हाथ से खाता और सारे दिन चरता रहता था। रात में सोता तो दादी अम्माँ के दोनों अँगूठे पकड़कर सोता, कुछ-न-कुछ जब तक दादी अम्माँ उसे लोरी नहीं सुनातीं, तब तक उसे नींद नहीं आती थी। सारे दिन दादी अम्माँ को धोती का पल्ला पकड़कर उनके पीछे-पीछे घूमा करता, शाम को गली-मुहल्ले के गंदे-गंदे बच्चों के बीच खेलता। उसे देखकर कौन कहेगा कि यह एक पढ़ी-लिखी सभ्य लड़की का बच्चा है। घर के सामने से जो कोई भी फेरीवाला निकलता, उससे बेटू को जरूर कुछ-न-कुछ खरीदना होता, न दिलवाने से जमीन-आसमान एक कर देता, मचल-मचलकर सारे आँगन में लोटता।

आखिर रमा को जबान खोलनी ही पड़ी, "अम्माँ, आपने तो इसे बिगाड़कर धूल कर रखा है, इस तरह कैसे चलेगा?"

दादी माँ ने हँसते हुए बड़े ही सहज भाव से कहा, "अरे बचपन में कौन जिद नहीं करता बहू! रामेसुर भी ऐसे ही करता था, यह तो सच हूबहू उसी पर पड़ा है। यही तो उमर होती है जिद करने की, साल-दो साल और कर ले, फिर अपने आप सबकुछ छूट जाएगा!" और वे मुग्ध भाव से गोद में बैठे बेटू के बालों में उँगलियाँ चलाने लगीं। रमा खून का घूँट पीकर रह गई। रमा की इच्छा हुई बेटू को अपने साथ ले जाए, पर एक साल का पप्पू ही उसे इतना परेशान करता था कि दोनों को एक साथ रखने का साहस नहीं हुआ। मुंबई जाते ही उसने अम्माँ के पास जरा खरी-खरी भाषा में पत्र पहुँचाने आरंभ कर दिए। जैसे ही वह चार साल का हुआ, रमा ने लिख दिया कि अम्माँ, अब उसे वहाँ के नर्सरी स्कूल में भर्ती करवा दें, कम-से-कम कुछ तमीज तो सीखेगा! चिट्ठियाँ पढ़तीं तो अम्माँ को लगता, बहू का तो दिमाग बौरा गया है। रमा के पत्र आते रहे और अम्माँ का ढर्रा अपने ढंग से चलता रहा।

दो साल बाद फिर रमा और रामेश्वर अपने तीन साल के पप्पू को लेकर आए। पप्पू ने अंग्रेजी की छोटी-छोटी कविताएँ याद कर रखी थीं और बड़े अदब के साथ बोलता था। अभी दो महीने पहले ही रमा ने उसे वहाँ के अंग्रेजी स्कूल में भर्ती करवाया था। पर बेटू वैसा ही था, जैसा रमा उसे छोड़ गई थी। उम्र में वह जरूर बड़ा हो गया था, बाकी सबकुछ वैसा ही था! रमा उठते-बैठते रामेश्वर से कहती, "जैसे भी हो, इस बार बेटू को लेकर चलना ही होगा। यही हाल रहा तो इसकी जिंदगी चौपट हो जाएगी। यह भी कोई ढंग है भला।"

"अम्माँ को बड़ा दुःख होगा, फिर बेटू तुम्हारे पास जरा भी तो नहीं आता, वह अम्माँ को छोड़कर कैसे रहेगा? ये सारी बातें सोच लो!" रामेश्वर इस प्रसंग को जैसे टालना चाहता।

"अम्माँ के दुःख की बात मैं मानती हूँ।" रमा ने अपने आवेश को दबाते हुए कहा, "पर जब उन्हें लिखा कि स्कूल में डाल दो तो वह भी तो उनसे नहीं हुआ। जैसे बताती हूँ, वैसे तो रखतीं नहीं। अब इनके दो दिन के सुख के लिए बच्चे का सारा भविष्य बिगाड़कर रख दूँ?" उसका गला भर्रा आया था।

रामेश्वर बेचारा बड़े धर्मसंकट में था। उसे पत्नी की बातों में भी सार नजर आता था और वह अम्माँ की भावनाओं को भी ठेस नहीं पहुँचाना चाहता था, सो बिना कुछ निर्णय दिए सारी बात रमा पर छोड़कर वह मुंबई लौट गया। रमा कभी मिठाई दिलाकर, कभी ताँगे में घुमाकर बेटू को अपने से हिलाने की कोशिश करने लगी। बेटू को ताँगे में घूमने का बहुत शौक था, जो कम ही पूरा होता था। अम्माँ को

कभी स्वप्न में भी खयाल नहीं था कि रमा पप्पू के रहते हुए भी बेटू को ले जाने का प्रस्ताव रखेगी। जिस दिन उन्होंने सुना, उनके तले की जमीन सरक गई। जब रमा ने बेटू को उनके पास छोड़ने का प्रस्ताव रखा था, तब भी यकायक उन्हें अपने कानों पर विश्वास नहीं हुआ था, ठीक उसी प्रकार ले जाने की बात पर भी उन्हें विश्वास नहीं हो रहा था। फिर भी काँपते स्वर में कहा, "कैसी बात करती हो बहू! मेरे बिना वह पल भर भी तो नहीं रहता। इतना बड़ा हो गया, फिर भी जब तक मैं कौर नहीं देती, तब तक खाता नहीं, सो यकायक मुझसे दूर कैसे रहेगा?"

"नहीं रहेगा तो थोड़े दिन रो लेगा, आखिर उसकी पढ़ाई का सिलसिला भी तो जमाना है अम्माँ! देखो, पप्पू स्कूल जाने लगा और यह अभी तुम्हारा पल्ला पकड़े-पकड़े ही घूमता है।"

"अरे पढ़ लेगा बहू, पढ़ लेगा! उमर आएगी तो पढ़ भी लेगा। यह मत सोचना कि मैं उसे गँवार ही रहने दूँगी। रामेसुर को भी तो मैंने ही पाला-पोसा है, उसे क्या गँवार ही रख दिया? फिर यह तो मुझे और भी प्यारा है। मूल से ब्याज ज्यादा प्यारा होता है, सो इसे तो मैं खूब पढ़ाऊँगी—तू जरा भी चिंता मत करना बहू···पर इसे ले जाने की बात की तो मैं···" और वे फफक-फफककर रो पड़ीं।

रमा की आँखों में भी आँसू तो आ गए, फिर भी उसने अपने पर काबू पाते हुए और स्वर को भरसक कोमल बनाकर कहा, "मैं आपका दिल नहीं दुखाना चाहती अम्माँ, पर आपके इस जरूरत से ज्यादा प्यार ने ही तो इसे बिगाड़कर धूल कर दिया है। एक भी आदत तो इसमें अच्छी नहीं है। यदि आप सचमुच ही इसे प्यार करती हैं और इसका भला चाहती हैं तो इसे मेरे साथ भेज दीजिए, और इसके साथ दुश्मनी ही निभानी है तो रखिए इसे अपने पास।" कहने के बाद ही रमा को लगा, जैसे बहुत कड़ी बात वह कह गई है।

"मैं···मैं अपने बेटू के साथ दुश्मनी निभाऊँगी—मैं उसकी दुश्मन हूँ···मैं··· मैं, तू मेरे प्यार की परीक्षा लेना चाहती है, पर ऐसी कठिन परीक्षा तो मत ले बहू, इससे तो तू मेरे प्राण ही ले ले!" उनका रोना बदस्तूर जारी था, लेकिन कुछ देर बाद उन्होंने अपने को सँभाला और स्वर संयत करके बोलीं, "ले जा बहू, ले जा। मेरा बेटू फूले-फले, पढ़-लिखकर लायक बने, इससे बढ़कर खुशी की बात मेरे लिए और क्या हो सकती है? मेरा क्या है, मेरी चार दिन की जिंदगी···उसकी हँसी-खुशी के लिए मैं तेरे बच्चे की जिंदगी नहीं बिगाड़ूँगी। मैं अपढ़-गँवार औरत ठहरी, इसे लायक कहाँ से बनाऊँगी, तू इसे ले जा! कुछ दिनों को मेरी जिंदगी में हँसी-खुशी

आ गई, इसी में तेरा बड़ा जस मानूँगी।" और रमा कुछ कहे, उसके पहले ही उन्होंने रसोईघर में जाकर भीतर से किवाड़ बंद कर लिये।

रमा को खुद इस सारी बात से बड़ा दुःख हो रहा था, पर बच्चे की बात सोचकर वह निर्णय बदलने में अपने को असमर्थ पा रही थी। यही सोच-सोचकर वह अपने मन को तसल्ली दे रही थी कि समय का मरहम अम्माँ के घाव को अपने आप भर देगा।

दो दिन बाद औषधालय के एकमात्र नौकर और दोनों बच्चों को लेकर रमा अपनी माँ के यहाँ चल पड़ी। बेटू को बताया ही नहीं गया कि रमा उसे अपने साथ ले जा रही है। रोज की भाँति ताँगे में घूमने के लालच से वह चला गया। जाते समय कह गया, "दादी अम्माँ, मैं तेरे लिए मिठाई और गोली लेकर आऊँगा।" दादी अम्माँ ने उसे कलेजे से लगा लिया। एक बार उसकी इच्छा हुई कि वह बेटू को बता दे कि रमा उसे हमेशा के लिए उनसे अलग करके ले जा रही है, लेकिन मन कड़ा करके वे चुप रहीं।

उसके बाद जो भी कोई घर आया, अपार आश्चर्य से उसने पूछा, "अरे, बहू बेटू को ले गई ? तुम तो कहती थीं कि बेटू अब तुम्हारे पास ही रहेगा।" अम्माँ को लगा, जैसे किसी ने उनके कलेजे पर गरम सलाख दाग दी हो। तिलमिलाकर जवाब देती, "कहती तो थी, पर अब रखा नहीं जाता। गठिया के मारे मरा तो उठना-बैठना तक हराम हो रहा है, ऐसी हालत में उसे कैसे रखती···सो मैंने ही कह दिया कि बहू, अब पप्पू बड़ा हुआ, सो बेटू को भी ले जाओ।"

"अरे अम्माँ, एक पल तो तुम उसे छोड़ती नहीं थीं, अब रह लोगी उसके बिना ?"

"नहीं रह सकती तो भेजती ही क्यों? अब यह कोई बच्चे पालन की उमर है भला! जिसकी थाती, उसी को सौंपी। बुढ़ापा है, कुछ भजन-पूजन ही कर लूँ। उसके मारे तो मेरा सबकुछ छूट गया था!" बड़े ही संदिग्ध भाव से अम्माँ की इस दलील को औरतें स्वीकार कर पाती थीं। आज अम्माँ के पास कोई काम नहीं था करने को, सो खाली आँगन में दर्दील स्वर से एक लोरी गुनगुना रही थीं। शाम को गुब्बारेवाला आया, बुढ़िया के बालवाला आया, खिलौने की मिठाई बेचनेवाला आया, तो बुझे स्वर में अम्माँ ने सबको यही जवाब दिया, "जाओ भाई जाओ! आज तुम्हारा ग्राहक नहीं है। उसे मैंने उसकी अम्माँ के साथ भेज दिया। अब यहाँ

मत आया करो, कभी मत आया करो, कोई तुम्हारी चीज नहीं खरीदेगा!" कहते ही उनका मन तो सुबक उठता, पर उनकी आँखों के आँसू जैसे सूख गए थे!

तीसरे दिन औषधालय का नौकर वापस आया तो सबसे पहले खबर दी कि दादी अम्माँ को याद करते-करते बेटू को बुखार आ गया और वह उसे भरे बुखार में छोड़कर आया है। वह रमा के हाथ से न कुछ खाता है, न दवाई पीता है। अम्माँ ने सुना तो ऊपर की साँस ऊपर ओर नीचे की साँस नीचे रह गई। वे पागलों की भाँति दौड़ती हुई औषधालय पहुँचीं, "अरे सुनते हो, बेटू रो-रोकर बीमार हो गया है। मैं तो पहले ही जानती थी कि वह मेरे बिना रहेगा नहीं, पर बहू को कौन समझाए। अब तो रात की गाड़ी से ही जाकर मुझे उसे लाना होगा, वरना वह तो रो-रोकर प्राण दे देगा। हे भगवान्, मेरी मति पर भी पत्थर पड़ गए थे, जो बहू की बात मान गई!"

अम्माँ रोती थीं और कपड़े ठीक करती जाती थीं। नर्बदा आई तो आश्चर्य से बोली, "कहाँ की तैयारी कर रही हो, अम्माँ?"

"अरे शिब्बू बहू को छोड़कर लौटा तो बताया कि बेटू ने तो रो-रोकर बुखार चढ़ा लिया। मैं तो भेजकर अपनी तरफ से निश्चिंत हो गई थी, पर वह रह सकता है क्या? उसके तो प्राण मुझमें कुछ ऐसे पड़ गए थे कि क्या बताऊँ! कोई अगले जनम का संस्कार ही समझ। अब जाकर लाना पड़ेगा, नहीं तो छोरा रो-रोकर प्राण दे देगा।" और गर्व और आनंद से उनकी छाती फूल गई।

तीसरे दिन ही बेटू को लेकर वे लौट आईं। जिसने देखा, उसी ने कहा, "अरे, चार दिन में ही बच्चा सूख गया।"

"सूखेगा नहीं···कुछ तो खाया नहीं और एक पल को आँसू नहीं टूटा। मैं तो सोचती थी कि बहू के हवाले करके सुख से पूजा-पाठ करूँगी, पर अब यह रहता भी तो नहीं।"

एक साल उन्होंने इसी प्रकार और निकाल दिया। रमा मुंबई से आई और फिर बेटू का वही रवैया देखा तो सोचा कि वह उसे सीधे मुंबई ले जाती तो यह सारा कांड नहीं होता। अम्माँ बंबई तक आ नहीं सकती थीं। सो इस बार फिर एक बार दादी माँ को रुलाकर उनके मना करने पर भी वह बेटू को लेकर मुंबई के लिए चल पड़ी। जाने किस आशा से अम्माँ ने अपनी सारी जमापूँजी खर्च करके शिब्बू को साथ कर दिया। रमा मना करती रही कि अब दोनों बच्चे बड़े हैं, वह सँभाल लेगी, पर अम्माँ ने शिब्बू को साथ भेज ही दिया।

दूसरे दिन से जो कोई भी आता, अम्माँ उसी के सामने यह मनौती मानतीं कि किसी प्रकार बेटू रमा के पास हिल जाए तो वह सवा रुपए का परसाद चढ़ाएँगी! उच्च स्वर से वह रात-दिन रट लगाए रहतीं कि बेटू मुझे किसी तरह भूल जाए। पर सात दिनों के बाद जब शिब्बू लौटकर आया तो वे ऐसे दौड़ पड़ीं, मानो यह बेटू को लेकर ही आया हो। झपटकर उन्होंने पूछा, "मेरा बेटू कहाँ है? मेरा बेटू ठीक है शिब्बू, तुझे मैंने किसलिए भेजा था?" उनका स्वर बुरी तरह काँप रहा था।

"इस बार तो अम्माँ बहूजी ने बेटू को हिला लिया। वहाँ बहूजी के मकान में बहुत सारे बच्चे हैं, उन सबसे दोस्ती हो गई, सो खूब खेलता है। ट्राम, बस, बगीचे, झूले—इन सबमें उसका मन लग गया।" शिब्बू ने बताया तो अम्माँ शून्य-पथराई आँखों से उसे ऐसे देख रही थीं, मानो कुछ समझ ही नहीं रही हों। शिब्बू कहे चला जा रहा था, "चलो तुम्हारी चिंता दूर हुई। मैं तो अम्माँ दो दिन इसी मारे ज्यादा रुक गया कि कहीं रोया तो अपने साथ लेता आऊँगा, पर इस बार बहूजी ने उसे समझा दिया और वह भी समझ गया। अब वहाँ जम जाएगा। अब तो तुम परसाद चढ़ाओ अम्माँ और मजे से भजन-पूजन करो।"

यकायक जैसे अम्माँ की चेतना लौट आई, "क्या कहा···बेटू मुझे भूल गया, वहाँ जम गया? सच, मेरी बड़ी चिंता दूर हुई। इस बार भगवान् ने मेरी सुन ली। जरूर परसाद चढ़ाऊँगी रे, जरूरी चढ़ाऊँगी। मेरे बच्चे के जी का कलेश मिटा, मैं परसाद नहीं चढ़ाऊँगी भला!" और फिर गीली आँखों और काँपते हाथों से उन्होंने जेब से सवा रुपया निकालकर शिब्बू को देते हुए कहा, "ले, पेड़े लेता आ, अब परसादी चढ़ाकर बाँट ही दूँ। कौन नर्बदा? सुना नर्बदा, बेटू मुझे भूल गया—बस भूल ही गया···" और उन्होंने आँचल से भर-भर आती आँखें पोंछी और हँस पड़ीं।

□

छत बनानेवाले

दरवाजे के बाईं ओर की दीवार पर लगी नेमप्लेट को दो बार अच्छी तरह पढ़ने के बाद बड़े झिझकते से हाथों से शरद ने कुंडी खटखटाई।

"कौऽऽन?" दहाड़ता सा स्वर दरवाजे से टकराकर बिखर गया। शरद की समझ में नहीं आया कि वह क्या कहे। एक बार तो मन हुआ कि चुपचाप चल दे और होटल में टिक जाए, पर रिक्शा जा चुका था। तभी भीतर से खड़ाऊँ की खटपट-खटपट करीब आती लगी और भड़ाक् से दरवाजा खुला।

धोती को तहमद की तरह लपेटे, बनियान पहने, ललाट पर लंबा सा तिलक लगाए, जो व्यक्ति सामने दिखाई दिया, वही ठाकुर ताऊजी हैं, यह समझते शरद को देर नहीं लगी। उनके चेहरे पर फैला प्रश्नवाचक भाव और अधिक गहरा होता, उसके पहले ही शरद ने बड़ी नम्रता से हाथ जोड़कर कहा, " नमस्ते ताऊजी।"

क्षणांश के लिए घनी भौंहों के नीचे आँखों के कटोरे कुछ सिकुड़े, ललाट की तीन सलवटें कुछ और अधिक उभर आईं। सामने रखे सामान की ओर उड़ती सी नजर डालकर उन्होंने फिर शरद के चेहरे की ओर देखा और अनुमान लगाते से स्वर में बोले, "कौऽन, तुम पन्ना हो क्या?"

बहुत दिनों बाद अपने बचपन का नाम सुनकर शरद को हँसी आ गई। मुसकराता सा बोला, "जी हाँ।" और इसके साथ ही सामनेवाले व्यक्ति का तिलक फैल गया, चेहरे के सारे तनाव ढीले पड़ गए और शरद ने अपनी पीठ पर एक स्नेहिल स्पर्श महसूस किया, "कमाल है भाई, कोई खबर नहीं, सूचना नहीं। मैं ताँगा भेज देता लेने के लिए। आओ...आओ..."

शरद ने अपना सूटकेस और बैग उठाते हुए कहा, "मैंने सोचा, घर तो ढूँढ़ ही लूँगा, सवेरे-सेवरे बेकार ही तकलीफ होगी।"

"वाह, इसमें तकलीफ की क्या बात है भला।" फिर शरद को सामान उठाए

देखकर कुछ परेशान से बोले, "अरे-अरे, सामान यही रख दो, अभी तुम्हारा कमरा ठीक हो जाएगा तो वहीं पहुँच जाएगा।" और फिर जरा व्यस्त भाव से भीतर की ओर झाँककर बोले, "सुनती हो मोटू की माँ, देखो तो कौन आया है?"

मोटू की माँ ने सुना या नहीं, इसकी तनिक भी चिंता किए बिना शरद की पीठ पर हाथ रखकर वे उसे भीतर ले गए। शरद को पिताजी की बात याद आई, 'आदर्श परिवार किसी को देखना हो तो ठाकुर साहब का देखो। क्या डिसिप्लिन है, क्या बच्चे हैं।' और शरद ने एक उड़ती सी नजर कमरे में डाली।

"बैठो" और ताऊजी खिड़कियाँ खोलने लगे। "रामेश्वर मजे में हैं, तुम्हारी अम्माँ, बाल-बच्चे?" शरद 'जी, जी' करता रहा। यह शायद घर की बैठक है, शरद ने अनुमान लगाया। दो तख्त जोड़कर मोटा सा गद्दा बिछा रखा था, जिस पर हलकी सी मैली हो आई चद्दर बिछी थी। तीन तरफ गोल तकिए पड़ थे। दीवारों पर सुनहरी फ्रेम में मढ़ी कुछ तसवीरें लगी थीं—गोपियों के साथ होली खेलते हुए कृष्ण, शिव-पार्वती। एक कलेंडर लटका था, जिस पर कल की तारीख लगी हुई थी। दीवारों पर दो तरफ सिंदूर से स्वस्तिक चिह्न बने थे। सामने की दीवार के बीचोबीच दीवार-घड़ी टँगी हुई थी। तख्त से कुछ हटकर दोनों ओर की दीवारों के सामने टीन की दो-दो कुरसियाँ रखी थीं, जिन पर रंग-बिरंगी फूल-कढ़ी सफेद गद्दियाँ बिछी थीं।

"तुम आए, बड़ी खुशी हुई। पर आने से पहले तुम्हें खबर करनी चाहिए थी।" शरद को कुरसी पर बिठाकर स्वयं तख्त पर बैठते हुए उन्होंने कहा, "वैसे कोई एक महीना पहले रामेश्वर ने लिखा था कि पन्ना एक सप्ताह के लिए यहाँ आकर रहना चाहता है, सो यदि घर में दिक्कत हो तो किसी होटल-वोटल में इंतजाम करवा दीजिए।"

"जी वो···" शरद कुछ कहने ही जा रहा था कि बीच में ही वे दहाड़ उठे, "जी क्या? घर होते हुए तुम होटल में ठहरोगे? होटल भी कोई भले आदमिया के ठहरने की जगह होती है? रामेश्वर बड़ा शहरी हो गया है, अपनापन अब उसमें रहा ही नहीं। वरना जय यहाँ था तो घरों के बीच में जरूर दीवार थी, पर हम लोगों के मन एक थे। तुम्हें तो क्या याद होगी उन दिनों की? मुश्किल से नौ बरस के रहे होओगे।" और जैसे उनकी आँखों के आगे वे ही दिन उभर आए। "छोटू-मोटू, पन्ना-मोती, दशरथ के चारों बेटों की तरह रहते थे।" उनके चेहरे पर ममतामय उल्लास चमकने लगा। शरद, मोटू-छोटू के बारे में पूछने ही जा रहा था कि तभी

ठोड़ी तक घूँघट निकाले एक महिला दरवाजे पर आकर ठिठक गई; इस दुविधा में कि भीतर घुसे या नहीं।

"आओ···आओ···देखो, पहचानती हो इन्हें?"

शरद ने हाथ जोड़कर उठते हुए बड़ी नम्रता से कहा, "नमस्ते ताईजी।"

पर इस संबोधन से भी वे शायद पहचान नहीं पाईं, सो ज्यों-की-त्यों खड़ी रहीं।

"अरे पन्ना है, पन्ना। नहीं पहचान सकीं न? अपने रामेश्वर का बड़ा बेटा।" और ताऊजी 'हो-हो' करके हँस पड़े।

"ओह, पन्ना है! खबर नहीं दी भैया? कोई लिवाने चला जाता।" और भीतर आकर ताईजी ने शरद की पीठ पर हाथ फेरा। ताऊजी के मुकाबले में ताईजी की आवाज बड़ी धीमी और मुलायम लगी।

"नहीं, कोई जाता तो तकलीफ होती। ये शहरी लोग हैं, आराम-तलब। इन्हें हर बात में तकलीफ दिखाई दती है।" स्नेह ने व्यंग्य के पैने किनारे को इतना मुलायम बना दिया था कि बात मन में कहीं चुभी नहीं।

"रामेश्वर लाला अच्छे हैं? अम्माँ, मोती, हीरा···"

"अब तो आप घूँघट खोल दीजिए, ताईजी।" शरद को इस घूँघट से बड़ी उलझन हो रही थी।

"भई, मेरठ छोटा सा शहर है, यहाँ बड़े शहरों जैसी बेशर्मी तो चलती नहीं। फिर हमारे घर की तो···"

"पर मैं तो मोटू-छोटू की तरह हूँ, ताऊजी।"

"नहीं···नहीं···" ताऊजी नकारात्मक भाव से सिर हिलाते हुए बोले, "अपना जाया बेटा भी जब जवान हो जाता है तो···नहीं, नहीं, यह सब मुझे पसंद ही नहीं।" शरद को बड़ा अजीब सा लगा। फिर यकायक प्रसंग बदलकर वे ताईजी से बोले, "अब तुम कुछ दूध-लस्सी का सिलसिला तो बिठाओ। और हाँ सुनो, छोटी-बड़ी बहू को कहो कि पन्ना के लिए ऊपर का कमरा तैयार कर दें।" शरद ने आवाज की बुलंदी और रोब को भीतर तक महसूस किया और उसे लगा कि ताऊजी केवल हुक्म ही दे सकते हैं। कभी इन्हें किसी के सामने याचना करनी पड़े तो, उस समय कैसा रहेगा इनका स्वर?

ताईजी लौट गईं। "मोटू-छोटू कहाँ हैं?" शरद को खुद आश्चर्य हुआ कि जिस बात को वह सबसे पहले पूछना चाहता था, उसे इतनी देर तक कैसे टालता

रहा। इस घर में आने का सबसे बड़ा आकर्षण तो उसके हमउम्र मोटू-छोटू ही थे। बचपन की स्मृतियों को सजीव करने में उसे सबसे ज्यादा मदद तो उन्हीं से मिलेगी।

"वे दोनों मंदिर गए हैं।"

"मंदिर?"

"हाँ, यहाँ पास ही है।" शरद के स्वर में लिपटा आश्चर्य का भाव वे शायद पकड़ नहीं पाए। उसी सहज भाव से बोले, "शाम को आरती के समय चाहो तो तुम भी चले जाना। बस आते ही होंगे, इतने में तुम भी नहा-धोकर निपट लो।"

शरद का मन हो रहा था कि किसी तरह एक प्याला चाय मिल जाए, तो हिले-डुले। पर दूध-लस्सी की बात सुनने के बाद उससे कुछ भी कहा नहीं गया।

वह उठा और बरामदे में रखे अपने बैग में से तौलिया, ब्रुश आदि निकाला और सूटकेस में से एक जोड़ी कपड़े।

"वह नल है, वहाँ दातुन कर लेना; उधर ही पखाना और गुसलखाना है।" इशारे से बताकर ताऊजी फिर बैठक में चले गए। शरद कंधे पर तौलिया लटकाए, मुँह में पेस्ट लगा ब्रुश दबाए, दो मिनट यों ही निरुद्देश्य सा देखता रहा। आँगन के बीचोबीच पक्का चबूतरा बना हुआ है, जिसके ऊपर बने सीमेंट के गमले में तुलसी खूब फूल रही है। गमले के चौड़े से किनारे पर एक बुझा हुआ दीपक रखा है। आँगन के चारों ओर करीब पाँच-छह फुट चौड़ा बरामदा सा बना हुआ है और फिर कमरे।

तभी पायल की झनक से उसका ध्यान टूटा। गुलाबी-पीली साड़ियों में लिपटी, अपने को भरसक समेटती सी लंबा-लंबा घूँघट काढ़े दो महिलाएँ हाथ में झाड़ू, दरी, सुराही आदि लिये बैठक के ठीक सामने की ओर बने जीने में घुस गईं। 'ये छोटू-मोटू की बहुएँ होंगी' शरद ने अनुमान लगाया और यकायक उसके सामने कुंतल का चेहरा घूम गया। बिना बाँहों का ब्लाउज पहने और ऊँचा जूड़ा बाँधे। जाने क्यों उसे भीतर-ही-भीतर हँसी आ गई।

वह गुसलखाने में नहा रहा था कि उसे बाहर आँगन में तीन-चार लोगों के पदचाप सुनाई दिए और फिर ताऊजी का स्वर, "अरे मोटू-छोटू, पन्ना आए हैं लखनऊ से। अभी नहा रहे हैं।" स्वर में उल्लास छलक पड़ रहा था।

"अरे, हमारा बेटा चरणामृत लाया है···लाओ, लाओ···इत्ता बड़ा हो।" ताऊजी शायद किसी बच्चे से कह रहे थे।

यकायक शरद के मन में मोटू-छोटू को देखने का कौतूहल जाग उठा। उसने

जल्दी-जल्दी बदन पोंछकर कपड़े पहने और निकला तो "अरे पन्ना भैया", और लपककर दोनों ने शरद के पैर छुए। पास खड़े ताऊजी मुग्ध भाव से भरत-मिलाप का यह दृश्य देखते रहे, पर शरद बेहद संकुचित हो उठा। उसे ध्यान आया, उसने तो ताऊजी-ताईजी तक के पैर नहीं छुए। "ये लल्ला हैं, मोटू के बेटे और ये मुन्ना हैं छोटू के बेटे। पैर छुओ तो बेटा, ताऊजी के।" और ताऊजी ने हलके से बच्चों को शरद की ओर धकेल सा दिया।

मोटू-छोटू डीलडौल में शायद उससे इक्कीस ही थे। चौड़े ललाट पर चंदन का टीका; दोनों के हाथ की कलाइयों में कलावा बँधा हुआ था। छोटू के गले में काली डोरी में बँधा ताबीज जैसा कुछ लटक रहा था। शरद उन्हें कुछ इस भाव से देखता रहा, मानो पहचानने की कोशिश कर रहा हो।

"आपने आने की कोई खबर नहीं दी भैया, वरना हम ताँगा लेकर स्टेशन आ जाते।"

तीसरी बार भी यही बात सुनकर शरद को लगने लगा कि जैसे खबर न देकर सचमुच ही उसने कोई अपराध कर दिया हो।

दूध और लस्सी के गिलास क्रोशिए से बने जालीदार मेजपोश से ढकी एक छोटी सी टेबल के चारों ओर रखे थे और बीच में एक प्लेटनुमा थाली में मठरी और बेसन के लड्डू।

"तुम दूध लोगे या लस्सी ? हमारे यहाँ इस मामले में छोटे से लेकर बड़े तक सब मन के मालिक हैं। किसी को दूध चाहिए तो किसी को दूध की लस्सी; कोई दही की लस्सी के सिवाय कुछ छूता ही नहीं। सबकी फरमाइश पूरी करती हैं तुम्हारी ताईजी।" अपने घर की सारी व्यवस्था को लेकर ताऊजी कुछ अतिरिक्त उत्साह में आए हुए थे।

'मन के मालिक' होने का सहारा पाकर शरद ने झिझकते से स्वर में कहा, "यदि दिक्कत न हो तो मैं चाय लेना···"

"ऐसी गरमी में चाय ?" ताऊजी ने बीच में ही बात काट दी।

"दिक्कत की तो कोई बात नहीं, पर यह भी कोई चाय का मौसम है भला ?"

"चाय तो शरीर को झुलसा देती है, भैया।" छोटू बोला।

"हलके किस्म का नशा ही है, लत लग गई है तो फिर सर्दी-गरमी क्या ?" यह मोटू का फतवा था। ताऊजी ने दोनों की बात का समर्थन करते हुए प्रसन्न मुद्रा में सिर हिलाया और फिर फैसला सुनाने के ढंग से कहा, "इनके लिए गरम-गरम

दूध लाओ जी। यहाँ पानी मिला बाजार का दूध नहीं है, घर की भैंस का दूध है। चाय पिलाकर तुम्हारी सेहत बिगाड़नी है?" और उन्होंने तृप्ति युक्त आनंद से मोटू-छोटू के भरे-पूरे शरीरों को देखा।

शरद के भीतर कुछ उमड़ा, जिसे उसने भीतर ही दबा लिया।

"क्यों भैया, आप यहाँ क्या ऑफिस के काम से आए हैं?"

"ऑफिस? ऑफिस तो मेरा कोई है नहीं।" ताईजी ने दूध का गिलास शरद के हाथ में पकड़ा दिया था, उसकी ओर घूमते हुए उसने कहा और उसे लगा कि अब वही प्रसंग आनेवाला है, जिससे वह ऐसे कामकाजी लोगों के बीच बचना चाहता है। वह मन-ही-मन अपने को साधने लगा। "आप शायद अपना ही कोई धंधा करते हैं।" हथेली से दूध की सनी मूँछों को साफ करते हुए छोटू ने जिज्ञासा प्रकट की।

शरद की समझ में ही नहीं आया कि वह क्या कहे। गोद में बैठे अपने दो-तीन साल के पोते के मुँह में मठरी का चूरा देते हुए ताऊजी ने पूछा, "तुम आजकल वैसे का क्या रहे हो?"

दूध का घूँट जैसे-तैसे सटककर आखिर उसने कह ही डाला, "जी बस, यों ही कुछ लिखने-विखने का शौक है।"

"सो तो तुम्हारा शौक हुआ। मैं शौक की बात नहीं, काम की बात पूछ रहा हूँ।" दोनों हथेलियों को आपस में फट-फट करके आपस में रगड़ते हुए उन्होंने मठरी का चिपका हुआ चूरा साफ किया। जाने क्यों शरद को लगा कि उसके कुछ कहने के साथ ही ये हथेलियाँ इसी तरह उसकी पीठ फटकारने लगेंगी। कुछ भिनभिनाते से स्वर में बोला, "बस, अपना तो काम भी यही है।"

"पर आमदनी का भी तो कोई जरिया होगा या नहीं?" ताऊजी के चेहरे पर असंतोष का भाव बढ़ता ही जा रहा था। इतनी देर तक शरद अपने लेखक को भीतर-ही-भीतर दबाए स्वयं बोल रहा था, अब जैसे यकायक उसका लेखक उभर आया। सारा संकोच और दुविधा एक किनारे रखकर वह कुछ ढिठाई के से स्वर में बोला, "बहुत पैसा कमाने की या जोड़ने की अपनी कोई इच्छा नहीं है, गुजारे लायक इसी से हो जाता है।" और उसने पैर थोड़े सामने को फैलाकर पीठ कुरसी पर टिका दी। मानो पूरी तरह मोर्चे पर जम गया हो कि लो बोलो, क्या कर लोगे मेरा!

पर शायद ताऊजी पर शरद के इस लहजे का कोई खास प्रभाव नहीं पड़ा। तैश में बोले, "नो-नो⋯, यह भी कोई बात हुई भला? रामेश्वर ने हाड़ पेल-पेलकर

तुम्हें एम.ए. करवाया, अब उनके बुढ़ापे में तुम अपना शौक लेकर बैठ जाओ।" फिर स्वर को जरा मुलायम बनाकर बोले, "देखो बेटा, बुरा मत मानना, पर तुम्हारे सोचने का यह तरीका ही गलत है।"

"हाँ भैया, देखिए न, आदमी होकर बस अपना पेट भरने का जुगाड़ कर लिया···यह तो कोई बात नहीं हुई न?" और समर्थन पाने के लिए मोटू ने ताऊजी की ओर देखा। समर्थन में छोटू का सिर धीरे-धीरे हिल रहा था। खिन्न स्वर में ताऊजी ने कहा, "कुछ समझ में ही नहीं आता···लगता है रामेश्वर ने जैसे अपने घर का सारा सिलसिला ही बिगाड़ लिया। अब यहाँ होते तो···"

कोई और समय होता, तो पता नहीं शरद क्या कर बैठता। कम-से-कम अपना सामान लेकर चल तो पड़ता ही। पर इस समय वह केवल मंद-मंद मुसकराता रहा। मुग्ध भाव से सुनने और दाद देने का पार्ट अदा करते हुए मोटू-छोटू और वक्ता ताऊजी···उसके मन में एक विस्मयपूर्ण कौतुक के अतिरिक्त और कोई भाव नहीं आ रहा था।

तभी घड़ी ने टन-टन करके आठ बजाए। घंटों की आवाज से ही ताऊजी कुछ याद करते से बोले, "ओ होऽऽ—मैं तो भूल ही गया चौधरी साहब के यहाँ आज साढ़े आठ बजे लगन चढ़नेवाला है। मोटू, तुम जल्दी से तैयार होकर चले जाओ। दो रुपए देते आना···और देखो, लिखवा जरूर देना।"

मोटू चला गया तो ताऊजी ने जरा सा तिरछे खड़े होकर तहमद खोली और कायदे से धोती पहन ली और बाहर की ओर मुँह करके बोले, "ये बरतन ले जाना यहाँ से।" फिर छोटू की ओर देखकर बोले, "लिखने-लिखाने का शौक हमारे इन छोटू साहब को भी चर्राया था एक जमाने में। अरे, ये जब पेट में थे तो तुम्हारी ताईजी तुम्हें बहुत खिलाया करती थीं, सो तुम्हारी ही छाया पड़ गई होगी।" और फिर अपनी ही बात पर हो-हो करके हँस पड़े। "सो भैया, हमने तो शुरू में ही ठीक कर दिया। क्यों छोटू, याद है न?"

छोटू कुछ ऐसे झेंपा, मानो सबके सामने उसकी पोल खोल दी हो। धरती में नजर गड़ाए धीरे से बोला, "वह तो बचपन की बातें थीं।"

"हाँऽऽ, अब तो बचपने की बातें लगती ही हैं। पर उस समय···"

"पिताजी, ऊपर का कमरा ठीक कर दिया।" एक तेरह-चौदह साल की लड़की साड़ी पहने, गठरी बनी सी दरवाजे पर आकर खड़ी हो गई। ताऊजी ने उसे

बिना भीतर बुलाए ही कहा, "पन्ना, ये बिट्टी हैं, तुम्हारी सबसे छोटी बहन। पिछले साल आठवाँ दर्जा पास किया था, अब घर का कामकाज सीख रही है। अगले साल तक या हो सका तो आती सर्दियों में ब्याह कर देंगे।"

बिट्टी इस प्रसंग पर सुर्ख होती हुई भाग गई। "छोटू, पन्ना को कमरे में पहुँचा दो, और देख लो इन्हें किसी चीज की जरूरत तो नहीं है।" फिर उससे बोले, "देखो बेटा, यहाँ संकोच करने की जरूरत नहीं है! यह तुम्हारा अपना ही घर है। और देखो, हमारी किसी बात का बुरा मत मानना। क्या करें, तुम लोगों को पराया नहीं समझ पाते, सो जो कुछ बुरा लगता है, कह देते हैं।"

"नहीं...नहीं..." शरद ने उठते हुए कहा।

सीढ़ियाँ चढ़ते हुए उसने सुना, "छोटू, लौटकर तुम हिसाब तैयार कर लेना।" आदेश देते हुए ताऊजी का स्वर मिलिट्री के अफसर जैसा लगता है, कमांड करता हुआ। ऊपर पहुँचकर शरद ने देखा, बड़ी सी खुली छत है, जिसके एक ओर एक कमरा बना हुआ है और दूसरी ओर टीन के शेड के नीचे सीमेंट की बोरियाँ चिनकर रखी हुई हैं।

"सीमेंट का भी कोई कारबार है क्या?" शरद ने पूछा, तो छोटू झेंपता सा बोला, "नहीं-नहीं। ऊपर की मंजिल बनवानी है, इसी सप्ताह काम शुरू करवाना है। सीमेंट की तो ऐसी दिक्कत है कि बस। बड़ी मुश्किल से भाग-दौड़ करके इकट्ठी की है।"

शरद उसे गौर से देख रहा था। कैसी गंभीरता और जिम्मेदारी से बात करता है। उसकी पीठ पर धप मारकर हँसते हुए बोला, "यार छोटू, तुम तो अभी से अच्छे-खासे बुजुर्ग बन गए।"

छोटू झेंप गया।

"और यार, कुछ अपने हालचाल सुनाओ। तुम तो लड़कियों की तरह झेंप रहे हो।"

"नहीं तो। बस सब ठीक चल रहा है।" फिर सीधे शरद की ओर देखकर बोला, "शाम को दुकान की तरफ आइए न!"

"किसकी दुकान है?"

"प्रोविजन और जनरल स्टोर है। यहाँ का तो सबसे बड़ा स्टोर है।" शरद को लगा कि जैसे वह अपना स्टोर दिखाने के लिए बहुत उत्सुक है। शायद चाहता है कि शरद देख ले कि...

"अच्छा चलूँ? आप देख लीजिए, सब ठीक तो है न?"

"सब ठीक है यार, तुम बैठो न थोड़ी देर। तुमसे तो बहुत सी बातें करनी हैं।" लापरवाही से शरद बोला।

"जरा हिसाब ठीक करना था। आप तो अभी यहाँ हैं ही, खूब बात करेंगे।" छोटू उठ खड़ा हुआ। शरद लौटते हुए छोटू को कुछ इस भाव से देखता रहा, मानो उसे पहचानने की कोशिश कर रहा हो। फिर उसने अपना कमरा देखा। एक खाट पर बिस्तर लगा था, जिस पर साफ कढ़ी हुई चादर बिछी हुई थी। एक कोने में छोटी सी टेबल और टीन की कुरसी। सच, इस तरह की कुरसियों को तो वह भूल ही चुका था। खिड़की पर सुराही रखा थी, पास में गिलास। नीचे दरी बिछी थी। दीवार के सहारे उसका सामान रखा था। ओह, उसे खयाल ही नहीं रहा कि इसे कौन उठाकर लाया होगा? मोटू-छोटू की बहुएँ। अपनी लापरवाही पर उसे क्षोभ हुआ।

उठकर उसने दरवाजे पर लगी चिक को गिरा लिया। कमरे में हलका सा अँधेरा हो गया। जब पूरी तरह आश्वस्त हो गया कि वह अकेला है तो बैग में से निकालकर उसने सिगरेट सुलगाई। चाय न मिली तो यही सही और इत्मीनान से धुआँ छोड़ते हुए वह मन-ही-मन मुसकराया।

कभी कुंतल यहाँ आए तो? वह तो ताऊजी को देखकर सीधे ही कह बैठे, "बुढ़ऊ क्रैक है।" उसके होंठ और फैल गए। आज रात को कुंतल को पत्र लिखेगा।

शाम को निकला शरद घर लौटा तो रात के नौ बजे थे। सारे समय वह उन स्थानों पर घूमता रहा, जहाँ उसने बचपन के दिन बताए थे और जिनकी उजली-धुँधली अनेक स्मृतियाँ उसके मन में लिपटी थीं। छोटे रास्ते से जाने पर बीच में पड़नेवाला वह नाला, उसके पास लगे इमली और जामुन के पेड़ आज भी ज्यों-के-त्यों थे। मोटू-छोटू और वह जामुन तोड़ने में इतने मगन हो जाते थे कि स्कूल में देर हो जाती थी और गणित के काने मास्टरजी उन तीनों को सजा देकर बैंच पर खड़ा कर दिया करते थे। जब वे तिरछे होकर बोर्ड पर सवाल समझाते होते, तो बैंच पर खड़ा-खड़ा छोटू जीभ निकालकर और मुक्का दिखा-दिखाकर उन्हें चिढ़ाया करता था। उस समय कैसे भीतर से उमड़ती हुई हँसी को जबरन होंठों में ही दबाना पड़ता था।

इम्तिहान में हमेशा तीनों एक-दूसरे की नकल किया करते थे। पतंग उड़ाना, सोडे की बोतलों को पीस-पीसकर माँजा सूतना, घंटों गिल्ली-डंडे और गोलियाँ

खेलना, छिपकर ताऊजी की बीड़ी पीना, मंदिर में से पैसे उठाकर ले आना। हर प्रसंग की अनेक-अनेक घटनाएँ उसकी स्मृति में लिपटी थीं। छोटू शुरू से ही ज्यादा शरारती था। दिन में दो-तीन बार वह ताऊजी से जरूर पिटता था। पिताजी बचाते तो ताऊजी उन्हीं पर बरस पड़ते, छोड़ दे रामेश्वर, इस समय ढील दी तो आवारा हो जाएगा यह।

बचपन की उन्हीं सब बातों को, उन्हीं स्थानों के बीच एक बार फिर से सजीव करने के उद्देश्य से ही वह यहाँ आया था। पर जाने क्यों, सारे दिन उसे यही लगता रहा कि बचपन की स्मृतियों के नाम पर उसने जो कुछ भी अपने मन में अंकित कर रखा है, उसमें से कुछ भी नहीं मिलेगा। शायद वह सोचता बहुत है और सोचने की इस प्रक्रिया में बहुत सी काल्पनिक चीजें भी जोड़ता चलता है। पर जब वे सारे-के-सारे स्थान और चिह्न हलके से परिवर्तन के साथ ज्यों-के-त्यों मिल गए, तो उसे बड़ा सुखद आश्चर्य हुआ। यहाँ तक कि हरखू मोदी की वह दुकान भी मिली, जहाँ से वे तीनों उधार लेकर चने-मूँगफली खाया करते थे और जब यह बात घर पहुँचती थी तो पिटते थे। बूढ़ा हरखू एक आँख पर हरे फ्लैनल की थिगली सी लटकाए उससे मिलकर बड़ा प्रसन्न हुआ। उसने आज भी चने खरीदे तो हरखू ने पैसे नहीं लिये।

"तुम्हारा बेटा कहाँ गया?"

"भैया, लल्लन ने तो शहर में नौकरी कर ली। मुझको भी बुलाता है, पर अपना तो जब तक शरीर चलता है, अपनी दुकान भली।"

रात को वह लौटा तो घर में सन्नाटा छाया हुआ था।

पहले दिन उसके खाने-पीने और सोने की अनियमितता की अभिभावात्मक ढंग से आलोचना करने के बाद ताऊजी ने 'चार दिन को आया है' कहकर उसे स्वीकार भी कर लिया था। पर बाहर जाने से पहले वे एक बार अवश्य ऊपर जाते थे। 'क्यों बेटा, किसी चीज की जरूरत तो नहीं है न?' से शुरू होकर बात काफी आगे तक चलती थी। उस समय ताऊजी सफेद ब्रिचिस और बंद गले का सफेद कोट पहने रहते, जिसमें मीने के काम के सोने के बटन लगे होते। सिर पर कलफदार साफा। शरद के मन में ताऊजी का यही रूप अंकित था, केवल चेहरा कुछ अधिक चिकना और शरीर कुछ अधिक कसा हुआ। उनके हाथ में करीब दो फुट लंबा, गोल लकड़ी का डंडा रहता, जिसके एक सिरे पर जीभ के आकार का

कटा हुआ चमड़े का एक टुकड़ा लटकता रहता। वह डंडा हिला-हिलाकर बात करते, तो बहुत रोकने पर भी शरद का मन बात से ज्यादा चमड़े की लपलपाती उस जीभ पर चला जाता।

बात हमेशा उसके परिवार से शुरू होती और फिर अनायास ही ताऊजी के अपने परिवार पर आ जाती।

"तुम लोग तो लड़के हो, पर यह बताओ कि उस हीरा को क्यों कुँआरा बिठा रखा है? छब्बीस की तो होगी? और क्या, लल्ली से दो बरस बड़ी है। जानते हो, लल्ली के तीन बच्चे हैं।" और फिर वे शरद की ओर कुछ इस भाव से देखते, मानो उसके तीन बच्चे होना बहुत बड़ी उपलब्धि हो। शरद मुसकराता सा कहता, "वह अब डॉक्टर हो गई है—बड़ी और समझदार है। उसका अपना व्यक्तित्व है···"

"अब तो हो ही गई बड़ी, पर पेट में से तो डॉक्टर होकर नहीं निकली थी।" ताऊजी भभकते, फिर बड़े खेद और असंतोष से सिर हिलाते हुए कहते, "हमारी तो कुछ समझ में ही नहीं आता कि रामेश्वर ने सारे घर का यह सिलसिला क्यों बिगाड़ रखा है। लड़कियों को कहीं यों छूट दी जाती है? लगता है कि रामेश्वर ने बच्चों की तरफ से आँख मूँद ली है। कच्ची उमर में बच्चों का भविष्य उनके हाथ में छोड़ देने से तो ऐसा ही होता है।" फिर यकायक स्वर को गिराकर बोले, "तुम विश्वास नहीं करोगे, छोटू ने इस घर में कम तुफैल नहीं मचाए थे। मैट्रिक में फर्स्ट पोजीशन क्या आ गई, अपने को लाटसाहब ही समझने लगा था। आगे पढ़ने के लिए बाहर जाएँगे, घर में नहीं रहेंगे, दुकान पर नहीं बैठेंगे।" फिर यकायक वे कुछ आत्मीय बातें करने के मूड में आ गए। जरा सामने झुककर शरद को विश्वास में लेते से बोले, "प्रेम-व्रेम के चक्कर में भी पड़ गए थे। वो बवाल मचाया घर में कि बस। कोई कायस्थों की छोकरी थी, आवारा सी।" यकायक शरद की जिज्ञासा जागी, पर पता नहीं उन्होंने शरद के सामने वह सब कहना उचित नहीं समझा या कि वह प्रसंग दोहराना ही उन्हें अरुचिकर लगा, सो उन्होंने बात को वहीं तोड़कर उसका सार निचोड़कर सुना दिया, "सो भैया, घर है तो ऊँच-नीच तो लगी ही रहती है। जमाने की हवा है तो बच्चे उससे अछूते थोड़े ही रहते हैं, पर घर का जमा-जमाया एक सिलसिला हो तो सब ठीक ही जाता है। बच्चे जब भटकने लगें, उस समय भी यदि उन्हें ठीक से गाइड न कर सके, तो लानत है हमारे माँ-बाप होने पर।" और यकायक ताऊजी ने डंडा मेज पर जमाया, तो चमड़े की वह जीभ एक बार फिर हवा में लपलपा उठी। शरद को लगा कि प्रतिवाद करने के लिए यदि उसने चूँ भी की तो यह जीभ उसे निगल ही लेगी।

पुराने एसोसिएशंस ताजा होते ही शरद को जैसे लिखने का मूड आ गया। देख हुए स्थानों की एक-एक डिटेल वह अपनी डायरी में नोट करने लगा। सिनेमा के ट्रेलर की भाँति नीचे से मोटू-छोटू और ताईजी की बातों के प्रसंगहीन टुकड़े उसके कानों में पड़ते रहते। 'अम्माँ, महादेवजी के मंदिर में एक बड़े चमत्कारी महात्मा आए हैं, उन्हीं से लेकर ताबीज बाँधो, वैद्य-हकीमों से यह गठिया नहीं जाएगी'... 'मोटू भैया, हाथरसवालों को मैंने जवाब दे दिया कि बिना जायचा जुड़ाए तो हम संबंध नहीं कर सकेंगे', 'शंकरलाल के लड़के ने किसी बंगालिन से शादी कर ली... माँ-बाप बेचारे झक मार रहे हैं'...'हरदेई चाची के मरने पर बेटों ने कह दिया कि हम तेरहवीं नहीं करेंगे।' 'सीमेंट के बीस थैलों का इंतजाम और हो गया है, अब काम शुरू करवा देना चाहिए।'...'मजदूरों के दिमाग भी आजकल आसमान पर चढ़ रहे हैं...'

पर जैसे ही ताऊजी आते, सारे घर में उनका स्वर गूँजने लगता और बाकी स्वर जैसे उसी में डूबकर रह जाते... "मैं कहता हूँ कि इन लल्ला, मुन्ना को तो कुछ सिखाया करो, औंधे लेटकर पढ़ रहे हैं, यह कोई ढंग है पढ़ने का? तुम लोगों को हमने होशियार कर दिया, अब इन्हें तो तुम देखो-भालो!" दुनिया भर के आदेश, दुनिया भर की हिदायतें।

"आज बाहर नहीं गए?" ऊपर चढ़ते हुए ताऊजी ने पूछा।

"बस यों ही कुछ लिखने बैठ गया।" पेन बंद करके कुरसी से जरा सा उठते हुए शरद ने दरवाजे पर खड़े ताऊजी का स्वागत किया।

"शाम को सब लोगों से मिल-मिला आता हूँ, इसी बहाने थोड़ा घूमना भी हो जाता है।"

शरद चुप रहा और वे बाहर छत की ओर देखने लगे। धूप छत पर से कभी की सिमट चुकी थी, इस समय हवा में थोड़ी ठंडक भी आ गई थी। "हवा यहाँ खूब चलती है।" फिर एक मिनट ठहरकर पूछा, "रामेश्वर मकान-वकान बनवा रहा है या नहीं?" शरद को लगा कि अब वे अपने मकान की बात करेंगे।

"हमने तो भाई, सिर छिपाने और पैर टिकाने के लिए यह मकान बनवा लिया।" होंठ दबा लेने के कारण शरद की हँसी मुसकराहट बनकर रह गई।

"कुछ भी हो, अपने मकान की होड़ नहीं, क्यों?"

समर्थन के अतिरिक्त शरद के पास कोई चारा नहीं था।

"दो कमरे छोटू के लिए, दो मोटू के लिए। बिल्कुल अलग। अब न किसी का लेना, न देना। साथ रहकर भी हमारे यहाँ सब स्वतंत्र हैं। मैंने नियम बना दिया है कि रात नौ बजे के बाद कितना ही जरूरी काम हो, बेटे और बहुओं को उनके कमरों से नहीं बुलाया जाएगा। फिर काम भी ऐसा बाँट रखा है कि झगड़े की कोई बात नहीं।" फिर गरदन जरा आगे की ओर झुकाकर पूछा, "तुम्हें आए तीन दिन हो गए, कभी देखा तुमने बहुआ को लड़ते हुए? सुनी उनकी तू-तू, मैं-मैं?"

शरद को पहली बार खयाल आया कि उसे तो आज तक यह भी नहीं मालूम पड़ा कि मोटू की बहू कौन सी है और छोटू की कौन सी। उसके कमरे की खिड़की से नीच के आँगन का जो थोड़ा सा भाग दिखाई देता है, वहीं से उसे कभी-कभी रंगीन साड़ियों की झलक मिल जाती है, न भी मिलती है तो दूसरे दिन आँख खुलते ही सामने तार पर फैली हुई साड़ियों से वह अनुमान लगा लेता है कि कल ये ही साड़ियाँ उनके शरीरों पर रही होंगी।

"सो भैया, हमने तो शुरू से ही ऐसा सिलसिला बिठा दिया कि झगड़े-टंटे की कोई गुंजाइश ही नहीं।" फिर सामने रखी सीमेंट की बोरिया की ओर देखकर बोले, "भाग-दौड़ करके सीमेंट इकट्ठी की कि अपने रहते-रहते ऊपर की मंजिल भी बनवा दूँ। कौन जाने आगे क्या हो? यों भी अब छोटू-मोटू के बच्चे बड़े हो रहे हैं। मैंने तो इसी इरादे से ये छत छोड़ दी थी कि बच्चे जब तक छोटे रहें, खेल-कूद लें, बड़े होने लगें तो सिर पर छतें डलवा दी, कमरे बन गए।" और अपनी ही दूरदर्शिता पर वे मंद-मंद मुसकराते रहे। फिर यकायक उठते हुए बोले, "कौन जाने इनके बड़े होने तक हम जिंदा भी रहेंगे या नहीं, सो सिलसिला बिठा ही दूँ।"

आँख खुलते ही शरद ने पहली बात सोची कि आज वह चल देगा। दो बार जोर की अँगड़ाई लेकर वह छत पर निकला तो देखा, सारी छत पर धूप फैली हुई है। सामने सीमेंट की बोरियों के चारों ओर ईंटों के ढेर लगा दिए गए हैं। जरा सा नीचे झाँका तो देखा कि छोटू कमर में पाँयचे खोंसे, कमीज की बाँहें मोड़, हाथ में पानी की बाल्टी लिये खड़ा है और फेंटा सा कसे बिट्टी सींक की झाड़ू से 'शटाक्-शटाक्' करती आँगन धो रही है। शरद को देखते ही बोला, "उठ गए पन्ना भैया? आइए, आप जल्दी से निपट लीजिए, आपका नाश्ता रखा है।"

"बड़े जोरों से धुलाई हो रही है।" शरद के नीचे उतरते ही बिट्टी सिमटकर एक ओर खड़ी हो गई। दोनों बच्चे लोटे भर-भरकर पानी डाल रहे थे।

"आज मकान का मुहूर्त है, सो सत्यनारायण की कथा करवाई है। कल से ऊपर की मंजिल का काम शुरू हो जाएगा। आप बाहर निकलें तो जल्दी आइएगा भैया।" छोटू के स्वर में उत्साह जैसे छलका पड़ रहा था।

"आज तो यार, हम जाने की सोच रहे हैं।"

"नहीं भैया, शंकर पंडित की कथा सुनने तो लोग दूर-दूर से आते हैं। आप कल जाइएगा।"

दूसरे दिन शरद कमरे में अपना सामान ठीक कर रहा था। बाहर छत पर मजदूर गीली सीमेंट की तगारियाँ भर-भरकर दूसरी ओर ले जा रहे थे। धोती की तहमद बाँधे ताऊजी खड़े-खड़े उसी कमांडरी लहजे में आदेश देते जा रहे थे और नन्हा-मुन्ना ईंट के ढेर पर खड़ा होकर चहक रहा था। "देखो लल्ला भैया, हम कितने ऊँचे पहाड़ पर…"

□

रानी माँ का चबूतरा

आज रात को जब चबूतरे पर बैठक लगी तो औरतों की चर्चा का विषय पूर्णिमा को होनेवाला आयोजन था। कौन क्या पहनेगी, पूजा की थाली में क्या ले जाएगी, क्या मनौती मानेगी, आदि बातों पर चर्चा हो रही थी कि रामी अपनी छोटी बहन धन्नी को लेकर पहुँची। बूढ़े काका ने अपनी चिलम दूसरे के हाथ में थमाते हुए कहा, "बड़ी देर कर दी रामी। शायद बहन की खातिर में लगी थी।"

"खातिर हम क्या करेंगे काकी, बच्चों को सुलाते-सुलाते देर हो गई।" फिर बूढ़ी काकी की ओर घूमकर बोली, "काकी, कल धन्नी को भी रानी माँ के चबूतरे पर दीया जलाने के लिए ले जाना है।"

"यह रानी माँ का चबूतरा क्या है?" धन्नी ने कुछ कौतूहल से पूछा।

खरबूजे के सूखे बीज छीलते हुए काकी बोली, "वाह, कल से तुम यहाँ आई हो और रामी ने तुम्हें चबूतरे की बात भी नहीं बताई? क्या बताएँ बेटी, हम भागवान हैं, जो रानी माँ के नगर में बसते हैं। बड़ी भागवंती नारी थी। आज भी मुझे वह दिन याद आता है तो आँखों में आँसू आ जाते हैं," और श्रद्धा से गद्गद हो बूढ़ी काकी ने काम को बीच में छोड़कर स्वर्ग में बसनेवाली रानी माँ को प्रणाम किया। बस्तीवालों के लिए यह कथा कोई नई नहीं थी; फिर भी दत्तचित्त होकर उस कथा को ऐसे सुनने लगे, जैसे पहली बार ही सुन रहे हों। स्त्रियों का तो ऐसा विश्वास था कि जितनी बार इस कथा को कहेंगी या सुनेंगी, उनका पुण्य बढ़ेगा। हाथों को माथे पर छुआकर फिर अपना छोड़ा हुआ काम सँभाला और काकी बोलीं, "यही कोई तीस साल पहले की बात होगी, हमारे नगर-सेठ के बेटे पर शीतला माई का कोप हुआ। पानी की तरह पैसा बहाया; पर शीतला माई तो कोई और ही खेल खेलने आई थीं। वे इन दवाइयों से क्यों शांत होतीं भला? सब हार गए, और शीतला माई बच्चे पर ऐसी जमकर बैठीं कि न उसे मरने दें, न जीने दें। माँ तो सेवा करते-करते सूखकर

काँटा हो गई। न खाने की सुध, न सोने की। भाग से एक साधू द्वार पर आया। रानी माँ की सूरत देखकर ही सारी बात समझ गया। वह कोई ऐसा-वैसा साधू भी नहीं, शीतला माई का भेजा हुआ साधू ही था। बोला, 'बेटी, तेरा बच्चा मौत के मुँह में है, पर तेरे प्रताप से ही बचेगा। सात दिन तू अन्न-जल का त्याग कर दे, तेरा बच्चा उठ खड़ा होगा।' रानी माँ के प्राण तो पहले ही आँखों में आए थे, उस पर सात दिन अन्न-जल का त्याग! सबने बहुत समझाया कि साधू की बातों में मत आओ, पर वह नहीं मानी। सात दिन बाद बच्चा तो उठ खड़ा हुआ, पर रानी माँ जाती रहीं।" काकी का गला भर्रा गया, पास बैठी फूलो ने आँचल से आँसू पोंछ डाले। धन्नी ने अभी तक बच्चे की सूरत नहीं देखी थी; उसके मन में जाने कैसा शूल चुभने लगा। काकी ने सूत्र जोड़ते हुए कहा, "सारा गाँव इकट्ठा हुआ उस देवी के दर्शन करने को, अरथी उठी कि राजा-महाराजाओं की भी क्या उठेगी! नगर-सेठ ने बहू..."

बीच में ही बात काटकर फूलो बोली, "केसर के छींटे की बात तो कही ही नहीं।" फिर उसने कुछ इस भाव से धन्नी को देखा, मानो कह रही हो, इस घटना की राई-रत्ती बात केवल काकी ही नहीं, वह भी जानती है।

"हाँ बेटी, जब उसकी अरथी उठी तो आसमान से केसर की बूँदें बरसी थीं। और तमाशा देखो, इतनी भीड़ में से क्या मजाल, जो एक छींटा भी दूसरे पर पड़ जाए; बस खाली अरथी पर ही पड़ रहे थे छींटे।"

"फिर सेठजी ने अपने बगीचे में रानी माँ की याद में एक चबूतरा बनवाया। हर पूरनमासी को नगर की औरतें वहाँ दीया जलाने जाती हैं, अपने बच्चों के लिए मनौती मनाती हैं।"

रामी ने जरा काकी की ओर झुककर फुसफुसाते स्वर में कहा, "धन्नी को भी इसीलिए बुलाया है काकी कि कल इससे दीया जलवा दूँ। ब्याह को चार साल होने को आए, पर अभी तक कोख नहीं फली। एक-दो साल और बीत गया तो वह किसी और को घर में डाल लेगा।"

"जरूर दीया जलवा, भगवान् करेगा तो साल बीतते-न-बीतते गोद में बाल-गोपाल खेलने लगेगा। रानी माँ का आशीर्वाद कभी अकारथ नहीं जाने का।"

धन्नी लजा गई, साथ ही उसने यह भी महसूस किया कि यहाँ आकर उसने अच्छा ही किया।

काकी से जरा दूर बैठा गोपाल, जो बस्ती का सबसे मसखरा जवान था, बोल उठा, "काकी, मैं तो तुम्हारी रानी माँ का कमाल तब मानूँ, जब तुम गुलाबी को रास्ते पर लगा दो।"

"नाम मत ले उस चुड़ैल का, मेरे सामने! वह कोई माँ है? कसाइन है, कसाइन! नहीं तो रानी माँ के चबूतरे में तो वह ताकत है कि पत्थर में भी ममता उपज आए। पर वह तो हेकड़ीवाली ऐसी कि कभी उधर मुँह भी नहीं करती। भगवान् करे उसका सत्यानाश हो जाए। सारी बस्ती पर किसी दिन पाप ला देगी।"

काका ने स्वर को जरा कोमल बनाकर कहा, "क्यों कोस रही है जेठा की माँ? बेचारी मुसीबत की मारी है।"

"तुम्हारा तो दूध ही झरता रहता है उसके लिए। बड़ी मुसीबत की मारी है!" गुलाबी के प्रति काका की इस सहानुभूति से चिढ़कर काकी बोली, "मुसीबत की मारी है तो सारी बस्ती मदद करने को तैयार है; पर वह तो हेकड़ीवाली ऐसी कि अपना ठेंगा ऊपर रखेगी। अरे, मैं तो कहूँ, जो अपने आदमी को झाड़ू मारकर निकाल दे, वह किसकी सगी होगी?"

"अब आदमी तो उसका था ही ऐसा कि मारकर निकाल दिया जाए। वह पसीना बहाकर कमाती और वह घर में बैठा दारू पीता। आखिर उसे दो बच्चे भी तो पालने थे।" काका ने फिर गुलाबी का पक्ष लिया। काकी तैश में आ गई। बात रानी माँ से सरककर गुलाबी पर आ लगी।

"बड़े बच्चे पाल रही है मुँह-झौंसी! सवेरे उस काल-कोठरी में बंद करके जाती है तो शाम को आकर खोलती है।"

गुलाबी के बगल की कोठरी में रहनेवाली रामी बोली, "काकी, अपनी तो आज ही कह रही थी कि जीजी, मुझे दिला दो एक बच्चा; मैं पाल लूँगी।"

"वह क्यों देने लगी? वह तो उनका कोठरी में बंद करके मारेगी···" काकी अपना वाक्य पूरा भी नहीं कर पाई थी कि दूर खड़ी एक छायाकृति पास आई और बोली, "मारूँगी तो अपने बच्चे को मारूँगी, तेरे बच्चे को तो नहीं मारूँगी···तू क्यों मेरे बच्चों की चिंता में सूख रही है? खबरदार जो आगे से नाम लिया मेरे बच्चों का! बड़ी धरमातमा बनी बैठी है!"

गुलाबी की उपस्थिति से क्या स्त्री-वर्ग और क्या पुरुष-वर्ग, दोनों ही जरा चौंक पड़े। काका ने बात सँभालते हुए कहा, "क्यों बिगड़ रही है गुलाबी? हम तो तेरे भले की ही बात कह रहे हैं। बंद करके जाती है, कभी गरमी में अंदर-के-अंदर ही घुटकर मर गए तो?"

"मर गए तो पाँच पैसे का प्रसाद चढ़ाऊँगी, पर मरें भी तो। मेरी जान को लगे हुए हैं निगोड़े।"

"तू तो प्रसाद चढ़ाएगी, पर सारी बस्ती को तो हत्या लगेगी। हमें क्यों पाप में सान रही है?"

"आ हाऽऽ, बड़े आए बस्तीवाले! पहले कोठरी खोलकर जाती थी तो मेरा छोरा सरकते-सरकते मोरी में आकर गिर गया। किसी ने उठाया तक नहीं। बड़े अपने बनते हैं। छोरा भी तो जाने किस माटी का बना हुआ है, सारे दिन मोरी के कीचड़ में सड़ता रहा, पर मरा नहीं; मर जाता तो पाप कटता।" गुलाबी क्रोध में बड़बड़ाती गली के नल पर चली गई।

"कहो काकी, कैसी रही?" गोपाल ने छेड़ते हुए पूछा।

"कौन मुँह लगे इस चुड़ैल के!" पर काकी का मन इतना खिन्न हो उठा कि वे अपनी बीजों की पोटली उठाकर चल दीं। धीरे-धीरे सभी उठ गए और चबूतरे की सभा विसर्जित हो गई।

सवेरे सात बजे की सीटी बजी तो गुलाबी ने एक झटके के साथ अपनी कोठरी का दरवाजा बंद किया। उसे बगल की कोठरी में से रामी-धन्नी की फुसफुसाहट सुनाई दी। बिना पूरी बात सुने ही वह भभक उठी, "जितनी बातें बना सको, बना लो चुड़ैलो! मैं तुम्हारी दबैल नहीं, जो डर जाऊँगी।"

रामी ने वहीं बैठे-बैठे हाँक लगाई, "अपने रस्ते लग गुलाबी। किसका हिया फूटा है, जो सवेरे-सवेरे तुझ नासपीटी का नाम लेगा?" गुलाबी कुछ कहती उसके पहले ही उसके दो साल के बच्चे का क्रंदन कोठरी की दीवारों को चीरकर गली के सुनसान वातावरण में फैलने लगा। झल्लाकर उसने कोठरी खोली और अपनी नौ साल की लड़की मेवा की पीठ पर एक धौल जमाते हुए बोली, "नौ बरस की धींग हो गई, एक बच्चा नहीं रखा जाता। चल, उसे गोदी में उठाकर रख!" और उसी झल्लाहट में उसने कोठरी बंद कर दी और दौड़ पड़ी। सात की सीटी बज चुकी थी और वह जानती थी कि अब यदि वह सारा रास्ता दौड़कर ही पार नहीं करेगी तो ठेकेदार वहाँ बैठे अनेक उम्मीदवारों में से किसी को भी काम दे देगा और वह आज की मजदूरी से जाती रहेगी; फिर वह सत्तू नहीं ला सकेगी, दाल नहीं ला सकेगी... उसने गति और बढ़ा दी, उस समय वह भूल गई कि रामी ने उसे नासपीटी कहा है या कि उसका बच्चा रो रहा है।

शाम को वह लौटी तो क्लांत हाथों से उसने अपनी कोठरी का दरवाजा खोला। देखा, मेवा एक कोने में लुढ़की पड़ी सो रही है और दो साल का वह मांस

का लोथड़ा मैले में सना हुआ मिमिया रहा है। रोने की ताकत तो उसमें शायद रही भी नहीं थी। गुलाबी ने पूरे हाथ की धौल कोने में सोती हुई छोरी की पीठ पर जमाई, "पड़ी-पड़ी सो रही है चुड़ैल। चल, उठकर चूल्हा जला!" और वह उस मैल में सने बच्चे को उठाकर गली के नल पर चली। बराबर उसके मुँह से गालियाँ बरस रही थीं। चबूतरे पर उस समय काका अकेले बैठे थे, गुलाबी को बड़बड़ाते हुए जाते देखा तो टोक दिया, "किसे कोस रही है गुलाबी? अरे, कभी तो तू भी हँस-बोल लिया कर।"

"हँस-बोलकर मुझे किसी को रिझाना नहीं है? बड़े आए हैं सीख देनेवाले! तुम्हें तो नहीं कोस रही? कोस रही हूँ उस दारूखोर को, जो मेरी जान को ये कीड़े-मकोड़े छोड़ गया।"

"अरे, मैं तो तेरे भले की बात कह रहा हूँ। चार जनों के बीच आकर बैठाकर तो तेरा भी मन बहल जाए, पर तू तो सबको काटने को दौड़ती है।"

"हाँ-हाँ, मैं तो कटखनी हूँ, क्यों मेरे मुँह लगते हो? ज्यादा बकवास की तो दो-चार तुम्हें भी सुना दूँगी। बड़े आए हैं दर्द दिखानेवाले।" और वह भन्नाती हुई अपनी कोठरी की ओर चल पड़ी। काका ने फिर उसे नहीं टोका।

चूल्हे पर दाल चढ़ाकर, बच्चे को गोदी में लेकर वह सुस्ताने लगी। सारे दिन की कैद भोगकर मौका पाते ही मेवा कोठरी से बाहर भाग गई। जब दाल-सत्तू तैयार हो गया तो गुलाबी ने मेवा को खाने के लिए आवाज दी। मेवा आई तो उसके हाथों में काँच की हरी चूड़ियाँ चमक रही थीं। गुलाबी की नजर पड़ते ही उसने पूछा, "ये चूड़ियाँ कहीं से लाई री?"

मेवा चुप।

"मैं पूछती हूँ, ये चूड़ियाँ कहाँ से लाई?"

मेवा चुप।

"सुनाई नहीं देता क्या, बहरी हो गई है?" और तड़ातड़ चाँटे पड़ गए उसके गाल पर, "चोरी करके लाई है न? आज सब तो चबूतरे पर दीया जलाने गए हैं, किसी के घर में से चुरा लाई, क्यों? चोट्टी, हरामजादी!" मुँह से गालियाँ और हाथों से चाँटे पड़ने लगे।

मेवा ने चीख-चीखकर सारी गली को सिर पर उठा लिया। तभी दीया जलाकर लौटी हुई रामी-धन्नी आ पहुँचीं, "अरे-अरे, छोरी के प्राण लेगी क्या?" मेवा को अपनी तरफ खींचती हुई रामी बोली।

"मैं इसकी खाल खींचकर रख दूँगी। तू बीच में मत बोल रामी, नहीं तो सच कहती हूँ, दो हाथ तेरे भी पड़ जाएँगे। मेरी छोरी चोरी करे···चोरी करे···!" और उसका स्वर भिंच गया।

देखते-देखते काफी भीड़ जमा हो गई। जरा सा अवसर मिलते ही गुलाबी फिर एक चाँटा जड़ देती। बूढ़े काका मेवा को दूर ले गए, तब गुलाबी चिल्लाई, "छोड़ दो काका, मेरी छोरी को ले गए तो ठीक नहीं होगा। आज तुम बचाने आए हो, कल तुम लोग ही उसे चोट्टी कहते फिरोगे।"

किसी ने स्थिति को सँभालने के लिए कहा, "चोरी नहीं की है उसने, वह तो रामेसुर ने उसे दी है। नाहक मार दिया बच्ची को।"

"दी है, तो क्यों दी है? हम क्या भिखमँगे हैं, जो किसी का दिया पहनेंगे? आज मरे घर में कोई मूँछोंवाला नहीं बैठा है तो सब लोग भीख देने चले हैं। थू है उन पर! बड़े आए हैं दया दिखानेवाले!"

मेवा को काका के पास सुरक्षित समझकर सबने सोचा कि अब इस गुलाबी से बहस करना बेकार है, एक की चार सुनने को मिलेगी, सो सब चुपचाप खिसक गए। धन्नी, जो आज रानी माँ के चबूतरे पर दीया जलाकर जाने कैसी-कैसी आशाएँ मन में सँजोकर आई थी, बोली, "जब यह किसी की बात सुनती ही नहीं, तो तुम लोग क्यों इसके पचड़ों में पड़ती हो, जीजी?"

"लड़ाई-झगड़ा तो चलता ही रहता है। सवेरे नल पर देखा है न, कैसी गाली-गलौज होती है, सिरफुटौवल की नौबत आ जाती है; पर साँझ को सब जैसे-के-तैसे। चार जने रहते हैं तो कहना-सुनना तो चलता ही रहता है, बहन!"

गुलाबी ने काँच की चूड़ियों के टुकड़े बटोरकर अपने लिए जगह बनाई और बच्चे को लेकर सो गई। उस रात उसके यहाँ खाना-पीना नहीं हुआ। काका मेवा को लाकर जब छोड़ गए, तब उसे मालूम पड़ गया; पर वह फिर कुछ बोली नहीं। एक बात ही उसके मन में घूम रही थी कि उसकी लड़की ने चोरी की···चोरी की।

पिछले दो दिनों से चबूतरे की बैठक का विषय है, सरकार की ओर से खोला हुआ 'शिशु-सुरक्षा केंद्र'। काका ने कहा, "भगवान् भला करें इस सरकार का। सरकारी स्कूल खोल दिए, जहाँ बच्चे मुफ्त में पढ़ लेते हैं। छोटे बच्चों के लिए यह केंद्र खोल दिया। अब औरतें भले ही काम करें। पाँच रुपए महीने में दवाई-दारू भी कर देते हैं।"

"हाँ, काका, मैं देखकर आई हूँ। छोटे-छोटे पालने बने हैं, ढेर सारे खिलौने

हैं, दाइयाँ हैं; बच्चों को शीशी से दूध पिलाया जाता है, पालनों में सुलाया जाता है। बड़े आराम से रखते हैं।"

धन्नी ने सोचा कि उसको बच्चा होगा, तब वह यहीं आकर रह जाएगी। उसके गाँव में तो ऐसा होगा नहीं। अपने बच्चे को पालने में सुलाने और शीशी से दूध पिलाने का सपना उसकी आँखों में साकार होने लगा।

गोपाल बोला, "गुलाबी से कहो काका कि अपने बच्चे को वहाँ भरती करवा दे।"

"तू ही कह न। बड़ा आया है गुलाबी का हितू! याद नहीं है, जब मेवा को स्कूल में डालने को कहा था तो कैसी गुर्राई थी!"

"तुम लोग तो बावलों जैसी बातें करते हो। मेवा को वह स्कूल में डाल देती तो उसके छोरे को कौन रखता?"

"तो अच्छी तरह मना करती। वह तो बस काटने को दौड़ती है।"

"अरे, धीरे बोल काकी, नहीं तो अभी कहीं से निकलकर बम गिराने लगेगी। जब उसकी बात करो, तभी टपक पड़ती है।"

पर उस दिन गुलाबी नहीं टपकी।

दूसरे दिन जब चबूतरे पर बैठक लगी, तब भी इसी तरह की चर्चा चल रही थी। गुलाबी अपनी लड़की मेवा को ढूँढ़ती हुई आई तो काका ने बात चलाई, "अरे गुलाबी, देख, तेरे छोरे के लिए सरकार ने केंद्र खोल दिया है। वहाँ नाम लिखा दे अपने बच्चे का।"

"सरकार मेरी खसम है न, जो केंद्र खोल देगी मेरे लिए। ये सब तो पैसेवालों के चोंचले हैं। मेरा कौन मरद कमानेवाला बैठा है, जो पाँच रुपए महीने दे दिया करेगा!"

"बस्तीवाले चंदा कर देंगे री! तू जाकर नाम लिखा आ।"

"किसी के दान-पुन्न पर पलनेवाली नहीं है गुलाबी, थूकती है तुम्हारे चंदे पर।" और अपनी लड़की को घसीटती हुई गुलाबी वहाँ से चली गई।

"लो और खाओ लड्डू," काकी ने चिढ़ाते हुए कहा, "बिना गुलाबी से दो-चार झिड़कियाँ सुने इन्हें चैन नहीं।"

"आज रामी नहीं आई?" बात का प्रसंग बदलने के लिए काका ने पूछा।

"धन्नी को विदा करने गई है।" और इधर-उधर की बातें करके सभा समाप्त हुई। दूसरे दिन गुलाबी ने उठकर अपनी कोठरी की दीवार पर लगाए हुए सुरक्षा-

केंद्र के विज्ञापन को फाड़ फेंका। जहाँ कहीं भी उसे विज्ञापन दिखाई देता, वह उसे फाड़ डालती। लोग देखते तो हँसते।

भरी दुपहरी में गुलाबी रेत की तगारियाँ उठा-उठाकर पकड़ा रही थी। कुछ औरतें एक देहाती गीत गा रही थीं और छत कूट रही थीं। ठेकेदार रह-रहकर कुछ आदेश देता जा रहा था। गुलाबी का ध्यान अपने काम में था, पर अचानक ठेकेदार का स्वर उसके कान में पड़ा। पूरी बात तो वह नहीं सुन पाई, बस इतना सुना, "इसी तरह तो जरा से आँधी-पानी से घरों की छतें टूट जाती हैं। जरा अच्छी तरह···" उसने आसमान की तरफ देखा। कहीं बादल नहीं थे; फिर भी उसका हाथ रुक गया और उसके सामने उसकी कोठरी की टूटी-फूटी छत घूम गई। यदि किसी दिन छत गिर जाए तो···?

"हाथ चला न?" कड़ककर बगलवाली औरत ने कहा। वह कब से रेत की तगारी लिये खड़ी थी। यकायक गुलाबी को होश आया, "चला तो रही हूँ। कौन तेरे बाप की नौकर हूँ, जो हुकुम चला रही है?"

शाम को गुलाबी जब घर लौटी तो ठेकेदार से थोड़ी सी सीमेंट और चूना माँग लाई। खा-पीकर जब सब सो गए; गुलाबी के घर से खटर-पटर की आवाज शुरू हुई। गली में सोए हुए गोपाल ने पूछा, "आधी रात को क्या कर रही है, गुलाबी?"

"तेरी कबर खोद रही हूँ। जाने कैसे लोग हैं इस बस्ती के कि गुलाबी के काम में टाँग अड़ाए बिना इन ससुरों की रोटी हजम नहीं होती।"

"मर चुड़ैल।" और गोपाल सो गया। उस दिन सारी रात कोठरी में कुछ-न-कुछ काम होता ही रहा।

दूसरे दिन रामी ने आकर चबूतरे की बैठक पर सूचना दी कि गुलाबी काम से लौटी, खाया-पीया और फिर बच्चों को बंद करके कहीं चली गई। जब रामी ने पूछा तो गुर्राकर बोली, "जा रही हूँ, अपने खसम से याराना करने। तू भी चलेगी क्या?" साथ ही रामी ने यह भी बताया कि इस बात को घंटा भर हो गया है; पर अभी तक गुलाबी नहीं लौटी। बच्चे दोनों बंद पड़े हैं। कुछ कौतूहल और कुछ उपेक्षा-मिश्रित क्रोध से सारी बैठक गूँजने लगी। "क्यों गई, कहाँ गई, इस तरह तो बच्चे मर जाएँगे, यह कैसी माँ है?" आदि अनेक बातें उठीं और खत्म हो गईं। जानने की इच्छा सबके मन में थी; पर किसी में साहस नहीं था, जो आने पर उससे पूछ सके।

गुलाबी का यह क्रम जब दैनिक हो गया, तब तो कौतूहल का निवारण परम आवश्यक हो गया। बिना उस बात को जाने सबका जीना जैसे दूभर हो गया। काका ने अनुमान से कहा, "कहीं, चौका-बरतन का काम करने जाती होगी, और कहाँ जाएगी बेचारी?"

"तुम्हारे लिए होगी बेचारी।" काकी ने गुर्राते हुए कहा, "हत्यारिन कहीं की! क्यों जाती है चौका-बरतन करने? मजदूरी में क्या गुजर नहीं होती? मुझे तो इसके लच्छन अच्छे नहीं नजर आते। बच्चों की जान ले-लेकर धन कमाएगी?"

"क्यों परनिंदा करती हो? उसकी वह जाने।" बाहर से आते हुए गोपाल ने कहा, "काकी, चलो, तुम्हें सिनेमा दिखा लाऊँ।" पर काकी को इस समय यह मजाक नहीं भाया। वह गुलाबी की ही बात सोच रही थी। उसने धीरे से रामी से कहा, "तू तो उसके पासवाली कोठरी में रहती है। जरा नजर रखा कर न उधर। दस-बारह दिन हो गए और यह पता नहीं लगा कि आखिर वह चुड़ैल बच्चों को बंद करके जाती कहीं है?"

"कोशिश तो करती हूँ काकी, पर पता ही नहीं लगता। एक दिन तो मन हुआ कि पीछे-पीछे जाऊँ, पर उस मुँह-झौंसी का क्या भरोसा, पलटकर हाथ ही चला दे।"

पंद्रह दिन और बीत गए, पर कोई नहीं जान सका कि गुलाबी कहाँ जाती है। कुछ तो रहस्य का उद्घाटन न होने के कारण और कुछ बच्चों की यातना देखकर सबका आक्रोश बढ़ता जा रहा था। पर गुलाबी से पूछने का साहस किसी को नहीं होता। उस दिन भी बैठक में यही बातें हो रही थीं कि रामी ने आते ही खुशखबरी सुनाई, "देखा काकी, रानी माँ के चबूतरे पर जलाया दीया कभी अकारथ नहीं जा सकता। धन्नी के गाँव से चिट्ठी आई है, उसका बाँझपन आखिर दूर हुआ।"

काकी ने श्रद्धावश रानी माँ के आगे हाथ जोड़ दिए। गोपाल जब भी काकी को इस मुद्रा में देखता है, मजाक करने के लिए उसका मन मचलने लगता है। बोला, "काकी, सारी बस्ती पर तेरा इतना रोब है, तू गुलाबी से दीया नहीं जलवा सकती? कल पूनो है, दीया जलवा दे तो तेरा रोब मानूँ।"

"वह जाए ही नहीं, तो मैं क्या करूँ?" झल्लाकर काकी ने कहा।

"तू कहे तो मैं कंधे पर उठाकर ले जाऊँ।" हँसते हुए गोपाल ने कहा।

जाने कब से गुलाबी वहाँ खड़ी थीं। यह बात सुनी तो आग बरसाने लगी,

"आया है बड़ा गुलाबी को ले जानेवाला! हाथ तो लगाकर देख! असल मरद का बच्चा हो तो आ जाना कल।" फिर औरतों को लक्ष्य करके बोली, "तुम्हीं माँ बन-बनकर लाड़ लड़ाओ अपने बच्चों के और दीया जलाओ चबूतरे पर। मैं तो कसाइन हूँ, हत्यारिन हूँ। जब ये नाशपीटे मर जाएँगे, उस दिन इकट्ठा ही दीया जलाऊँगी। बड़ी सब गुलाबी की चिंता कर-करके मरी जा रही हैं चुड़ैल!" और वह अँधेरे में ही गायब हो गई।

दूसरे दिन जब सब घरों में चबूतरे पर जाने की तैयारियाँ हो रही थीं, गुलाबी अपनी कोठरी में बैठकर बच्चों के लिए सत्तू घोल रही थी। सत्तू घोलकर उसने मेवा के सामने सरका दिया। मेवा ने पूछा, "तू क्या खाएगी?"

"मुझे भूख नहीं है, चुपचाप खा ले।"

"कल भी तो तूने कुछ नहीं खाया था, माँ?"

"कह रही हूँ कि खा ले चुपचाप, सो नहीं होता। जीभ लड़ाए जा रही है बैठी-बैठी।"

"तू तो आजकल जरा सी ही सत्तू लाती है माँ। अपने लिए नहीं लाती?"

गुलाबी ने आँसू भरी आँखों से मेवा की ओर देखा और खींचकर उसे अपनी छाती से चिपका लिया।

दोनों बच्चे जब खाना-पीना समाप्त कर चुके तो गुलाबी ने हँड़िया से पैसे निकाले। बड़ी सावधानी से उन्हें आँचल में बाँधा और जैसे ही मुड़ी तो देखा, रामी दरवाजे पर खड़ी उधर ही देख रही है। बिना एक शब्द बोले उसने दरवाजा बंद किया और चली गई।

जब सब औरतें वहाँ इकट्ठी हो गईं तो रामी बोली, "दैया रे! आज गुलाबी ढेर सारे पैसे आँचल में बाँधकर गई है। वापस लौट आए तो समझना।"

"पैसे बाँधकर?"

"हाँ-हाँ, मैंने अपनी आँखों से देखा है। मुझे तो लगता है, चौका-बरतन की आड़ में कोई और ही लीला चल रही है।"

"कौन उस पर नीयत बिगाड़ेगा, सूखा छुहारा तो है।"

"मरदों का कोई भरोसा नहीं, जो न कर गुजरे, सो थोड़ा।" रामी मुसकराई।

जब दीया जलाकर औरतें लौटीं तो देखा कि गुलाबी की कोठरी वैसे ही बंद थी। जल्दी-जल्दी कपड़े उतारकर चबूतरे पर बैठक हुई। सारी बातें बढ़ा-चढ़ाकर बताई गईं, "रोज कब तक लौट आती थी?" काका ने पूछा।

"इस समय तक तो लौट आती थी।" रामी ने कहा।

"आज तो वह नहीं लौटने की, सारी बस्ती का काला मुँह कर गई चुड़ैल।"

"उसके बच्चों को कौन पालेगा अब ?"

"चूल्हे में जाएँ उसके बच्चे। माँ होकर जब उसे ही दरद नहीं आया तो हमें ही क्या पड़ी है ?"

गोपाल ने कहा, "चाहे जो भी खरच हो जाए, कल ही जाकर रानी माँ के चबूतरे के पास ही गुलाबी का एक चबूतरा बनवाऊँगा। जब वहाँ दीया जलाने जाओ, तो लगे हाथ ही गिन-गिनकर दस जूते इसके चबूतरे पर भी मार आया करना।"

तभी काका ने सबका ध्यान गली के मोड़ की ओर खींचा। चाँदनी के प्रकाश में सबने देखा कि गली के ही दो आदमी गुलाबी के अचेत शरीर को उठाकर ला रहे हैं। चबूतरे की सारी भीड़ उस ओर दौड़ पड़ी।

'क्या हुआ', 'कहाँ थी', 'बेहोश कैसे हो गई'—प्रश्नों की झड़ी सी लग गई। सबको वहीं छोड़कर काकी और रामी ने उसके अचेत शरीर को सँभाला और रामी की कोठरी में लिटा दिया। काका अंदर आ गए, बाकी भीड़ को बाहर ही रखा।

"पानी के छींटे डालो और हवा करो," काका ने कहा। रामी उठकर पानी लाई और काकी हवा करने लगी, उसका आँचल हटाया तो बोली, "हाय राम, इसका पेट तो पीठ से चिपक रहा है! लगता है, मानो दो-तीन दिन से कुछ खाया ही नहीं है। रामी थोड़ा सत्तू हो तो घोलकर ला।"

"देख रही हो," काका ने अपनी नजर गुलाबी के सूखे-मुरझाए चेहरे पर टिकाए हुए कहा, "एक महीने में क्या से क्या हो गई! जैसे बुढ़ापा आ गया हो। एक महीने से मैंने इसे पास से ही नहीं देखा था। और देखो, इसके कपड़े ढीले कर दो, उमस भी तो कितनी!"

काकी ने अँगिया के बंद ढीले कर दिए, तो अँगिया में से कागज की एक पुड़िया सरककर जमीन पर गिर गई। काका ने कहा, "देखूँ क्या है ?"

काकी ने पुड़िया पकड़ा दी—काका ने दीये के धीमे प्रकाश में पुड़िया को खोला तो देखा, काँच की छोटी-छोटी हरी चूड़ियाँ और 'शिशु-सुरक्षा केंद्र' की पाँच रुपए की रसीद थी।

□

नई नौकरी

टाई की नॉट ठीक करते हुए कुंदन आदेश देता जा रहा था—"सोफे का कपड़ा कम पड़ गया है, तुम खुद लाकर दे देना। इनके जिम्मे कर दिया तो समझो सब चौपट। दरवाजे, खिड़कियों का वार्निश आज जरूर पूरा हो जाना चाहिए। और देखो, प्लंबर आएगा तो जहाँ-जहाँ के नल और पाइप खराब हों, सब ठीक करवा लेना।"

रमा पीछे खड़ी सामने के आईने में पड़ते कुंदन के प्रतिबिंब को देख रही थी। उसे लग रहा था कि नई नौकरी के साथ कुंदन की सारी पर्सनैलिटी ही नहीं, बात करने का लहजा तक बदल गया है। कितना आत्मविश्वास आ गया है सारे व्यक्तित्व में! रोब जैसे टपका पड़ता है।

होंठों के कोनों में चुरुट दबाए, जाने से पहले उसने सारे घर का एक चक्कर लगाया। यह भी रोज का एक क्रम हो गया था। पीछे के बरामदे में दर्जी सोफे के कवर्स सिलाई कर रहा था। कुछ दूर खड़ा मिस्त्री छोटे-छोटे टिनों में वार्निश तैयार करते लड़के को कुछ आदेश दे रहा था। कुंदन को देखकर उसने सलाम ठोका। "अब्दुल मियाँ, काम आज पूरा हो जाना चाहिए, तुम्हारा काम बहुत स्लो चल रहा है।"

"काम भी तो देखिए सरकार! समय चाहे दो दिन का ज्यादा लग जाए, पर आपको शिकायत का मौका नहीं दूँगा। मैं साहब, काम की क्वालिटी पर⋯"

"अच्छा⋯अच्छा⋯" कुंदन लौट आया। ड्राइंग-रूम के पार्टीशन पर नजर पड़ते ही कहा, "'इंटीरियर-डेकोरेटर्स' वालों के यहाँ फोन जरूर कर देना। यह पार्टीशन बिल्कुल नहीं चलेगा। डिजाइन क्या बताया था, बनवा क्या दिया, रबिश।"

कुंदन गाड़ी में बैठा। रमा पोर्टिको की सबसे निचली सीढ़ी पर खड़ी थी।

उसे लगा, जाने से पहले एक बार वह फिर सारे आदेशों को दोहराएगा, पर नहीं। गाड़ी स्टार्ट करके, खिड़की से मरा सा हाथ निकालकर हलके से हिलाते हुए कहा, "अच्छा बा···बाई", तो उसे खयाल आया कि यह तो उसकी आदत थी कि गाड़ी में बैठकर चलने से पहले वह नौकर के सामने बताए हुए सारे काम फिर से दोहरा दिया करती थी।

तब कुंदन हँसता हुआ कहता था, 'बस भी करो यार, अब कितनी बार दोहराओगी। तुम इतनी बार कहती हो, इसी से वह गड़बड़ा जाता है।'

गाड़ी लाल बजरी की सड़क पर तैरती हुई फाटक से बाहर निकली और दूर होती हुई अदृश्य हो गई।

रमा को लगा, जैसे कुंदन उसे पीछे छोड़कर आगे निकल गया है···बहुत आगे। जैसे वह अकेली रह गई है। एक महीने पहले वह भी कुंदन के साथ ही निकला करती थी, कुंदन उसे कॉलेज छोड़ता हुआ ऑफिस जाया करता था। पर अकेलेपन की यह अनुभूति तभी तक रहती, जब तक वह पोर्टिको में खड़ी रहती। जैसे ही फ्लैट का दरवाजा खोलकर वह भीतर घुसती, लक-दक फर्नीचर, शीशा के दरवाजों और खिड़कियों पर झूलते लंबे-लंबे परदे, मिस्त्रियों की खटपट, नए-नए डिस्टेंपर और वार्निश की हलकी सी गंध के बीच न जाने कहाँ डूब जाती।

काम की एक लिस्ट उसके पास होती, जिन्हें उसे पूरा करना होता; काम करते मिस्त्रियों को देखना होता; मार्केट के दो-एक चक्कर लगाने होते···और यह सब करते-करते ही शाम हो जाती! ट्रिंग-ट्रिंग···ट्रिंग-ट्रिंग···

फोन उठाकर उसने नंबर बोला, "कौन, मिसेज बर्मन? कहिए-कहिए, क्या खबर है?"

मिसेज बर्मन शिकायत कर रही थीं, "कॉलेज छोड़े महीना होने आया, एक बार सूरत तक नहीं दिखाई। आउट ऑफ साइट···"

"अरे नहीं-नहीं," रमा ने बात बीच में ही काट दी। उसने थोड़ा सा झुककर कोहनी मेज पर टिका ली। उलटे हाथ में पेंसिल लेकर वह फोन का संदेशा लेने के लिए जो पैड रखा था, उस पर यों ही आड़ी-तिरछी लकीरें खींचने लगी।

"आज लंच के समय आओ न, साथ बैठकर खाएँगे। तुम्हारे चले जाने से हमारा डिपार्टमेंट तो सूना ही हो गया। लंच के समय तो तुम्हें बहुत ही मिस करते हैं। और एक तुम हो कि जाने के बाद खबर तक नहीं ली।"

"क्या बताऊँ, इस नए घर को ठीक कराने के चक्कर में इतनी व्यस्त रही कि

उधर आ ही नहीं सकी। अच्छा, यह बताइए सुधा, मालती, जयंती सब कैसी हैं ?"

"कहा न, आज आ जाओ। सबसे मिल भी लेना, खाना भी साथ खाएँगे।"

"आज ?" और एक क्षण को मन के भीतरी स्तर पर आज के सारे कामों की लिस्ट तैर सी गई, "आज तो संभव नहीं होगा, मिसेज बर्मन !" क्षमा-याचना के से स्वर में वह बोली, "बस एक सप्ताह और ठहर जाइए, फिर अपने इस नए घर की पार्टी दूँगी···देखिए अपनी रमा का कमाल···देखेंगी तो पता लगेगा कि एक महीने तक क्या करती रही।" फिर और दो-चार इधर-उधर की बातें और हलकी-फुलकी सी मजाकें हुईं और रमा ने फोन रख दिया।

फोन रखने के बाद नए सिरे से इस बात का बोध हुआ कि कॉलेज छोड़े उसे अट्ठाईस दिन हो गए। जाना तो दूर, उसे कभी खयाल भी नहीं आया वहाँ का। आश्चर्य के साथ-साथ उसे थोड़ी सी ग्लानि भी हुई; वह क्यों नहीं गई, कैसी रह सकी बिना गए। आज बर्मन का फोन नहीं आता तो पता नहीं और भी कितने दिनों तक उसे उधर का खयाल ही नहीं आता। क्या सचमुच वह बड़े अफसर की बीवी बन गई है ? उसे मजाक में कसा हुआ जयंती का रिमार्क याद आया।

यकायक मन हुआ कि अभी चल पड़े। एक बार सबसे मिल ही आए। मना करने के बाद पहुँचकर वह सबको प्लेजेंट सरप्राइज देगी। उसने रसोई में जाकर आलू के दस-बारह पराँठे और चाट तैयार करने को कहा। ये दोनों चीजें वहाँ सबको बहुत पसंद थीं। सारे डिपार्टमेंट में वह और मिसेज बर्मन ही विवाहित थीं, बाकी सब कॉलेज हॉस्टल में रहती थीं और अच्छी-अच्छी चीजें खाने की उनकी फरमाइशें बनी ही रहती थीं।

उसे अपनी फेयरवैल पार्टी की याद आई। साढ़े दस साल की सर्विस थी। प्रिंसिपल ने अनेकानेक शुभकामनाओं के साथ फूलों के बड़े-बड़े गुलदस्तों के बीच पार्कर पेन का सैट रखकर दिया था—"मिसेज चोपड़ा, आप इसी पेन से अपनी थीसिस पूरी करिए। जब भी वापस काम करने का मन हो, बिना किसी संकोच के चली आइए, यहाँ आपका हमेशा ही स्वागत है।" उसके डिपार्टमेंट की सभी लैक्चरर्स गाड़ी तक छोड़ने आई थीं—'भई रमाजी, कॉलेज भले ही छोड़ दीजिए, पर लंच के समय खाना लेकर जरूर आ जाया करिए' तो उसकी नम आँखों में भी हँसी चमक उठी थी। तब उसे कुंदन की बात याद हो आई थी, 'तुम वहाँ पढ़ाने जाती हो या खाने! फोन पर भी जब तुम लोगों की बात होती हैं तो

खाना ही डिस्कस होता है।' उसने केवल उन लोगों से ही नहीं कहा था, बल्कि मन मैं भी सोचा था कि लंच के समय वह कॉलेज चली ही जाया करेगी। आखिर उसे भी तो अपने को कॉलेज से एकदम काट लेने में काफी कष्ट होगा; इस तरह धीरे-धीरे तो फिर भी···

तो क्या कुंदन ने ठीक ही कहा था? कॉलेज छोड़ने का निर्णय लेकर वह चुपचाप रो रही थी और कुंदन उसे समझा रहा था—मैं कह रहा हूँ, तुम्हें कतई अकेलापन नहीं लगेगा, तुम जरा भी कमी महसूस नहीं करोगी; रादर यू विल फील रिलीव्ड। कितना स्ट्रेन है तुम पर आजकल!

कुंदन को यकायक विदेशी कंपनी में इतनी बड़ी नौकरी मिल जाएगी, इसकी आशा औरों को चाहे रही भी हो, कुंदन को बिल्कुल नहीं थी। डॉ. फिशर से पिछले आठ साल से उसके संबंध थे, विशुद्ध व्यावसायिक संबंध। उनकी प्रशंसा और सद्व्यवहार को भी वह व्यावसायिक औपचारिकता से अधिक कुछ नहीं मानता था, पर···

दस-बारह दिन तक केवल जश्न ही मनाया था रमा और कुंदन ने। पैसे की उसे इतनी लालसा नहीं थी, पर मारवाड़ी कंसर्न का काम उसके टेंपरामेंट के बिल्कुल अनुकूल नहीं था। रमा इस नए माहौल से नितांत अपरिचित नहीं थी—क्लब, डांस, डिनर, कॉकटेल, यह सब वह बचपन से देखती आई थी, पर बस देखती ही आई थी, उसमें अपने को कभी घुला नहीं पाई थी।

डॉ. फिशर ने कुंदन को नौकरी ही नहीं दी थी, धीरे-धीरे वे उसकी सारी जिंदगी का पैटर्न भी तय कर रहे थे। उसे दो-तीन क्लबों का मेंबर बनना पड़ा। आए दिन दूसरी कंपनियों के बड़े-बड़े अफसरों को एंटरटेन करना पड़ता। विदेशियों को हिंदुस्तानी खाना खिलाने के बहाने उसे घर में भी बड़ी-बड़ी पार्टियाँ करनी पड़तीं और तीन महीने पहले उसे कंपनी की ओर से यह फ्लैट मिल गया। उसने सोचा, वह अपने इस नए घर को निहायत ही ओरिएंटल ढंग से सजाएगा, विदेशियों के लिए तो यही नवीनता होगा।

पर घर के लिग नया फर्नीचर बनवाने, चुन-चुनकर चीजें खरीदने के लिए दोनों में से किसी के पास भी समय नहीं था। कुंदन चाहता था, यह काम रमा को ही करना चाहिए; क्योंकि यह काम उसी का था···फिर उसकी सुरुचि और सुघड़ता के तो हल्ले भी ये मित्रों के बीच में, पर रमा के पास समय ही नहीं रहता।

सवेरे उठकर यह बंटी को तैयार करके स्कूल भेजती। फिर खुद तैयार होती। तैयार होते-होते ही वह नौकर को आदेश देती जाती, सारे दिन का काम-समझाती; नाश्ता करते-करते वह अपना लैक्चर तैयार करती, तैयार तो क्या करती बस सूँघ भर लेती। फिर नौ बजे कुंदन के साथ ही निकल जाती। तीन के करीब वह लौटती··· थोड़ा आराम करती और फिर शाम की तैयारी। बाहर नहीं जाना होता था तो घर में किसी को आना रहता था।

रात ग्यारह-साढ़े ग्यारह पर वह सोती तो थककर चूर हो जाती। कुंदन को उस समय हलकी सी खुमारी चढ़ी रहती, कहता, "डोंट बी सिली। पार्टी में कैसे थक जाती हो? गाड़ी में बैठकर जाती हो···खाना-पीना, हँसी-मजाक, इनमें भी कहीं थका जाता है? गाड़ी में बिठाकर ले आता हूँ।"

रमा तब केवल सूनी-सूनी आँखों से उसे देखती रहती। मन की भीतरी परतों पर हिस्टरी के वे टॉपिक्स तैरते रहते, जो उसे कल पढ़ाने होते, और जिन्हें वह जबरन ही दिमाग से बाहर ठेलने का प्रयास करती रहती। कुंदन उसे बताता रहता कि डॉ. फिशर उससे कितने खुश हैं, कितना इंप्रेस कर रखा है उसने; यकायक ही उसे अपना भविष्य बहुत उज्ज्वल दिखाई देने लगा है। पता नहीं थकान के कारण या किसी और वजह से, वह उतना उत्साह नहीं दिखा पाती तो कुंदन बिगड़ पड़ता, "क्या बात है, देखता हूँ, तुम्हें कोई दिलचस्पी ही नहीं है मेरे राइज में··· यू सीम टूबी···"

"क्या बेकार की बातें करते हो, मुझे नींद आ रही है।"

कभी कुंदन फोन पर कह देता कि ठीक सात बजे तैयार होकर रहना और आकर देखता कि वह तैयार हो रही है तो बिगड़ पड़ता, "रमा, तुम्हें टाइम की सेंस कब आएगी···" कभी घर पर खाना होता और कोई कसर रह जाती तो रात में बड़े सँभलकर कहता, "मैं यह नहीं कहता कि तुम खाना बनाओ···तीन-तीन नौकर तुम्हारे पास हैं, पर जरा सा देख भर लिया करो!"

उस दिन कॉलेज में रमा को एक पेपर पढ़ना था। उसने खुद ही ऑफर किया था। सोचा था, इसी बहाने एक टॉपिक तैयार हो जाएगा, पर बिल्कुल भी तैयार नहीं कर पाई। रात में लेटी तो रोना आ गया।

"मुझसे यह सब निभता नहीं।" लौटकर बिना कपड़े बदले ही कटे पेड़ की तरह पलंग पर गिरकर उसने कहा।

"क्या नहीं निभता?"

"यह रवैया मेरे बस का नहीं है। कितना गिल्टी फील करती हूँ। बिना तैयार किए पढ़ाना, लगता है जैसे लड़कियों को चीट कर रही हूँ। दो घंटे का समय भी तो मुझे अपने लिए नहीं मिलता।"

कुंदन सोच रहा था कि रात में रमा के साथ वह एक-एक कमरे को अरेंज करने की योजना बनाएगा। कलर-स्कीम के लिए उसने जेन्सन-निकलसन वालों से बात की थी। रमा की बात सुनी तो चुप रह गया।

"बंटी की रिपोर्ट देखी? हमेशा फर्स्ट आया करता था, इस बार सेविंथ आया है।"

बगल में लेटकर रमा को अपनी ओर खींचते हुए कुंदन ने बहुत प्यार भरे लहजे में कहा, "तो तुम उसे पढ़ाया करो।"

"कब पढ़ाया करूँ, तुम्हीं बताओ? शाम को पाँच से सात बजे का जो समय मिलता है, उसमें वह खेलने जाता है।"

"तो तुम्हीं बताओ मैं क्या करूँ?" बालों में हाथ फेरते हुए कुंदन ने बहुत ही मुलायम स्वर में पूछा।

"कल मुझे पेपर पढ़ना है। पंद्रह दिन पहले टॉपिक मिला था। एक लाइन भी नहीं लिखी है...अब कोई झूठा बहाना ही तो बनाना पड़ेगा।"

कुंदन की उँगलियाँ बालों पर से उतरकर गालों पर फिसलने लगीं।

"दस साल पूरे हुए...छह-आठ महीने में अपनी थीसिस सबमिट कर देती तो मेरा सिलेक्शन-ग्रेड में आना निश्चित ही था, पर ऐसी हालत रही तो..."

रमा रो पड़ी।

दूर कहीं कुंदन के कानों में डॉ. फिशर के शब्द गूँज रहे थे—जनवरी में जर्मनी से डायरेक्टर आनेवाले हैं, हमें यहाँ का सारा काम दिखाना होगा। एक नया प्लांट बिठाने की भी योजना है, उसके लिए कुछ रिसपॉन्सिबल लोगों की जरूरत होगी...सम स्मार्ट यंग मैन! बिजनेस में सोशल कॉण्टेक्ट्स पे करते हैं। यू विल हैव टुबी वैरी सोशल।"

कुंदन को इन बातों में हमेशा अपने लिए कुछ संकेत, कुछ आश्वासन मिलते।

"लकीली योर वाइफ..."

"तुम मुझे छोड़ जाया करो। कोई जरूरी है कि मैं हर दिन तुम्हारे साथ ही जाया करूँ?"

कुंदन कुछ देर उसे यों ही सहलाता रहा, फिर यकायक उसे बाँहों में भरता सा बोला, "तुम्हें छोड़कर आज तक मैं कहीं गया हूँ, जा सकता हूँ। ऑफिस के अलावा हमेशा हम साथ जाते हैं। तुम तो जानती हो कि तुम्हारे बिना मुझे कुछ भी अच्छा नहीं लगता।"

रमा खुद इस बात को जानती है। उनका आठ साल का विवाहित जीवन दोस्तों के बीच ईर्ष्या और प्रशंसा का विषय रहा है। समझ नहीं पाई, क्या कहे! वह जब तक सो नहीं गई, कुंदन उसे प्यार से थपथपाता रहा था।

"मेम साहब, पराँठे अभी बनेंगे?"

"…ऐं?" चौंकते हुए रमा ने पूछा। फिर बोली, "नहीं-नहीं, साढ़े बारह बजे बनाना है, एक बजे हम कॉलेज जाएँगे आज। जब तक एक चक्कर बाजार का लगा आऊँ और सोफे का कपड़ा लाकर दे दूँ।" उसने एक बार भीतर जाकर मिस्त्रियों को याद दिला दिया कि आज पॉलिश हर हालत में खत्म कर देनी है।

फिर अपनी डायरी देखी—बाजार से और क्या-क्या सामान लाना है। कपड़े बदलने अंदर गई तो देखा, नौकर ने रैक से सारी किताब निकाल रखी थीं और पोंछकर जमा रहा था।

इनमें से एक किताब भी उसने नहीं पढ़ी है, कुछ पर तो अभी तक अपना नाम भी नहीं लिखा है। कुंदन ने भी जोश में आकर एक दिन में इतनी ढेर सी किताबें खरीदकर सामने रख दी थीं।

बात शुरू दूसरे स्तर पर हुई थी। कुंदर ऑफिस से लौटा था तो बिना किसी प्रसंग के रमा ने कहा, "मैं कॉलेज छोड़ दूँगी। इस तरह काम करने से तो नहीं करना ज्यादा अच्छा है।" स्वर में न कहीं तल्खी थी, न शिकायत। बड़े सहज स्वर में उसने कहा था।

कुंदन देखता रहा। यही वाक्य था, जिसे उसने अनेक बार अनेक तरह से मन-ही-मन में दोहराया था, पर कहने का मौका नहीं मिला था। अब तो उसे यह और भी जरूरी लग रहा था, क्योंकि जनवरी तक उसे अपना सारा घर डेकोरेट करना था…ओरिएंटल स्टाइल पर। फिर भी उसने पूछा, "क्या बात हो गई?"

"कुछ नहीं।"

कुंदन को इस समय और बात खींचना अच्छा नहीं लगा। चाय का प्याला हाथ में लिये ही लॉन में निकल गया। कैक्टस की जितनी वैराइटी ला सकता था, लाकर फाटक के दोनों ओर बड़ी खूबसूरत रॉकरीज बनाई थीं। पर लॉन से वह

अभी भी संतुष्ट नहीं था। चाहता था कि लॉन पर्शियन कारपेट में बदल जाए।

रात में फिर वही प्रसंग चला। कुंदन उससे बचना चाहता था और जानना भी चाहता था कि रमा ने सचमुच ही यह निर्णय ले लिया है या कि केवल कुंदन पर अपना आक्रोश प्रकट कर रही है। पर रमा ने केवल इतना ही कहा, "अब निभता नहीं, कल इस्तीफा दे दूँगी।"

स्वर के भीगेपन ने कुंदन को भी कहीं से छुआ जरूर, फिर भी सारी बात को एक हलके मजाक में बदलने के लहजे से उसने कहा, "छोड़ो भी यार, वैसे भी क्या रखा है एंशिएंट हिस्टरी पढ़ाने में! चोल वंश, चेदि वंश के बारे में न भी जानेंगे तो कौन सी जिंदगी हराम हो जाएगी।"

रमा चुप!

"इससे तो तुम खूब किताबें पढ़ो, मैगजींस पढ़ो···कुछ छुटपुट क्लासेज अटेंड कर लो। बंटी को पढ़ाओ। दुनिया भर के बच्चों को पढ़ाओ और अपना बच्चा निगलेक्ट हो···"

रमा चुप!

कुंदन उस चुप्पी पर खीज आया, फिर भी अपने स्वर को भरसक संयत बनाकर बोला, "तुम्हें शायद लग रहा है कि मेरी वजह से, इस नई नौकरी की वजह से तुम्हें अपना काम छोड़ना पड़ रहा है, पर यह तो सोचो, मुझे ही इस नौकरी में क्या दिलचस्पी है? तुम्हारे लिए, बंटी के लिए···"

"मैंने तो ऐसा नहीं कहा। मैं तो यही सोच रही थी कि आखिर मेरे मन के संतोष के लिए क्या होगा?"

"मेरा संतोष तुम्हारा संतोष नहीं है? मेरी तरक्की तुम्हारी तरक्की नहीं है?"

"है क्यों नहीं? मेरा यह मतलब नहीं था। दस साल से काम कर रही थी··· छोड़ दूँगी···तो मेरा मन कैसे लगेगा?"

"मैं तो सोचता हूँ, तुम्हें यह सब सोचने का समय ही नहीं मिलेगा।" और शाम को उसने तीन बंडल किताबें लाकर उसके सामन रख दी थीं।

और सचमुच उसके बाद उसे यह सब सोचने का समय ही कब मिला। आज भी मिसेज बर्मन के टेलीफोन ने ही उसे कॉलेज की याद दिलाई, वरना···

सारे दिन गाड़ी में घूम-घूमकर उसने घर का सामान खरीदा है। परदों के लिए उसने लूमवालों से यह तय किया कि चालीस गज कपड़ा बनाकर वह उस डिजाइन को नष्ट कर देंगे, जिससे उसके जैसे परदे और कहीं देखने को भी न

मिलें। डिजाइन भी उसने खुद पसंद करके बनवाया था।

राजस्थान की किसी रियासत का बहुत सा सामान नीलाम हुआ था। कितने दिनों तक वह वहाँ जा-जाकर बैठी थी—पुरानी पेंटिंग्स, झाड़-फानूस, और भी सजावट की छोटी-मोटी चीजें उसने खरीदी थीं।

आज दरवाजों का पॉलिश समाप्त हो जाएगा, तो सारा सामान जमाना है। डायरेक्टर मुंबई आ गए हैं, अगले सप्ताह तक यहाँ आ जाएँगे, तब तक वह सब जमा लेगी। 'इंटीरियर डेकोरेटर्स' वालों के यहाँ से एक आदमी बराबर आता रहा है। तभी उसे फोन करने का खयाल आया।

लाइन एंगेज्ड थी।

वह बाहर जाने के लिए निकल ही रही थी कि टेलीफोन की घंटी बजी। रमा ने रिसीवर उठाकर अपना नंबर बोला, "ओह, मैं सोच रहा था। तुम कहीं मार्केट के लिए नहीं निकल गई होओ।"

"बस निकल ही रही थी।"

"सुनो डार्लिंग, लंच पर मेरे साथ एक साहब होंगे। यहीं के हैं, बहुत फॉर्मल होने की जरूरत नहीं है, बस जरा सा देख लेना। डेकोरेटर को फोन किया?"

"किया था, पर लाइन नहीं मिली, लौटकर फिर करूँगी।"

"ओ.के.।" खट!

रसोई में जाकर रमा ने कहा, "थोड़ी सब्जियाँ उबालकर इन उबले हुए आलुओं में मिला दो। पराँठे नहीं बनेंगे, वेजिटेबल कटलेट बना देना!"

फिर उसने फ्रिज खोलकर देखा—सबकुछ था। जब वह कॉलेज जाती थी तो कुंदन का लंच ऑफिस जाता था, पर आजकल वह लंच के लिए घर ही आता है।

पहली तारीख! लंच के लिए कुंदन आया। जब भी वह घर आता, एक बार सारे घर का चक्कर लगाता। इस नई साज-सज्जा को हर एंगल्स से देखता और उसके चेहरे पर एक संतोषमय, गर्वयुक्त उल्लास चमकने लगता। कभी-कभी इसी उल्लास में रमा को बाँह में भरता हुआ कहता, "यू आर रीयली वंडरफुल!" यों खुले में चूमने की मर्यादा वह तोड़ नहीं पाया था, इसी से केवल उसे दबाकर छोड़ देता।

पूरा चक्कर लगाकर बोला, "आई थिंक एवरी थिंग इज इन ट्यून! क्यों?"

कलफ लगा नैपकिन फड़फड़ाता हुआ उसकी गोद में फैल गया।

"अब कोई आए, मुझे चिंता नहीं। पाँच तारीख को डायरेक्टर आ रहे हैं—मैं

इस बार एक बड़ी पार्टी घर पर ही करूँगा।"

रमा खाती जा रही थी और उसकी प्लेट का ध्यान भी रख रही थी। जो चीज खत्म हो जाती, रख देती।

"बस यार, वो रोब पटकारना है कि डायरेक्टर की नजरों में जम जाऊँ। एक बार ये लोग इंप्रेस हो जाएँ तो रास्ता साफ है। डॉ. फिशर तो जब भी कोई मौका आएगा, मेरे फेवर में ही राय देंगे।"

रमा कुंदन के बच्चों जैसे पुलकमय आवेश पर मंद-मंद मुसकराती रही।

"मेम साहब, आपका फोन है।"

"किसका है? बोलो बाद में करें। मेम साहब इस समय लंच ले रही हैं।"

कुंदन इस समय रमा को वह सारी बातें सुनाना चाहता था, जो आज उसके और फिशर के बीच हुई थीं। कितने स्पष्ट थे सारे संकेत! फिर भी वह अपने अनुमानों का रमा से समर्थन करा लेना चाहता था।

"कॉलेज से मिसेज बर्मन का है।" बैरा लौटने लगा।

"अरे ठहरो!" और रमा एकदम उठ खड़ी हुई।

बातें शुरू हुईं तो वह भूल ही गई कि कुंदन खाने की मेज पर बैठा है और वह खाना बीच में ही छोड़कर आई है।

"अरे डार्लिंग, आओ न! तुम औरतों का भी बस एक बार चरखा चल जाए तो खत्म ही नहीं होता।"

रमा लौट ही रही थी, "चरखा क्या, कोई इतने अपनेपन से बुलाए, तो मैं ठीक से बात भी न करूँ! यह भी कोई बात हुई भला?"

"अच्छा-अच्छा, अब अपना खाना खत्म करो।"

"तुम्हारा हो गया तो तुम उठो न!"

"नो···नो···यह कैसे हो सकता है भला?"

खाने के बाद कॉफी लेकर, ईजी चेयर पर आराम करते हुए कुंदन ने सिगरेट सुलगा ली और गोल-गोल छल्ले के रूप में धुआँ उगलता रहा। फिर रोज की तरह पाँच मिनट के लिए आँख मूँद ली। रमा अखबार पलटने लगी।

"अब चलें।" झटके से कुंदन उठ खड़ा हुआ।

कोट उठाया तो तनख्वाह की याद आई। भीतर की जेब से नोट के दो बंडल निकाले—एक बड़ा, दूसरा छोटा।

"अरे यह क्या, तनख्वाह ले आए? आज क्या पहली तारीख हो गई?" रमा को आजकल तारीख और दिनों का कुछ खयाल ही नहीं रहता।

"ये आया, बैरा और खानसामा के हैं। अस्सी, अस्सी और सौ!" छोटा बंडल बढ़ाते हुए कुंदन ने कहा। रमा ने बंडल ले लिया।

"और यह तुम्हारा है।" फिर जरा सा झुककर बोला।

"अब जो मुनासिब समझो, इस गुलाम को पान-सिगरेट के लिए दे देना।" और हँस पड़ा। रमा भी मुसकरा दी।

"बा···बाई···" और लाल बजरी की सड़क पर तैरती हुई कुंदन की कार रमा को वहीं छोड़कर आगे चली गई।

□

ईसा के घर इनसान

फाटक के ठीक सामने जेल था।

बरामदे में लेटी मिसेज शुक्ला की शून्य नजरें जेल की ऊँची-ऊँची दीवारों पर टिकी थीं। मैंने हाथ की किताबें कुरसी पर पटकते हुए कहा, "कहिए, कैसी तबीयत रही आज?"

एक धीमी सी मुसकराहट उनके शुष्क अधरों पर फैल गई। बोलीं, "ठीक ही रही! सरीन नहीं आई?"

"मेरे दोनों पीरियड्स खाली थे, सो मैं चली आई, सरीन यह पीरियड लेकर आएगी।" दोनों कोहनियों पर जोर देकर उन्होंने उठने का प्रयत्न किया, मैंने सहारा देकर उन्हें तकिए के सहारे बिठा दिया। एक क्षण को उनके जर्द चेहरे पर व्यथा की लकीरें उभर आईं। अपने आप को आरामदेह स्थिति में करते हुए उन्होंने पूछा, "कैसा लग रहा है कॉलेज? मन लग जाएगा न?"

"हाँऽ···मन तो लग ही जाएगा। मुझे तो यह जगह ही बहुत पसंद है। पहाड़ियों से घिरा हुआ यह शहर और एकांत में बसा यह कॉलेज। जिधर नजर दौड़ाओ, हरा-भरा ही दिखाई देता है।" तभी मेरी नजर सामने की जेल की दीवारों से टकरा गई। मैंने पूछा, "पर एक बात समझ में नहीं आई। यह कॉलेज जेल के सामने क्यों बनाया? फाटक से निकलते ही जेल के दर्शन होते हैं तो लगता है, सवेरे-सवेरे मानो खाली घड़ा देख लिया हो; मन जाने कैसा-कैसा हो उठता है।"

रूखे केशों की लटों को अपने शिथिल हाथों से पीछे करते हुए मिसेज शुक्ला की कांतिहीन आँखें जेल की ऊँची-ऊँची दीवारों पर टिकीं। बोलीं, "सरीन जब आई थी तो उसने भी यही बात पूछी थी। पता नहीं क्यों, कॉलेज के लिए यह जगह चुनी गई।" फिर उनकी खोई-खोई दृष्टि दीवारों में जाने क्या खोजने लगी। पैरों को कुछ फैलाकर उन्होंने एक बार फिर अपनी स्थिति को ठीक किया और बोलीं, "तुम लोग

जब कॉलेज चली जाती हो, तो मैं लेटी-लेटी इन दीवारों को ही देखा करती हूँ, तब मन में लालसा उठती है कि काश! ये दीवारें किसी तरह हट जातीं या पारदर्शक ही हो जातीं और मैं देख पाती कि उस पार क्या है! सवेरे-शाम इन दीवारों को बेधकर आती हुई कैदियों के पैरों की बेड़ियों की झनकार मेरे मन को मथती रहती है और अनायास ही मन उन कैदियों के जीवन की विचित्र-विचित्र कल्पनाओं से भर जाया करता है। इस अनंत आकाश के नीचे और विशाल भूमि के ऊपर रहकर भी कितना सीमित, कितना घुटा-घुटा रहता होगा उनका जीवन! चाँद और सितारों से सजी इस निहायत ही खूबसूरत दुनिया का सौंदर्य, परिवारवालों का स्नेह और प्यार, जिंदगी में मस्ती और बहारों के अरमान क्या इन्हीं दीवारों से टकराकर चूर-चूर न हो जाया करते होंगे? इन सबसे वंचित कितना उबा देनेवाला होता होगा इनका जीवन—न आनंद, न उल्लास, न रस।" और गहरी निश्श्वास छोड़कर वे फिर बोलीं, "जाने क्या अपराध किए होंगे इन बेचारों ने, और न-जाने किन परिस्थितियों में वे अपराध किए होंगे कि यों सब सुखों से वंचित जेल की सीलन भरी अँधेरी कोठरियों में जीवित रहने का नाटक करना पड़ रहा है⋯।"

तभी दूधवाली के कर्कश स्वर ने मिसेज शुक्ला के भावना-स्रोत को रोक दिया। मैं उठी और दूध का बरतन लाकर दूध लिया। मिसेज शुक्ला बोलीं, "अब चाय का पानी भी रख ही दो, सरीन आएगी, तब तक उबल जाएगा।" मैं पानी चढ़ाकर फिर अपनी कुरसी पर आ बैठी। बोलीं, "मदर ने आपको पूरी तरह आराम करने के लिए कहा है। आपकी जगह जिन्हें रखा गया है, वे कल से काम पर आने लगेंगी। आज शाम को शायद मदर खुद आपको देखने आएँ।"

"मदर यहाँ की बहुत अच्छी हैं रत्ना! जब मैं यहाँ आई थी, तब जानती हो, सारा स्टाफ नन्स का ही था। मेरे लिए तो यही समस्या थी कि इन नन्स के बीच मैं रहूँगी कैसे? पर मदर के स्वभाव ने आगा-पीछा सोचने का अवसर ही नहीं दिया, बस यहाँ बाँधकर ही रख लिया। फिर तो सरीन और मिश्रा भी आ गई थीं। मिश्रा गई, तो तुम आ गईं।"

"मुझे तो सिस्टर ऐनी और सिस्टर जैन भी बड़ी अच्छी लगीं। हमेशा हँसती रहती हैं। कुछ भी पूछो तो इतने प्यार से समझाती हैं कि बस! बड़ी अफेक्शनेट हैं। हाँ, ये लूसी और मेरी जाने कैसी हैं? जब देखो, चेहरे पर मुर्दनी छाई रहती है, न किसी से बोलती हैं, न हँसती हैं।"

मिसेज शुक्ला ने पीछे से एक तकिया निकालकर गोद में रख लिया और दोनों कोहनियाँ उस पर गड़ाकर बोलीं, "ऐनी और जैन तो अपनी इच्छा से ही सबकुछ छोड़छाड़ कर नन बनी थीं, पर इन बेचारियों ने जिंदगी में चर्च और कॉलेज के सिवाय कुछ देखा ही नहीं। कॉलेज के पीछेवाले चर्च में रहती हैं और कॉलेज में काम करती हैं, बस यही है इनका जीवन! अब तुम्हीं बताओ, कहाँ से आए मस्ती और शोखी।"

"वाह, यह भी कोई बात हुई। सिस्टर जूली को ही लीजिए, वह भी उम्र में इनके ही बराबर होगी, पर चहकती रहती है। बातें करेगी तो ऐसी लच्छेदार कि तबीयत भड़क उठे। हँसेगी तो ऐसे कि सारा स्टाफ-रूम गूँज जाए, उसका तो अंग-अंग जैसे थिरकता रहता है।"

"वह अभी नई-नई आई है यहाँ, थोड़े दिन रह लेने दो, फिर देखना, वह भी लूसी और मेरी जैसी ही हो जाएगी।" और एक गहरी साँस छोड़कर उन्होंने आँखें मूँद लीं। तभी सरीन हड़बड़ाती सी आई और बोली, "गजब हो गया शुक्ला आज तो! अब जूली का पता नहीं क्या होगा?"

"क्यों, क्या हुआ?" सरीन की घबराहट से एकदम चौंककर शुक्ला ने पूछा।

"जूली फोर्थ ईयर का क्लास ले रही थी। कीट्स की कोई कविता समझाते-समझाते जाने क्या हुआ कि उसने एक लड़की को बाँहों में भरकर चूम लिया। सारी क्लास में हल्ला मच गया और पाँच मिनट बीतते-न-बीतते बात सारे कॉलेज में फैल गई। मदर बड़ी नाराज भी हुई और चिंतित भी। जूली को उसी समय चर्च भेज दिया और वे सीधी फादर के पास गईं।" और फिर बड़े ही रहस्यात्मक ढंग से उन्होंने शुक्ला की ओर देखा।

"लगता है, अब जूली के भी दिन पूरे हुए!" बहुत ही निर्जीव स्वर में शुक्ला बोलीं। मुझे सारी बात ही बड़ी विचित्र लग रही थी। लड़की लड़की को किस कर ले! जूली के दिन पूरे हो गए—कैसे दिन? दोनों के चेहरों की रहस्यमयी मुद्रा···मैं कुछ समझ नहीं पा रही थी। पूछा, "फादर क्या करेंगे, कुछ सजा देंगे?" मेरा मन जूली के भविष्य की आशंका से जाने कैसा-कैसा हो उठा।

"अभी-अभी तो रत्ना जूली की ही बात कर रही थीं और अभी तुम यह खबर ले आईं। सुनते हैं, जूली पहले जिस मिशनरी में थी, वहाँ भी इसने ऐसा ही कुछ किया था, तभी तो उसे यहाँ भेजा गया कि फिर कभी कोई ऐसी-वैसी हरकत करे तो फादर का जादू का डंडा घुमवा दिया जाए।" और शुक्ला के पपड़ी जमे शुष्क अधरों पर फीकी सी मुसकराहट फैल गई।

"जादू का डंडा? बताइए न क्या बात है? आप लोग तो जैसे पहेलियाँ बुझा रही हैं।" बेताब होकर मैंने पूछा।

"अरे, क्यों इतनी उत्सुक हो रही हो? थोड़े दिन यहाँ रहोगी तो सब समझ जाओगी। यहाँ के फादर एक अलौकिक पुरुष हैं, एकदम दिव्य! कोई कैसा भी पतित हो या किसी का मन जरा भी विकारग्रस्त हो, इनके संपर्क में आने से ही उसकी आत्मा की शुद्धि हो जाती है। दूर-दूर तक बड़ा नाम है इन फादर का। बाहर की मिशनरीज से कितने ही लोग आते हैं फादर के पास आत्म-शुद्धि के लिए।"

"चलिए, मैं नहीं मानती। मन के विकार भी कोई ठोस चीज है कि फादर ने निकाल दिए और आत्म-शुद्धि हो गई।" मैंने अविश्वास से कहा। कमरे से चाय के प्याले बनाकर लाती हुई सरीन से शुक्ला बोलीं, "लो, इन्हें फादर की अलौकिक शक्ति पर विश्वास ही नहीं हो रहा है।"

"इसमें अविश्वास की क्या बात है? हमारे देश में तो एक-से-एक पहुँचे हुए महात्मा हैं, तुमने कभी नहीं सुना ऐसी महान् आत्माओं के बारे में?"

"सुनने को तो बहुत कुछ सुना है, पर मैंने कभी विश्वास नहीं किया।"

"अच्छा, अब जूली को देख लेना, अपने आप विश्वास हो जाएगा। लूसी, जो आज इतनी मनहूस लगती है, यहाँ आई थी, तब क्या जूली से कम चपल थी? फिर देखो! फादर ने तीन दिन में ही उसका कायापलट कर दिया या नहीं?" शुक्ला ने सरीन की ओर देखते हुए जैसे चुनौती के स्वर में पूछा।

तभी डॉ. साहब आए। मिसेज शुक्ला ने इंजेक्शन लगाया और पूछताछ करने लगे। सरीन मुझे गरम पानी की थैली का पानी बदल देने का आदेश देकर नहाने चली गई। इंजेक्शन लगाने के बाद करीब घंटे भर तक शुक्ला की हालत बहुत खराब रहती थी, मैंने उन्हें गरम पानी की थैली देकर आराम से लिटा दिया। उनके चेहरे पर पसीने की बूँदें झलक आई थीं, उन्हें पोंछ दिया। वे आँखें बंद करके चुपचाप लेट गईं।

मन में अनेकानेक प्रश्न चक्कर काट रहे थे और रह-रहकर जूली का हँसता चेहरा आँखों के सामने घूम रहा था। फादर उसके साथ क्या करेंगे? यह प्रश्न मेरे दिमाग को बुरी तरह मथ रहा था। मैंने दूर से फादर को देखा है। ऊपर से नीचे तक सफेद लबादा पहने वह कभी-कभी चर्च जाते हुए दिख जाया करते थे। इतनी दूर से चेहरा तो दिखाई नहीं देता था, पर चाल-ढाल से बड़ी भव्य मूर्ति लगते थे। मन श्रद्धा

से भर उठे, ऐसे। फादर में कौन सी शक्ति है, जो आत्मा की शुद्धि कर देती है, यही बात मेरी समझ में नहीं आ रही थी। अगले दिन जूली नहीं आई। मैंने सिस्टर ऐनी से कुछ पूछना चाहा, तो उन्होंने धीरे से उँगली मुँह पर रखकर चुप रहने का आदेश कर दिया। मैंने देखा कि लूसी और मेरी इस घटना से काफी संतुष्ट सी नजर आ रही थीं। कल से उनके खिजलाहट भरे चेहरों पर हलके से संतोष की झलक नजर आ रही थी। दो दिन और इसी प्रकार बीत गए, तीसरे दिन मैं कुछ जल्दी ही कमरे से रवाना होने लगी तो सरीन ने पूछा, "अरे, अभी से चल दी!"

"कुछ कॉपियाँ देखनी हैं, यहाँ लेकर नहीं आई, अब स्टाफ-रूम में बैठकर ही देख लूँगी। आज नंबर देने ही हैं।" और मैं चल पड़ी। यों हमारे कमरों और कॉलेज के बीच में भी एक छोटा सा फाटक था, पर वह अकसर बंद ही रहा करता था, सो मेन गेट से ही जाना पड़ता था। जैसे ही मैं कॉलेज के फाटक में घुसी, मैंने देखा—जूली चर्च का मैदान पार कर नीची नजरें किए धीरे-धीरे कॉलेज की तरफ आ रही है। एक बार इच्छा हुई कि दौड़कर उसके पास पहुँच जाऊँ, पर जाने क्यों पैर बढ़े ही नहीं। मैं जहाँ-की-तहाँ खड़ी रही। वह मेरे पास आई, पर बिना आँख उठाए, बिना एक भी शब्द बोले वैसी ही शिथिल चाल से गुजर गई। मैं अवाक् सी उसका मुँह देखती रही। दो दिन में ही क्या हो गया इस जूली को ? मैं नहीं जानती, फादर ने उसके ऊपर जादू का डंडा घुमाया या उसे जंतर-मंतर का पानी पिलाया, पर जूली हँसना भूल गई। उसकी सारी शोखी, सारी हँसी, सारी मस्ती जैसे किसी ने सोख ली हो। उस दिन किसी ने जूली से बात नहीं की, शायद मदर का ऐसा ही आदेश था, पर जूली के इस नए रूप ने मेरे मन में विचित्र सा भय भर दिया। लगता था कि जैसे जूली नहीं, उसकी जिंदा लाश घूम रही है। सिस्टर ऐनी ने इतना जरूर कहा कि फादर ने उसकी आत्मा को पवित्र कर दिया, उसकी आत्मा के विकार मिट गए; पर मुझे लगता था कि जैसे जूली की आत्मा ही मिट गई थी, मर गई थी।

अपने कमरे पर आकर मैंने मिसेज शुक्ला को सारी बात बताई तो बिना किसी प्रकार का आश्चर्य प्रकट किए, वे बोलीं, "मैं तो पहले ही जानती थी। पता नहीं, कैसी शक्ति है फादर के पास।"

रात में सोई तो बड़ी देर तक दिमाग में यही सब चक्कर काटता रहा। कभी लूसी और कभी मेरी की शक्लें आँखों के सामने घूम जातीं। उन्हें देखकर लगता था, मानो वे अपने से ही लड़ रही हैं, अपने को ही कुतर रही हैं, एक अजीब

खिझलाहट के साथ, एक अजीब आक्रोश के साथ। कॉलेज की बड़ी लड़कियों को हँसी-ठिठोली करते देख उनके दिलों से बराबर ही सर्द आहें निकल जाया करती थीं। उनके जवान दिलों में उमंगों और.अरमानों की आँधियाँ नहीं मचलती थीं और उनकी आँखों में वह कांति और चमक नहीं थी, जो इस उम्र की खासियत होती है। ऐसा लगता था—इनकी आँखें, आँखें न होकर दो कब्रें हैं, जिनमें उनके मासूम दिलों की सारी तमन्नाओं को, सारे अरमानों को मारकर सदा-सदा के लिए दफना दिया हो। पहले ये भी जूली जैसी ही चंचल थीं, तो अब जूली भी हमेशा के लिए ऐसी ही हो जाएगी? और जूली का आज वाला रूप मेरी आँखों के सामने घूम जाता है। मैंने जोर से तकिए में अपना मुँह छिपा लिया और इन सारे विचारों को दिमाग से निकालकर सोने की कोशिश करने लगी।

मैं नहीं जानती क्या हुआ, पर आँख खोली तो देखा मैं पसीने से तर थी और साँस जोर-जोर से ऊपर-नीचे हो रही थी। मिसेज शुक्ला मुझे पकड़े हुए थीं और बार-बार पूछ रही थीं, "क्या सपना देखकर डर गईं?" एक बार तो भयभीत सी नजरों से मैं चारों ओर देखती रही, फिर कमरे की परिचित चीजों और मिसेज शुक्ला को देखकर आश्वस्त सी हुई। "क्या हो गया? क्यों चिल्लाई थीं इतनी जोर से? कोई सपना देखा था क्या?"

उन्होंने फिर पूछा।

"हाँ! मुझे ऐसा लगा कि एक बड़ी सी सफेद चिड़िया आकर मुझे अपने पंजे में दबोचकर उड़ी जा रही है और उसके पंजों के बीच मेरा दम घुटा जा रहा है।"

"चलो, थी तो चिड़िया ही, चिड़ा तो नहीं था, तब कोई बात नहीं। चिड़िया कहीं नहीं ले जाने की, ले जानेवाले तो चिड़े ही होते हैं।" हँसते हुए उन्होंने कहा।

"चलिए, आपको मजाक सूझ रहा है, यहाँ डर के मारे जान निकल गई। वह दम घुटने की फीलिंग जैसे अभी भी है।"

मैंने पानी पिया और फिर सो गई।

और फिर वही ढर्रा चल पड़ा। जब कभी बाहर से कोई सिस्टर या ब्रदर आत्म-शुद्धि के लिए फादर के पास आते, तो सिस्टर ऐनी मुझे यह खबर सुनाया करती थी। मैं बड़ी उत्सुकता से सारा किस्सा सुनती और विश्वास से अधिक आश्चर्य करती। सिस्टर ऐनी और जैन को मेरा यह अविश्वास करना अच्छा नहीं लगता था और उसे मिटाने के लिए ही वे और भी जोर-शोर से घंटों फादर के

अलौकिक गुणों का बखान करतीं। मंद गति से चलती-फिरती फादर की वह सौम्य मूर्ति मेरे लिए श्रद्धा से अधिक कौतूहल और भय का विषय बनी रही।

महीने भर बाद एक दिन मदर ने मुझे बुलाया और बोलीं, "मैं चाहती हूँ कि नन्स के लिए भी हिंदी पढ़ाने की कुछ व्यवस्था कर दी जाए। अब हिंदी जानना तो सबके लिए बहुत जरूरी हो उठा है, क्योंकि मीडियम भी हिंदी हो रहा है, नहीं तो सारा स्टाफ हमें दूसरा रखना होगा। क्यों?"

"तो आप सिस्टर्स के लिए भी एक क्लास खोल दीजिए, बहुत ही जल्दी सीख लेंगी। यों बोल तो सभी लेती हैं, लिखना-पढ़ना भी आ जाएगा।"

"इसीलिए तो तुम्हें बुलाया है। शुक्ला तो बीमारी से उठने के बाद काफी कमजोर हो गई है, सो मैं उस पर यह बोझ डालना ठीक नहीं समझती। तुम शाम को एक घंटा चर्च में आकर सिस्टर्स को हिंदी पढ़ाने का काम ले लो, उसके लिए तुम्हें अलग से पे किया जाएगा।"

चर्च में जाकर पढ़ाना होगा, यह बात सुनते ही एक बार मेरे सामने फादर का चेहरा घूम गया। उनको और दूसरी नन्स को और अधिक निकट से जानने की लालसा को एक राह मिल रही थी। मैं बोल पड़ी, "मुझे कोई ऐतराज नहीं, मैं बड़ी खुशी से यह काम करूँगी।"

"तब पहली तारीख से शुरू कर दो!"

मदर के पास से लौटी तो देखा कि सरीन और शुक्ला चाय पर बैठीं मेरा इंतजार कर रही है। मैंने आकर उन्हें सारी बात बताई तो सरीन हँसकर बोली, "चली तुम तो सपने में भी फादर को देखा करती थीं, अब पास से देखना। बहुत कौतूहल है न फादर को लेकर तुम्हारे मन में।"

"फादर अपनी कॉटेज में ही रहते हैं या चर्च जाते हैं? सिस्टर्स के कमरों की तरफ तो वे शायद कभी जाते नहीं, तुम देखोगी क्या?" शुक्ला ने कहा।

"अरे, कभी चर्च में आते-जाते ही दिख जाया करेंगे।" सरीन बोली। फिर यकायक प्रसंग बदलकर कहा, "क्यों शुक्ला, आजकल तुमने एक नई बात मार्क की या नहीं?"

"क्या?" मिसेज शुक्ला ने पूछा।

"लूसी में कोई चेंज नजर नहीं आता? आजकल उसके चेहरे पर पहले जैसी मुर्दनी नहीं छाई रहती। वह अनिमा है न थर्ड इयर की, उसका भाई आजकल अकसर कॉलेज में आया करता है, कभी कोई बहाना लेकर तो कभी कोई बहाना

लेकर। विजिटर्स को अटेंड करने का काम लूसी पर ही है। मैं कई दिनों से नोटिस कर रही हूँ कि जिस दिन वह आता है, लूसी का मूड बड़ा अच्छा रहता है।"

"खयाल नहीं किया, अब देखेंगे।" शुक्ला ने कहा।

पता नहीं, मिसेज शुक्ला ने खयाल किया या नहीं, पर मैंने इस चीज को अच्छी तरह से मार्क किया कि अनिमा का भाई सप्ताह में दो बार आ ही जाता है और काफी देर तक वह उसके पास बैठती है। उसके जाने के बाद भी लूसी का मूड इतना अच्छा रहता है कि कोई हलका-फुलका मजाक भी कर लो, तो बुरा नहीं मानती। पर जाने क्यों, लूसी का यह नया रूप देखकर मेरा मन भर उठता। दो महीने पहले की हँसती, थिरकती जूली की तसवीर आँखों के सामने नाच जाती और मैं सिहर उठती।

पहली तारीख की शाम को मैं चर्च गई। इसके पहले मैंने कभी चर्च की सरहद में पाँव नहीं रखा था। कॉलेज के दाहिनी ओर वाला लंबा मैदान पार करने पर एक नाला पड़ता था, वही चर्च और कॉलेज की विभाजक रेखा थी। उसे पार करके ही चर्च का मैदान आरंभ होता था। चर्च के पीछे रेवरेंड फादर और मदर के लिए दो छोटी सुंदर कॉटेज बनी हुई थीं और बाईं ओर सिस्टर्स के लिए एक कतार में कमरे बने हुए थे। कमरों के सामने लंबा सा बरामदा था, जाकर देखा कि क्लास के लिए उसी बरामदे में व्यवस्था की गई है। मैं पढ़ाने लगी। चर्च, कॉलेज और हमारे कमरों के सामने कोई तीन फीट ऊँची लंबी सी दीवार थी या सबके प्रवेश-द्वार अलग-अलग थे, पर चर्च से कॉलेज जाने के लिए सब लोग नाला पार करके ही जाया करते थे। पढ़ाने बैठी तो फाटक की ओर ही मेरा मुँह था और अनायास ही यहाँ भी मेरी नजरें सामने जेल की ऊँची-ऊँची दीवारों से टकराईं। जबरदस्ती अपनी नजरों को उस ओर से हटाकर मैंने पढ़ाना आरंभ किया।

चर्च में सिस्टर्स को पढ़ाते-पढ़ाते मुझे करीब एक महीना हो गया था। रोज की तरह उस दिन भी जब मैं जाने लगी तो शुक्ला बोलीं, "आज जरा जल्दी आ सको तो अच्छा हो, रत्ना! बाजार चलेंगे। सरीन से कहा तो बोली कि उसे जरूरी नोट्स तैयार करने हैं, अकेले जाते मुझे अच्छा नहीं लगता, तुम आ जाना!"

"ठीक है, मैं जल्दी ही चली आऊँगी। आप तैयार रहिएगा, आते ही चल पड़ेंगे।" और मैं चल दी। चर्च के मैदान में पहुँचते ही किसी स्त्री के चीखने-चिल्लाने की आवाजें सुनकर एक क्षण को मैं स्तब्ध सी खड़ी हो गई। सोचा, जाऊँ या नहीं।

पर मन का कौतूहल किसी तरह ठहरने नहीं दे रहा था। जैसे ही बरामदे में पैर रखा, मैं हैरत में आ गई। एक बहुत ही खूबसूरत नन हाथ-पैर पटक-पटककर बुरी तरह चिल्ला रही थी। सारी सिस्टर्स उसे सँभाले हुए थीं, मदर बड़ी बेचैनी से उसे शांत करने की कोशिश कर रही थीं, पर वह थी कि चिल्लाए चली जा रही थी। तीन-चार सिस्टर्स ने उसे पकड़ रखा था, उसके बावजूद वह बुरी तरह हाथ-पैर पटक रही थी। उसे मैंने जो पास से देखा तो लगा कि ऐसा रूप मैंने आज तक नहीं देखा। संगमरमर की तरह सफेद उसका रंग था और मक्खन की तरह मुलायम देह। चेहरे पर ऐसा लावण्य कि उपमा देते न बने! और उस लावण्यमय चेहरे पर वे दो नीली आँखें, जैसे समुद्र की गहराइयाँ उतर आई हों। मैं सच कहती हूँ कि यदि कोई एक बार भी उन नीली आँखों को देख ले, तो कम-से-कम इस जिंदगी में तो वह उन्हें चाहकर भी न भूल पाए। मेरे घुसते ही उसकी नजर मेरी ओर घूम गई, मुझे लगा कि वे नीली आँखें मेरे शरीर को भेदकर मेरे मन को कचोटे डाल रही हैं। और फिर वह यकायक चिल्ला उठी, "देखो, कितनी सुंदर साड़ी पहन रखी है इसने! फिर हम क्यों अच्छे कपड़े नहीं पहनें? हम इनसान नहीं हैं? मैं नहीं रहूँगी यहाँ, मैं कभी नहीं रहूँगी। देखो मेरे रूप को···" और वह अपने कपड़ों को बुरी तरह फाड़कर इधर-उधर करने लगी। सबने बड़ी मुश्किल से उसे सँभाला। मदर ने उसके कपड़ों को जल्दी से ठीक-ठाक कर दिया। वे बड़ी ही परेशान नजर आ रही थीं। हाथ रुकने पर भी उसकी जीभ चल रही थी—"मैं अपनी जिंदगी को, अपने इस रूप को चर्च की दीवारों के बीच नष्ट नहीं होने दूँगी। मैं जिंदा रहना चाहती हूँ, आदमी की तरह जिंदा रहना चाहती हूँ। मैं इस चर्च में घुट-घुटकर नहीं मरूँगी···मैं भाग जाऊँगी, मैं भाग जाऊँगी।"

तभी बाहर से सिस्टर ऐनी हड़बड़ाती सी आई, "फादर ने एकदम बुलाया है। चलिए, इसे वहीं ले चलिए!" सबने मिलकर उसे जबरदस्ती उठाया। वह चिल्लाती जा रही थी, "मैं फादर को भी दिखा दूँगी कि जिंदगी क्या होती है, यह सब ढोंग है—मैं यहाँ नहीं रहूँगी···आधी से अधिक सिस्टर्स उसे उठाकर ले गईं। जो बची थीं, उनमें से इस घटना के बाद कोई भी इस मूड में नहीं थी कि बैठकर पढ़तीं। सो मैं लौट जाने को घूमी, तो देखा कि इस सबसे दूर एक खिड़की के सहारे लूसी खड़ी है। उसके चेहरे पर एक विशेष प्रकार की चमक आ गई थी, जैसे मन-ही-मन वह इस सारी घटना से बड़ी प्रसन्न हो।

मन में अपार विस्मय, भय और दुःख लेकर मैं लौटी तो शुक्ला बोलीं, "लो, तुम तो अभी से लौट आईं, अभी तो मैं तैयार भी नहीं हुई।"

"आज क्लास नहीं हुई।" और मैंने सारी बातें उन्हें बताईं। मैं जितनी इस घटना से विचलित हो रही थी, वे उतनी नहीं हुईं। स्वाभाविक से स्वर में बोलीं, "शायद बाहर से कोई सिस्टर आई होगी! क्या बताएँ, इन बेचारियों की जिंदगी पर भी बड़ा तरस आता है।"

रात भर मेरे दिमाग में उस नई सिस्टर का खूबसूरत चेहरा और उसका चीखना-चिल्लाना गूँजता रहा। वह फादर के पास भेज दी गई है। अब फादर उसका क्या करेंगे, शायद जूली की तरह उसके हृदय का यह बवंडर भी सदा-सदा के लिए शांत हो जाएगा और फिर जिंदगी भर उसका यह चाँद को लजाने वाला रूप चर्च की दीवारों के बीच ही घुट-घुटकर नष्ट हो जाएगा और वह अपनी इस बरबादी पर एक ठंडी साँस भी नहीं भर सकेगी। दूसरे दिन स्टाफ-रूम में घुसते ही सबसे पहले मेरी नजर लूसी पर पड़ी। बिना पूछे ही बड़े उत्साह से उसने मुझे कल की बात बताई—"जानती हो, यह जो नई सिस्टर आई है, इसका नाम एंजिला है। कहते हैं, यह चर्च से भाग गई थी, पर फिर पकड़ ली गई। इसके बाद पागलों जैसा व्यवहार करती थी, सो इसे फादर के पास भेज दिया। देखा, कितनी खूबसूरत है?" और एक सर्द सी आह उसके मुँह से निकल गई।

"अब क्या होगा? फादर आखिर करते क्या हैं?"

"देखो, क्या होता है? आज तो मदर भी नहीं आई। कल से वे फादर की कॉटेज पर ही हैं। सुनते हैं, एंजिला काबू में नहीं आ रही है, उसका पागलपन वैसे ही जारी है। हम लोगों को भी उधर जाने की इजाजत नहीं है।"

दो दिन तक कॉलेज के वातावरण, विशेषकर स्टाफ-रूम के वातावरण में एक विचित्र प्रकार का तनाव आ गया। कोई किसी से कुछ नहीं बोलता। बस मैं, शुक्ला और सरीन आपस में ही थोड़ा-बहुत बोल लेती थीं, बाकी सारी सिस्टर्स तो ऐसे काम कर रही थीं, मानो मौन-व्रत ले रखा हो; जैसे ऑपरेशन-रूम में कोई बहुत बड़ा ऑपरेशन हो रहा हो और बाहर नर्सें व्यस्त, चिंतित सी, परेशान इधर-उधर घूम रही हों। उनकी हर बात से ऐसा लग रहा था, जैसे कह रही हों—चुप··· चुप! शोर मत करो, ऑपरेशन बिगड़ जाएगा! मदर थोड़ी देर के लिए कॉलेज आतीं और जरूरी काम करके चली जाती थीं। हाँ, लूसी मौका पाकर और एकांत देखकर चुपचाप यह खबर दे देती थी कि एंजिला किसी प्रकार शांत नहीं हो रही है, फादर और मदर सबकुछ करके हार गए। यह कहते समय लूसी का मन प्रसन्नता से भर

उठता था, मानो फादर की नाकामयाबी पर उसे परम संतोष हो रहा है।

चौथे दिन सवेरे मैं और मिसेज शुक्ला घूमने निकले तो देखा, सामने से एंजिला चली आ रही है। मैं देखते ही पहचान गई। बिल्कुल स्वस्थ, स्वाभाविक गति से वह चल रही थी। पास आते ही मैं पूछ बैठी, "सिस्टर एंजिला! आप कहाँ जा रही हैं?"

एक क्षण को एंजिला रुकी, मुझे पहचानने का प्रयास सा करते हुए बोली, "मुझे कोई नहीं रोक सकता, जहाँ मेरा मन होगा, मैं जाऊँगी। मैंने तुम्हारे फादर···" फिर सहसा आठ चबाकर बात तोड़कर वह बोली, "अब वे कभी ऐसी फालतू की बातें नहीं करेंगे।" और एक बार अपनी नीली आँखों से उसने भरपूर नजर मेरे चेहरे पर डाली, सिर को हलका सा झटका दिया और एक ओर चली गई। मैं अवाक् सी उसकी ओर देखती रही।

"यही है एंजिला?" शुक्ला ने पूछा।

"हाँ, पर यह तो जा रही है, किसी ने इसे रोका नहीं?"

"फादर का जादू-मंतर इस पर चला नहीं दिखता है। बड़ी खूबसूरत है। आँखें तो गजब की हैं, बस देखने लायक!"

पर मिसेज शुक्ला की बातें मेरे कानों में ही नहीं पहुँच रही थीं। मैं कभी दूर जाती एंजिला को और कभी मौन, शांत खड़ी चर्च की इमारत को देख रही थी। मेरा मन हो रहा था कि दौड़कर चर्च पहुँच जाऊँ और लूसी को बुलाकर सारी बातें पूछ लूँ। लौटते समय भी मैंने चर्च के मैदानों पर नजर दौड़ाई, पर वहाँ सभी कुछ शांत था, जैसे कुछ हुआ ही नहीं हो। बड़ी मुश्किल से उस दिन दस बजे। समय उस दिन जैसे सरकना ही नहीं चाहता था। दस बजे मैं एक तरफ दौड़ पड़ी और स्टाफ-रूम से लूसी को घसीटकर पीछे लॉन में चली गई। लूसी स्वयं सबकुछ बताने के लिए भरी बैठी थी। लॉन में पहुँचते ही बोली, "एंजिला चली गई, फादर कुछ नहीं कर सके। उनकी खुद की तबीयत बड़ी खराब हो रही है। मदर उनकी देखभाल कर रही हैं। सवेरे तो हम लोग भी वहाँ गए थे। कमरे में तो नहीं जाने दिया हमें, पर बाहर से फादर को देखा था। फादर हम सब पर भी बड़ा रोब जमाया करते थे, एंजिला ने उनका नशा डाउन कर दिया।" फिर दोनों हाथों की मुट्ठियाँ भींचकर उसने मन के छलकते आनंद पर जैसे काबू पा लिया। "एंजिला को सुधार नहीं सके, अपनी इस असफलता का गुम उन्हें बुरी तरह साल रहा है, आत्म-ग्लानि से बार-बार उनकी आँखों में आँसू आ रहे हैं, मदर बड़ी परेशान और दुःखी हैं, उन्हें बहुत तसल्ली दे

रही हैं। बार-बार ईसा मसीह से उनकी शांति के लिए प्रार्थना भी कर रही हैं।" और एक बड़ी ही व्यंग्यात्मक मुसकराहट उसके होंठों पर फैल गई।

इसके तीसरे दिन ही रात में सबकी आँख बचाकर, चर्च की छोटी-छोटी दीवारों को फाँदकर कब और कैसे लूसी भाग गई, कोई जान ही नहीं पाया।

बड़ी विचित्र स्थिति थी, उस समय वहाँ की। एंजिला फादर की उस अलौकिक शक्ति को जैसे चुनौती देकर चली गई, जिसके बल पर उन्होंने कितने ही पतितों की आत्मा शुद्ध की थी। फादर इस असफलता पर आत्म-ग्लानि के मारे मरे जा रहे थे। मदर बेहद परेशान थीं। कभी फादर के पास, कभी कॉलेज, तो कभी चर्च में दौड़ती फिर रही थीं। तभी लूसी और भाग गई। एक तो चर्च जैसी पवित्र जगह, फिर लड़कियों का कॉलेज, क्या असर पड़ेगा इस घटना का लड़कियों पर!

दो दिन बाद ही चर्च और कॉलेज के चारों ओर की दीवारें ऊँची उठने लगीं और देखते-ही-देखते चारों ओर ऊँची-ऊँची दीवार खिंच गईं।

□

बंद दराजों का साथ

उसकी मेज बहुत बड़ी थी और तीन दराजों में बँटी हुई थी। बाईं ओर वाली दराज व्यक्तिगत थी, बीचवाली पारिवारिक और दाहिनी को चाहें तो सामाजिक कह लें। यह विभाजन मंजरी का ही किया हुआ था, जो उसने काफी दिनों बाद किया था, उन दिनों जबकि उन दोनों के बीच भी एक विभाजन-रेखा खिंच गई थी। आरंभ के दिनों में तो उसका ध्यान दराजों की ओर क्या जाता, मेज की ओर भी नहीं गया था। तब सारे घर में पलंग ही सबसे आकर्षक लगता था और मन करता था कि दिन के चौबीस घंटे किसी तरह रात के आठ घंटों में ही सिमट आएँ। विपिन का शरीर उसके संपूर्ण व्यक्तित्व का पर्याय बना हुआ था और यह बात कभी दिमाग में भी नहीं आती थी कि शरीर से परे भी उसका कोई व्यक्तित्व और अस्तित्व हो सकता है, संबंध और संपर्क हो सकते हैं, कोई अपना जीवन हो सकता है।

पर यह सब बहुत शुरू की बातें थीं। उन दिनों, जब मनों में कोई भेद नहीं था और इसीलिए जैसे सब तरफ के भेद मिट गए थे। सारी ऋतुएँ बसंत के समान सुहानी लगती थीं। आराम के समय काम की चुस्ती का अहसास होता रहता था और काम करने में भी अजीब तरह का आराम मिलता था।

वह वसंत की सुहानी सुबह थी। गीले बालों की ढीली सी चोटी बाँधकर बड़े मन से मंजरी ने मटर-चिउड़ा बनाया था। हर काम वह बड़े मन से करती थी और उसके गीत सारे घर में गूँजा करते थे। वह ट्रे में सारा सामान सजाकर ले गई, तभी उसने विपिन को कुछ कागजों में डूबे हुए पाया।

“इतना मगन होकर क्या पढ़ रहे हो?” उसने हँसते हुए पूछा था तो विपिन यकायक सकपका सा गया और सारी बात को टालते हुए उसने ढेर सा चिउड़ा अपनी प्लेट में डाल लिया था। मंजरी को लगा कि उस दिन वह कुछ जरूरत से ज्यादा तारीफ करने के मूड में आया हुआ है। वह लगातार प्रसंगहीन बात किए

चला जा रहा था, पर सबकुछ मंजरी के मन को छुए बिना ही निकल गया।

रोज की तरह दोनों साथ ही घर से निकले थे, पर वह एक पीरियड के बाद ही सिरदर्द का बहाना करके घर लौट आई। सारे रास्ते उसका सिर चकराता रहा था। घर में घुसते समय जाने क्यों लगा, जैसे वह किसी और के घर में घुस रही है।

वह सीधे टेबल के पास गई। टेबल पर पड़ी पुस्तकें, फाइलें, कागज-पत्तर सब उसने पलटे, पर वे कागज नहीं थे। उसे खुद आश्चर्य हो रहा था, एक झलक भर में उसने कैसे उन कागजों की ऐसी गहरी पहचान कर ली। उसने झटके से पहली दराज खोली। उसमें कुछ मित्रों और रिश्तेदारों के पत्र थे। एक-दो विवाह के निमंत्रण-पत्र थे, अपाइंटमेंट की डायरी थी, अखबारों की कुछ कतरने थीं। उसने बीच की दराज खाली, उसमें पासबुक और चेकबुक थीं, मकान और बिजली के बिल की रसीदें थीं। एक ओर तहाए हुए कुछ रूमाल पड़े थे। उसने तीसरी दराज खींची, तो वह खुली नहीं। उसमें ताला लगा हुआ था। दराज में ताला होना न कोई ऐसी अनहोनी बात है, न ही ऐसी भयंकर, फिर भी वह भीतर तक काँप उठी थी। उसने सारा घर छान मारा, पर उसे चाबियाँ नहीं मिलीं और तब सचमुच ही उसका सिर बुरी तरह दर्द करने लगा था। वह मुँह पर साड़ी का पल्ला डालकर सारे दिन लेटी रही।

उस रात जब वह सोई तो भीतर-ही-भीतर उसके कुछ घुमड़ता रहा था। रुलाई का वेग जैसे फूट पड़ना चाहता था, फिर भी उसने सोच लिया था कि वह जब तक सारी बात का पता नहीं लगा लेगी, तब तक एक शब्द भी नहीं कहेगी। रोज की तरह विपिन ने उसे बाँहों में भर लिया था, पर जाने क्यों, उसने भीतर-ही-भीतर महसूस किया कि उसके साथ सोनेवाला, उसे प्यार करनेवाला विपिन संपूर्ण नहीं है, केवल एक खंड है, एक टुकड़ा। संपूर्ण विपिन उसे हमेशा फूल की तरह हलका लगता था, पर खंडित विपिन का बोझ उसके लिए जैसे असह्य हो उठा। बार-बार उसका मन करता कि वह उसी से साफ-साफ पूछ ले, लड़ ले, झगड़ ले, पर दराज का ताला जैसे उसकी जुबान पर आकर लग गया था। वह सारी रात कसमसाती रही, पर बोला उससे कुछ नहीं गया था।

औरत की नजर यों ही बड़ी पैनी होती है, फिर उस पर यदि संदेह की सान चढ़ जाए, तो आकाश-पाताल चीरने में भी उसे देर नहीं लगती। दूसरे दिन ही वह बंद दराज उसके सामने खुली पड़ी थी, जो विपिन की निहायत निजी और व्यक्तिगत थी। कुछ डायरियाँ, एक महिला और बच्ची की तसवीरें, पत्र, काँच की ट्यूब में

गोलियाँ और क्रोध, घृणा, दुःख की मिली-जुली भावनाओं का तूफान उसके मन में उठ रहा था। सिर थामकर वह घंटों वहीं बैठी रही थी। फूट-फूटकर रोती रही थी। उसे बराबर लग रहा था कि जिसे धरती समझकर उसने पैर रखा था, वहाँ शून्य था कि जैसे वह यकायक बेसहारा हो गई है। उसे अपने घर की छत और दीवारें सब हिलती नजर आने लगी थीं।

क्योंकि दराज में विपिन का केवल अतीत ही नहीं था, वर्तमान भी था और उसमें भविष्य की योजनाएँ भी। वह जैसे-जैसे विपिन के व्यक्तिगत जीवन के निकट होती जा रही थी, अनजाने और अनचाहे ही विपिन से दूर होती जा रही थी। धीरे-धीरे मनों की यह दूरी शरीरों में भी फैलती चली गई थी और वे अनायास ही एक-दूसरे के लिए निहायत अपरिचित से हो गए। फिर उनके हिसाब अलग रहने लगे, संपर्क और संबंध अलग हुए।

दोनों के पास अपने-अपने तर्क थे और दोनों ही इस बात को अच्छी तरह जानते थे कि ये तर्क उन्हें कहीं नहीं ले जाएँगे। फिर भी हर तीसरे दिन घंटों बहसें होती थीं और उसकी समाप्ति मंजरी के आँसू ही करते थे। अब स्नेह का स्थान संदेह ने ले लिया था और तर्कों ने सद्भावना के रेशे-रेशे उधेड़ दिए थे।

तब मंजरी अपने ही घर में बहुत अकेली हो उठी थी और सबकुछ बड़ा वीरान लगने लगा था। हर काम बोझ लगने लगा था। खाली समय और भी बोझिल। वह घंटों किताब खोले बैठी रहती थी, पर पंक्तियाँ केवल आँखों के नीचे से गुजरती थीं, मन उनसे अछूता रहता था। कॉपियाँ देखने बैठती, तो उसकी साथिनें मजाक करती थीं कि वह इम्तिहान की कॉपियाँ देख रही है या प्रूफ। विपिन से संबंध क्या गड़बड़ाया था, उसकी समस्त इंद्रियों के आपसी संबंध गड़बड़ा गए थे।

वह घर के सारे खिड़की-दरवाजे खुले रखती थी, फिर भी लगता रहता था कि साफ हवा के अभाव में घर की हवा धीरे-धीरे जहरीली होती जा रही है और कोई है, जो उसके देखते-देखते मरता जा रहा है। न वह उसे बचा सकती है और न ही निर्दयतापूर्वक मार सकती है। यों भीतर-ही-भीतर तरह-तरह के संकल्प करती थी, पर उसने उन्हें कभी विचारों से आगे नहीं बढ़ने दिया, क्योंकि घर में बहुत जल्द ही एक तीसरा प्राणी आनेवाला था। उसने उसके और अपने दुर्भाग्य को साथ-साथ ही कोसा था, पर उसके बावजूद मन में कहीं एक हलकी सी आशा भी झाँकने लगी थी, शायद यह अनागत ही उनके बीच में कहीं सेतु बन जाए।

पर साल भर के भीतर-ही-भीतर उसने अच्छी तरह जान लिया कि इस युग में

आशा करना ही मूर्खता है, क्योंकि आज जिंदगी का हर पहलू, हर स्थिति और हर संबंध एक समाधानहीन समस्या होकर ही आता है, जिसे सुलझाया नहीं जा सकता, केवल भोगा जा सकता है। जिसमें आदमी निरंतर बिखरता और टूटता चलता है। वह भी दो साल तक बिखरी और टूटी थी। विपिन मन में कहीं हलका सा आश्वस्त महसूस करने लगा था कि मंजरी ने शायद उस सबको स्वीकार लिया है, कि शायद अब वह कटेगी नहीं।

पर ऐसा हुआ नहीं। शादी की पाँचवीं सालगिरह थी। वह दिन अपने सारे अर्थ खो चुकने पर भी दिन तो बना ही हुआ था। यों इस दिन न चाहने पर भी वह अपने को बहुत दुर्बल महसूस करती थी। उसकी यातना कई गुना बढ़ जाती थी। पर इस बार उसने वैसा कुछ भी अनुभव नहीं किया और बड़े आग्रह से विपिन को कहा था कि वह उसे संजा के पाँच बजे ला-बोहिम में मिले।

ला-बोहिम का अँधेरा कोना। आसपास की मेजें खाली थीं और अपनी मेज पर लटकती बत्ती को उसने बुझा दिया था। अँधेरा होने के साथ ही मंजरी के मन में एक क्षण को यह बात आई थी कि आज के इस अँधेरे से ही वे चाहें तो अपनी जिंदगी में कितनी रोशनी ला सकते हैं। उस समय भीतर-ही-भीतर कुछ कसका भी था, पर दूसरे ही क्षण उसने अपने को सहज बना लिया, यह सोचकर कि यह निरी भावुकता है और भावुकता को लेकर आदमी केवल कष्ट पा सकता है, जी नहीं सकता। मंजरी जीना चाहती थी—अपने लिए और अपने बच्चे के लिए।

और तीन घंटे के बाद, जब वे वहाँ से निकले तो उसे स्वयं आश्चर्य हो रहा था कि कैसे वह इतने सहज और तटस्थ ढंग से सारी बात कर सकी, मानो ये सारे निर्णय उसने अपने लिए नहीं, किसी और के लिए लिये हों। वह खुद जानती है कि औरतें कभी पूरी तरह तटस्थ नहीं रह सकतीं, खासकर ऐसे सांघातिक क्षणों में तो वे बात भी नहीं कर सकतीं, केवल रो सकती हैं, जार-जार रो सकती हैं।

उससे भी ज्यादा आश्चर्य उसे तब हुआ था, जब अपने निर्णय को व्यावहारिक रूप देने के लिए वह अपना सारा सामान बटोरकर, दो महीने की छुट्टी ले दिल्ली से बिदा हुई थी। विपिन ने बच्चे को बहुत प्यार किया था और एक बार उसे भी। फिर बहुत ठंडे स्वर में कहा था, "मैं दिल्ली छोड़ दूँगा। इस सबके बाद मुझसे यहाँ रहा भी नहीं जाएगा। तुम शायद यहीं लौटकर आना पसंद करोगी। इस घर को अपने नाम ही रहने दो।"

मंजरी तब तक यह तय नहीं कर पाई थी कि उसे कहाँ रहना है, क्या करना है। केवल विश्वास था कि जिस सहज ढंग से वह सारी स्थिति से उबरी है, उसी तरह नई जिंदगी का रास्ता भी खोज लेगी। फिर भी उसने घर अपने ही नाम रहने दिया। मानसिक तनाव के ऐसे विकट क्षणों में भी उसकी व्यावहारिक बुद्धि कुंठित नहीं हुई, तभी उसे लगा कि विपिन में ब्याह करके आनेवाली मंजरी पूरी तरह मर चुकी है। यह तो उसकी लाश से पैदा हुई दूसरी ही मंजरी है।

ऐन समय पर बहुत बड़ा नाटक होने की संभावना थी। बच्चे को लेकर कुछ हो सकता था, पर कुछ नहीं हुआ। ऊपर से बड़े सहज ढंग से कुछ औपचारिकता भरे वाक्यों का आदान-प्रदान हो रहा था, पर भीतर से मन मरे हुए थे। ट्रेन, प्लेटफॉर्म और प्लेटफॉर्म पर खड़े विपिन को पीछे छोड़कर आगे बढ़ गई थी और सबकुछ मंजरी ने सूखी आँखों से ही दखा था।

जब सब पीछे छूट गया तो भीतर से एक गहरी निश्वास निकली थी, शायद मुक्ति की। अपने ही शरीर का फोड़ा जब सूख जाता है तो मरी हुई खाल को शरीर से खींचकर अलग करते समय जैसी भावना आती है, कुछ-कुछ वैसी ही।

दो महीने बाद वह उसी घर में लौटी थी। सबने उसे देखकर पूछा था कि क्या वह बीमार रहकर आई है, वह बहुत दुबली हो गई है, उसका चेहरा सूखा और काला हो गया है। उसे स्वयं महसूस होता था, पर उस सबसे कुछ भी अंतर नहीं पड़ता था। उसने वहाँ आकर सबसे पहले चश्मा लिया, क्योंकि उसकी आँखें यकायक ही बहुत कमजोर हो गई थीं।

घर ज्यों-का-त्यों था, केवल वे सब चीजें वहाँ से हटा दी गई थीं, जिनके साथ विपिन की स्मृति लिपटी थी, वह मेज भी। मेजवाला वह कोना खाली रहने पर भी उसके मन में भय और वितृष्णा की मिली-जुली भावना पैदा किया करता था। वह विपिन से मुक्त होकर भी जैसे उस मेज से पूरी तरह मुक्त नहीं हो पा रही थी।

घर के बचे हुए सामान पर धूल की परतें जमी हुई थीं। एक दिन तो वह उस घर में कुछ भी नहीं कर पाई, दूसरे दिन ही वह सफाई में जुट गई। विपिन का कोई भी चिह्न वहाँ नहीं था सिवाय एक-दो भरे हुए एश-ट्रे के। एक बार उन्हें खाली करते समय जरूर उसका हाथ काँपा था। घर साफ हो गया था। फिर भी उसे बराबर लगता रहा था कि बड़ी ही परिचित गंध है, जो उसमें बराबर बनी हुई है। वह किधर भी जाए, कहीं भी रहे, उस गंध के अहसास से मुक्त नहीं हो पाती थी।

तब उसने घर के सारे खिड़की-दरवाजे खुले रखने शुरू कर दिए थे, बाहर की साफ हवा धूप आने के लिए। धीरे-धीरे उन खुले दरवाजों से हवा और धूप के साथ-साथ अनेक तरह की गंध, अनेक चेहरे और अनेक नजरें भी झाँकने लगी थीं। कुछ तरस लिये और कुछ आत्मीयता लिये। उसके साहस की प्रशंसा भी की जाती थी और कभी-कभी दबी जबान से यह समाचार भी दिया जाता था कि विपिन को किसी बच्ची और महिला के साथ देखा है। विपिन के लिए स्वर में भर्त्सना रहती थी, पर उसे न अपनी प्रशंसा छूती थी, न विपिन की भर्त्सना।

पहले साल परिचित और नए चेहरा की संख्या काफी बढ़ी थी, फिर धीरे-धीरे घटने लगी। हमदर्दों के लिए बात पुरानी हो चुकी थी और उन्हें लगता था कि वे अपना फर्ज अदा कर चुके हैं। सिर्फ एक चेहरा था, जो निरंतर बना रहा और घर में बहुत भीतर तक प्रवेश कर गया। पर मंजरी किसी प्रकार की हड़बड़ी में नहीं थी। हाँ, इतना जरूर हुआ कि यकायक उसे बहुत अकेलापन लगने लगा, नौकरी बोझ लगने लगी और जीवन नीरस।

कभी-कभी वह अकेले क्षणों में सोचती कि नहीं, वह अब जिंदगी की राहों को बदलेगी नहीं। जिस तटस्थता से उसने सबकुछ झेला और अपने को टूटने नहीं दिया, उससे उसे लगने लगा था, जैसे वह बहुत बड़ी हो गई है, मैच्योर हो गई है। इस उम्र में यह सब शायद उसके लिए संभव नहीं होगा। पर जब भी वह चेहरा करीब आता, अनायास ही उसकी उम्र के दस साल कहीं चले जाते, तब वह सोचती कि नहीं, कहीं कुछ नहीं बिगड़ा है। दिनों ने गुजरकर उसकी उम्र की संख्या में जरूर वृद्धि कर दी है, पर भावनाएँ तो आज भी अछूती ही हैं। जिंदगी के वह सुनहरे दिन, जब उसे अपनी भावनाओं को खर्च करना था, मरे हुए संबंधों की लाश ढोने में ही बीत गए।

फिर भी उसने तीन साल तक कोई निर्णय नहीं लिया। उसने सोचा था, केवल सोचा ही नहीं, चाहा था, बहुत सच्चाई और ईमानदारी से चाहा था कि जैसे वह विपिन के संबंध से उबर गई थी, इस अकेलेपन से भी उबर जाए। पर उसने पाया कि वह अपने बेटे के सहारे अपने अकेलेपन से लड़ने की कोशिश कर रही है। उसे खुद महसूस हुआ कि असित के प्रति उसका व्यवहार कहीं असंतुलित होता चला जा रहा है। लोगों ने उसे दबी-दबी जबान से सलाह दी थी कि उसे असित को

होस्टल भेज देना चाहिए। पहले वह बराबर विरोध करती रही थी—कुछ आर्थिक कारणों से और कुछ इसलिए कि उसे भेजकर वह स्वयं कितनी अकेली हो जाएगी। पर फिर उसे खुद लगा था कि वह अपना अकेलापन खत्म करने के लिए बच्चे का सारा भविष्य खत्म कर रही है।

तब उसने दो निर्णय एक साथ लिये थे। वह असित को होस्टल भेज देगी। वह अपना अकेलापन समाप्त करने के लिए सही और स्वाभाविक मार्ग ही अपनाएगी।

उसे इस बात पर खुशी भी हुई थी और हलका सा गर्व भी कि स्थिति बहुत अधिक बिगड़ने से पहले ही वह यकायक तटस्थ होकर चीजों को उनके सही रूप में देख लेती है और फिर उन्हीं के अनुरूप निर्णय ले पाती है।

दिलीप अब साथ आ गया था और इसलिए जिंदगी के दस वर्ष एकदम चले गए थे। घर बदल गया था और बिल्कुल नए ढंग से सजाया गया था। नए घर की साज-सज्जा में हमेशा कुछ-न-कुछ गुनगुनाते हुए वह काम किया करती थी। नौकरी उसने छोड़ दी थी, क्योंकि साथिनों की नजरों में झाँकती हिकारत उससे बरदाश्त नहीं होती थी। वैसे भी इस काम से वह बहुत ऊब चुकी थी। अब दिसंबर की सर्दी में सारी रात किसी की बाँहों में गरमाए रहने के बाद जब उसकी अलस आँखें खुलतीं तो सामने की ड्रेसिंग-टेबल पर उसे अपने प्रसाधन की अनेक चीजें सजी हुई दिखाई देती थीं, छमाही इम्तिहान की कॉपियों का गट्ठर नहीं। तब मन बहुत हलका और आश्वस्त हो आता था।

छुट्टियों में असित घर आया था। दिलीप को वह बराबर घर में देखता रहता था, सो मंजरी को दोनों को परिचित करनेवाला संकट नहीं झेलना पड़ा। असित के आने से मंजरी बहुत प्रसन्न थी और उसे समझ नहीं आता था कि उसे क्या खिलाए, कहाँ घुमाए। दिलीप के जाते ही वह उसे लेकर निकल जाती। दिसंबर की सुहानी धूप सारी दिल्ली को बेहद सुहाना और उत्फुल्ल बनाकर सड़कों-मैदानों पर फैली रहती थी। शाम को वे लौटते, तो दोनों के हाथों में असित के फरमाइशी पैकेट होते थे।

छुट्टियाँ समाप्त होने पर असित लौटने लगा। उसके स्कूल के बच्चों का पूरा ग्रुप था। स्कूल से छह महीने का बिल भी आया था। दिलीप ने यों ही कह दिया, "यह स्कूल काफी महँगा है, इस महीने यों भी काफी खर्च हो गया।" तो मंजरी के

चेहरे पर एक हलकी सी छाया तैर गई। बात साधारण थी और सच्ची भी। असित दिलीप का बच्चा होता, तब भी वह यह बात कह सकता था। पर असित दिलीप का बच्चा नहीं था और क्योंकि संदर्भ दूसरा था, इसलिए बात का अर्थ भी दूसरा हो गया। दिलीप ने शायद स्थिति को भाँप लिया और सारी बात को सहज बनाने के लिए कहा, "क्या जमाना आ गया है, हमने भी इतनी पढ़ाई की, पर ऐसी लंबी-चौड़ी फीस नहीं दी।" पर बात फिर भी शायद सहज नहीं हो पाई थी। तब मंजरी को पहली बार अपनी नौकरी छोड़ने पर अफसोस हुआ।

और उसके बाद धीरे-धीरे फिर उस घर में एक दृश्य मेज उभर आई थी, पर वह मेज इस बार दिलीप के कमरे में नहीं, मंजरी के कमरे में उग गई थी और वह भी दो दराजों में बँटी हुई थी—एक व्यक्तिगत, एक पारिवारिक। व्यक्तिगत दराज में असित के फरमाइशी-पत्र, उसके चित्र, उसके स्कूल की रिपोर्ट और विपिन के कुछ औपचारिक पत्र थे, जिसमें यह आश्वासन दिया गया था कि असित का आधा खर्च वह दिया करेगा।

और मेज का वह विभाजन फिर पहले की तरह मन और शरीर से होता हुआ सारे घर में फैल गया था। बाहर से कहीं कुछ नहीं बदला था—न बातचीत में, न व्यवहार में। पर अनजाने और अनचाहे ही भीतर से जैसे मन बँट गए थे, जिंदगी बँट गई थी। इस बार हालाँकि प्रसंग और स्थितियाँ दूसरी थीं, पर बँटने की पीड़ा वही थी, वैसी ही थी।

रात में, दिन में, लेटे-लेटे मंजरी न-जाने क्या-क्या सोचा करती! जब-तब विपिन भी याद आने लगा और आश्चर्य यह कि उसका यों याद आना अब उतना बुरा भी नहीं लगता। फिर भी वह इस अहसास से मुक्त नहीं हो पाती कि विपिन ने केवल अपनी जिंदगी को ही टुकड़ों में नहीं काटा, कितने कौशल से वह उसकी जिंदगी को भी टुकड़ों में काट गया है कि आगे उसे सारी जिंदगी ही इन टुकड़ों की अभिशप्त छाया में काटनी होगी कि वह अब कभी भी अपनी संपूर्ण जिंदगी नहीं जी पाएगी।

□

कील और कसक

जैसे ही कैलाश ने आकर बताया कि नया मकान मिल गया है, रानी के मन को जैसे ठेस लगी। उसने कहा, “तुम तो किसी बात के पीछे ही पड़ जाते हो। अब दूर मकान लेकर कितनी परेशानी उठानी पड़ेगी, यह भी सोचा है? रात-दिन तुम्हें प्रेस में रहना पड़ता है, यहाँ थे तो जब चाहा ऊपर चढ़ आए, और मुझे भी तसल्ली रहती थी कि नीचे ही हो। दूर मकान लेकर यह काम कैसे निभेगा?”

“तुम्हीं ने तो अभी चार दिन पहले रो-रोकर घर भर दिया था कि तुम अब एक घड़ी भी इस मकान में नहीं रहोगी। मेरा क्या है, जैसे भी होगा निभा लूँगा!”

“गुस्से में कह ही दिया तो उसका क्या? मुझे नहीं बदलना मकान। साल भर यहाँ रहते-रहते सबसे जान-पहचान हो गई, अब कहाँ नई जगह जाकर रहूँगी।”

“जान-पहचान! सारे दिन तो लड़ती रहती हो, न लाज, न हया। मेरी तो नाक कटवाकर रख दी तुमने। अब तो तुम लाख कहो, मैं एक दिन भी तुम्हें इस घर में नहीं रहने दूँगा।”

रानी रो पड़ी, “मैं तुम्हारे हाथ जोड़ती हूँ, मुझे यहीं रहने दो। अब मुँह भी खोलूँ तो तुम्हारे सिर की कसम।”

“मैं कह रहा हूँ, उठकर सामान बाँधना शुरू करो। कल जैसे भी हो, हमें नए मकान में चले जाना है।” और कैलाश धड़धड़ाता हुआ नीचे चला गया।

रानी का मन जाने कैसे अवसाद में डूब गया। वह पंखी लेकर चारपाई पर लेट गई। चाहकर भी सामान नहीं बाँधा गया। सामने शेखर का कमरा था। वह उसी ओर देखती रही। परसो जो कुछ कांड हो गया, उसका परिणाम इतना भयंकर निकलेगा, यह जानती तो अपने मन को काबू में कर लेती। शेखर लाख बुरा हो, फिर भी…। और उसकी आँखें भीग गईं। आँसू भरी आँखों के आगे न जाने कितने धुँधले चित्र बिगड़ने लगे।

साल भर पहले जब वह ब्याहकर इस घर में पहुँची थी तो अरमानों की आँधियाँ उसके मन में मचल रही थीं। चढ़ती जवानी और चाँद को शरमानेवाले रूप ने सुहाग रात की कल्पना को और अधिक चटकीला रूप दे दिया था। औरतों के बीच वह घिरी बैठी थी, पर मन उसका इस सारे कोलाहल को पार कर, दोपहर की उबा देनेवाली इस नीरस लंबी घड़ियों को पीछे छोड़, रात के उस मदिर पहर की ओर दौड़-दौड़कर जाता था, जब कोई बड़े दुलार से उसका घूँघट हटाकर, अपने रोम-रोम को आँख बनकर उसके रूप को निहारेगा और प्रशंसा के पुल बाँधकर दो अपरिचित हृदयों की दूरी के अस्तित्व को ही मिटा देगा। यह कल्पना यहाँ बैठे-बैठे भी उसके गालों को सुर्ख बना देती और एक मादक सी सिहरन उसके सारे शरीर में दौड़ जाती। उसको लगता कि उसका अंग-अंग जैसे बेकाबू हुआ जा रहा है। अपने पति की सूरत के सौ-सौ काल्पनिक नक्शे उसकी आँखों को आगे दौड़ जाते—कैसे होंगे वे? और प्रश्न के साथ ही वह कल्पना में डूबने-उतराने लगती। जब बारात चढ़ी तो बड़ा मन हुआ था उसका कि सहेलियों के साथ वह भी छज्जे पर चढ़कर अपने प्रियतम की एक झलक तो देख ले, पर दादी-बुआ के बीच घिरी, वह वहाँ से हिल भी न सकी। उसकी उत्सुक आँखें लौटकर आई हुई सहेलियों पर टिक गईं। पर वह इतना कुछ न जान पाई, जिसका सहारा लेकर मन के कौतूहल को मिटा पाती। हाँ, इतना उसने अवश्य सुना कि पति उसके काले हैं। दादी कह रही थीं, "अरे, मर्दों का क्या रूप देखना? और फिर रंग का क्या—काला या गोरा! रानी खाने-पीने की सार रखेगी तो रंग भी निखर आएगा। कमाबै तो तीन सौ है। भाग जाग गए रानी के—बस रानी बनकर ही रहेगी। फिर परिवार का टंटा नहीं, सास है तो गाँव में, बस दोनों मौज करेंगे।" और रानी बनकर मौज करने की इस कल्पना पर ही तो रह-रहकर उसका मन थिरक रहा था।

धीरे-धीरे रस्म-रिवाज, देखना-दिखाना, खाना-पीना, निंदा-आलोचना का दौर समाप्त हुआ और घड़ी ने दस बजा दिए। अपने कमरे में सजी-सँवरी रानी के मन का बिखरा-बिखरा उल्लास प्रतीक्षा में बदल गया। हलकी से हलकी आहट पर भी उसका मन गुदगुदा उठता और नेत्र घूँघट के झीने आवरण को चीरकर कुछ खोजने लगते। करीब ग्यारह बजे सास आई, "अरे, अभी तक नहीं आया कैलाश! हद्द करे है ये भी। आज के दिन तो परेस का काम छोड़ दिया होता। बिचित्तर आदमी है, बड़ा ही साधु। अपने सुख-आराम की तो इसे रत्ती भर भी परवाह नहीं।

लाओ, मैं ही बुला लाऊँ।" और वे धीरे-धीरे जीना उतरने लगीं। इस विचित्र आदमी के साधुत्व ने रानी के आक्रोश को इस हद तक बढ़ा दिया था कि उसकी इच्छा हो रही थी कि वह रो ले, पर तभी किसी ने कमरे में प्रवेश किया। रानी की पलकें झपक गईं, इस आशा से कि जल्दी ही कोई हौले से आकर उसका घूँघट हटा देगा और फिर वह अपने लाज भरे चेहरे को छिपाने के लिए बेसुध सी किसी के सीने का आश्रय ले लेगी। पर तभी एक रूखी कर्कश सी ध्वनि ने उसकी कल्पना के आवरण को बुरी तरह चीर डाला, "इतनी देर जागने की कोई जरूरत नहीं थी, तुम्हें सो जाना चाहिए था। मेरा तो काम ही ऐसा है। आज भी माँ जबरदस्ती बुला लाई, अब सवेरे तक सारा काम खतम न हुआ तो मुसीबत हो जाएगी।" और वह रानी के अस्तित्व को भूलकर सो गया। रानी को लगा, वह अपने पास सोए इस आदमी का मुँह नोच ले, अपने बाल नोच ले, फूट-फूटकर रो पड़े और आँसुओं से सारे घर को और नीचे ही निरंतर धड़धड़ करनेवाले इस प्रेस को डुबो दे। पर ऐसा कुछ भी नहीं हुआ और खामोशी से आँसू बहाते और सर्द आहें भरते-भरते रानी सो गई।

दूसरे दिन ही घर अपनी असली स्थिति में आ गया। बड़ा कमरा—जो उस घर का सबसे शानदार कमरा था—पड़ोसियों को लौटा दिया गया। विवाह के लिए वह माँग लिया गया था। दो नौकर और एक महाराज, जो कल दौड़-दौड़कर काम कर रहे थे, अपना-अपना हिसाब लेकर चलते बने। रह गए घर में तीन प्राणी—एक कमरा, एक छोटी सी कोठरी और एक छोटी सी रसोई। घर के नीचे प्रेस था और ऊपर के तल्ले में मकान मालिक रहते थे। बीच के तल्ले में तीन किराएदार रहते थे। सारा वातावरण काफी घुटा-घुटा था और प्रेस की लगातार धड़धड़ की आवाज एक अच्छे-भले आदमी के सिर में दर्द पैदा करने के लिए पर्याप्त थी। सास खाना बनाने बैठी, तो मजबूरन उस धुएँ से घुटी रसोई में रानी को भी जाना पड़ा। एक बार के आग्रह से ही सास चूल्हा छोड़कर दरवाजे पर बैठकर बहू को घर के रंग-ढंग से परिचित कराने लगीं, सारा कामकाज समझाने लगीं। उस अँधेरे चौके में देखने की सुविधा के विचार से रानी ने घूँघट कम कर दिया था। सास ने सबसे पहले उसी को लेकर आदेश दिया—"सिर का पल्ला जरा नीचे रखा करो बहू—पचास तरह के लोग यहाँ आवै-जावै हैं। फिर कैलाश को बेशर्मी पसंद भी नहीं।"

"अब तुमसे घर का क्या छिपाना—कैलाश पर बारह हजार का कर्जा है। जाने कैसी मनहूस घड़ी में यह कुकर्म हुए उससे। अब तो बेचारा रात-दिन एक करके

पैसा कमा रहा है। न खाने की सुध, न पीने की। किसी तरह शादी करने को राजी नहीं होवै था, कौन एक प्राणी का खर्च बढ़ाए, पर मैंने ही जोर-जबरदस्ती करके शादी करवा दी। आखिर कोई खाने-पीने का खयाल रखनेवाला भी तो हो। मैं तो···"

"खाना बन गया, अम्माँजी?" अम्माँ की बात का स्रोत टूट गया। एक अपरिचित को सामने देखकर रानी ने घूँघट और खींच लिया।

"हाँ-हाँ, बन गया, आओ बेटा बैठो। अब मैं तो दो-तीन दिन में गाँव चली जाऊँगी, तुम और तुम्हारी ये भाभी मिलकर कैलाश का खयाल रखना बेटा! बड़ा बिचित्तर आदमी है। बहू एक थाली तो लगा दो। ये सामनेवाले कमरे में रहें और यहीं खावै हैं।"

रानी ने घूँघट में ही झाँककर देखा, एक सुंदर आकृति उसी की ओर देख रही है। वह अंदर-ही-अंदर सकुचा गई। उसे लगा, सामनेवाले पुरुष की आँखें जैसे उस घूँघट को चीरकर उसके चेहरे को निरख रही हैं। उसने थाली लगाकर सरका दी।

"अम्माँ, भाभी से कह दो कि मुझसे परदा न करें। तुम भी नहीं रहोगी और ये यों लाज की छुई-मुई बनी रहेंगी तो मुझसे खाते नहीं बनेगा। तुमने बेटा माना तो ये क्या देवर न मानेंगी?" रानी को लगा, कोई है, जो उसका चेहरा देखने को व्याकुल है और एक अव्यक्त सी इच्छा उसकी रग-रग में समा गई कि वह घूँघट उलटकर अपना चाँद सा मुखड़ा उसके सामने कर दे, पर वह वैसे ही रोटी बेलती रही।

"वाह! खाना तो भाभी बहुत बढ़िया बनाती हैं। अरसे से ऐसा स्वादिष्ट खाना नहीं खाया, अम्माँ!"

रानी का प्रशंसा का भूखा मन पुलक उठा, हाथों की गति बढ़ गई और एक बार उसने संकोच से सामने बैठे व्यक्ति पर उड़ती सी नजर डाली। भरा-पूरा स्वस्थ सुंदर चेहरा और तभी उसके सामने मुँहासों और चेचक के दाग से भरा एक काला सा चेहरा उभर आया। उसके हाथ फिर शिथिल पड़ गए।

खाना खाकर वह चला गया।

अम्माँ बोलीं, "25 रुपया महीना देवै है और दोनों समय खाना खावै है। अकेला जीव है, बड़ा भला। इसे ठीक से खिला दिया करो। कैलाश तो सदा ही काम में रहे है, सो यह कभी-कदास काम भी कर दिया करेगा!"

दो दिन बाद अम्माँ चली गई। रानी के लिए जिंदगी पहाड़ हो गई। वह अपने कमरे के दरवाजे पर पड़ी चिक पर खड़ी होकर देखा करती। ठीक सामने शेखर का

कमरा था। ढेर किताबें, सब अस्त-व्यस्त। शेखर को देखकर उसका मन कैसा-कैसा होने लगता। खाना खाने जब वह आता तो बड़ा आग्रह करता घूँघट खोलने का, बड़ी प्रशंसा करता उसके खाने की। धीरे-धीरे कब रानी का घूँघट खुल गया और खाने की प्रशंसा रूप की प्रशंसा में बदलकर उसके अतृप्त मन को तृप्त करने लगी, वह स्वयं नहीं जान पाई। कैलाश के स्वभाव की रुखाई को वह शेखर की सरसता के सहारे ही बरदाश्त करने लगी। सवेरे-शाम शेखर बाहर रहता और सारे दिन घर। धीरे-धीरे वह अपने कमरे की अपेक्षा रानी के कमरे में रहने लगा। वह उसको अपनी कविताएँ सुनाता, कहानियाँ सुनाता। रानी चाहे कुछ समझती या नहीं, पर शेखर की हर बात में बड़ा रस लेती।

उस दिन सवेरे बड़ा शोर मच गया। अचानक नल बंद हो गए। सब लोग नीचे के नल पर पानी लेने को दौड़ पड़े, क्योंकि नीचे पानी दस बजे तक ही आता था। रानी भी बाल्टी लेकर पानी भरने पहुँची। भरी बाल्टी लिये वह ऊपर चढ़ आई, पर जाने कैसे साड़ी पैर में उलझ गया और वह गिर पड़ी। बाल्टी से उसकी उँगली कट गई, खून बहने लगा। कैलाश प्रेस जाने के लिए नीचे उतर रहा था। एक तो उसे यों ही देर हो गई थी, दूसरे रानी का इस प्रकार सबके बीच गिर पड़ना देखकर उसे क्रोध आ गया। झल्ला पड़ा वह, "देखकर क्यों नहीं चलती हो। अब जाकर कपड़े बदलो, गीले कपड़े पहने यहाँ सबके सामने क्यों बैठी हो?" और वह धड़धड़ाता हुआ उतर गया। उसके जाते ही शेखर आया, हाथ पकड़कर उठाया। खून देखते ही बोला, "अरे, यह क्या? तुमने तो उँगली काट ली।" और झट जेब से रूमाल निकाल उसने बड़े दुलार से उसके हाथ में बाँध दिया। प्रेम से बाँधी गई उस गाँठ में अनायास ही रानी का हृदय भी बँध गया।

चौबीसों घंटे प्रेस की मशीनों के बीच काम करते-करते कैलाश स्वयं एक मशीन बन गया था—भावनाहीन, रसहीन। उसे न रानी में दिलचस्पी थी, न घर में। कर्ज का भूत कोड़े लगा-लगाकर उससे काम करवाता था। शहर में प्रदर्शनी हो रही थी, रानी ने कितनी ही बार कैलाश से कहा, "एक दिन मुझे प्रदर्शनी ही दिखा लाओ। देखो न, पड़ोस की सारी औरतें देख आईं।"

"तुम भी किसी के साथ चली जातीं! मुझे तो समय नहीं है सैर-सपाटों के लिए।"

"वे कोई अकेली जाती हैं, जो चली जाती! सब अपने-अपने मर्दों के साथ

जाती हैं।" फिर कुछ रुककर बोली, "तुम कहो तो शेखर के साथ चली जाऊँ?"

"दूसरी औरतों के मर्दों के साथ जाते तो तुम्हें अजीब लगता है और शेखर के साथ अकेले जाते शर्म नहीं लगती?" स्वर में कुछ तीखापन और आँखों में कुछ संदेह का भाव था, जिसने रानी के हृदय को मथ डाला।

कैलाश के जाते ही वह फूट-फूटकर रोने लगी। विवाह से लेकर आज तक वह अनेक प्रकार से अपने मन को समझाती आई है, पर आज उसका मन बुद्धि और तर्कों के जाल को तोड़कर पूरी शक्ति के साथ विद्रोह कर उठा। तभी उसने बालों पर किसी के स्नेहिल स्पर्श का अनुभव किया, "क्या बात हुई भाभी, रो क्यों रही हो?"

पर रानी कुछ बता नहीं सकी, बस फूट-फूटकर रोती रही। अपने अपमान, अपनी उपेक्षा की बात किस मुँह से वह कहती। शेखर ने अपनी जेब से अखबार में लिपटा आ कुछ निकाला और बोला, "कल रात प्रदर्शनी देखने गया था—तुम्हारे लिए वहाँ से ये चूड़ियाँ और बिंदियाँ खरीद लाया हूँ।" पर रानी थी कि रोती रही, आँसू जैसे थम ही नहीं रहे थे। गरमी बढ़ चली थी। चूल्हे के पास बैठने से रानी के दोनों गाल लाल सुर्ख हो गए थे। वह कमरे में बैठकर पंखी लेकर पसीना सुखा रही थी। तभी शेखर आया तो उसके गालों की सुर्खी देखकर वह एकटक उधर ही देखता रह गया। दिलोजान से इस दृष्टि का स्वागत करते हुए भी रानी ने कहा, "यों क्या घूर रहे हो मुझे?"

शेखर मुसकरा दिया, "जाने क्यों तुम्हारे गालों को देखकर मुझे गुलाब के उन फूलों की याद आ गई, जो रोज सवेरे बगीचे में देखता हूँ। जब उन गुलाबों को देखता हूँ, तब भी मुझे अकसर तुम्हारे गालों की याद आ जाया करती है।"

"चलो, बड़े बेहूदे हो तुम। भले आदमी ऐसी बात नहीं करते, समझे? लो, अब खाना खा लो।" और रानी फिर चूल्हे के पास बैठकर रोटी सेंकने लगी।

"भाभी, तुम मेरे लिए रोटी बनाकर रख दिया करो। मेरे खाने का कोई समय ठीक नहीं, नाहक तुम चौका लिये बैठी रहती हो।"

"कौन मेरे पास बड़ा काम है? यों ही तुम तीन रोटी खाते हो, ठंडी होंगी तो शायद एक खाकर ही उठ जाया करोगे।"

दोपहर में जब रानी अपनी पड़ोसिनों के पास बैठती तो उस बिल्डिंग के लोगों की टीका-टिप्पणी ही उनका विषय होता। उस समय शेखर की प्रशंसा के पुल बाँधते-बाँधते रानी अकसर उस सीमा तक पहुँच जाती थी, जहाँ पहुँचकर वह स्त्रियों

के संदेह का कारण बन जाया करती थी। कैलाश को तो कुछ भी खबर नहीं रहती कि ऊपर क्या होता है, पर छोटी-से-छोटी बात में भी किसी बड़े रहस्य का उद्‌घाटन कर डालने को आतुर रहनेवाला स्त्रियों का मन रानी और शेखर की घनिष्ठता से उदासीन न रह सका। पर बात अभी कानाफूसी तक ही सीमित थी, आम आलोचना का विषय नहीं बन पाई थी। तभी शेखर ने एक दिन आकर बताया, "मेरी जीजी आ रही हैं। जब तक वे रहेंगी, तब तक तो मैं तुम्हें खाना बनाने के कष्ट से मुक्ति दे दूँगा।"

"अरे, अपनों को खिलाने में भी कोई कष्ट होता है? जीजी बेचारी थोड़े से दिनों के लिए आ रही होंगी और तुम उनसे रोटी सिंकवाओगे? जीजी भी यहीं खा लेंगी।"

पर शेखर ने बात मानी नहीं। कैलाश इस अतिरिक्त खर्चे को बरदाश्त न करता और जीजी किसी के घर खाना पसंद नहीं करतीं। जीजी आईं तो शेखर ने बड़ी तारीफ करके, अपनापन दिखाकर रानी का परिचय करवाया। रानी ने बड़े प्रेम और आदर से उनके पैर छुए, स्वागत किया। दोपहर को दोनों बातें करने बैठीं तो जीजी बोलीं, "इस बार तो मैंने ऐसी लड़की ढूँढ़ी है कि शेखर को 'हाँ' करनी ही होगी। बड़ा परेशान कर डाला हमें तो इस शेखर ने। सत्तर गुण तो एक लड़की में मिलने से रहे, फिर आदमी अपनी औकात भी देखे। पढ़ी-लिखी होगी तो वह तुम्हारे घर क्यों आएगी भला! वह भी किसी अफसर-ओहदेवाले को ढूँढ़ेगी। और रूप की बात कहो तो ऐसी है कि चाँद भी लजा जाए।"

"तो इन्होंने पसंद कर ली लड़की?" रानी के स्वर का उत्साह कुछ उतार पर आ गया था।

"अभी देखी ही कहाँ है? वह तो बस एक ही रट लगाए है कि मुझे शादी करनी ही नहीं। पर तुम्हीं बताओ, बिना ब्याह और औरत के भी कोई जिंदगी है मरी?

"सच पूछो तो जीजी, क्या रखा है ब्याह में भी? एक बंधन ही तो है, जी का जंजाल। बिना ब्याह के तो कैसी मस्ती रहती है, नहीं तो पचास झंझट।"

"तुम भी कैसी बातें करो बहू! खुला बैल सत्तर जगह मुँह मारे है। आदमी अपने खूँटे से बँध जाए, तो चित्त भी ठिकाने रहे।"

और शेखर के लिए मनोनीत पत्नी के रूप की, गुणों की प्रशंसा करते-करते जीजी ने सारी दोपहर ही ढाल दी। इधर दिन का प्रकाश साँझ के धुँधलके में डूबता जा रहा था, उधर एक अव्यक्त से विषाद से रानी का मन भारी होता जा रहा था।

दूसरे दिन शेखर अपनी जीजी के साथ लड़की देखने चला गया। तीन दिन बाद लौटा तो जीजी ने आनंद से गद्‌गद होकर शेखर की स्वीकृति का समाचार सब लोगों को सुना दिया। साथ ही यह भी बताया कि अब तो वे आते महीने में ब्याह करके ही लौटेंगी। शेखर जब रानी के सामने पड़ा तो रानी ने कहा, "अब तो मुँह मीठा कराओ।"

"क्या बताएँ भाभी, हम तो बस बुरी तरह घायल हो गए। लगता है, ईश्वर ने बड़ी फुरसत में गढ़ा है उसे। यों बिल्कुल देहातन है, पढ़ी-लिखी भी बिल्कुल नहीं, पर बस, उस रूप ने ही मार डाला।" उसके स्वर में उल्लास छलका पड़ रहा था।

रानी तरकारी काटने बैठी तो उँगली पर ही चाकू चल गया। चूल्हा जलाया तो जाने कैसे हाथ जल गया, पर जैसे उसे जलन महसूस ही नहीं हुई। कैलाश आया तो वह खाना परासने बैठी। शिथिल हाथों से उसने थाली परोसी और चकले पर रोटी बेलने लगी। तवा चढ़ाना भूल ही गई और रोटी बेलकर एकदम चूल्हे में ही डाल दी। कैलाश रानी के इस अनमनेपन को कभी से लक्ष्य कर रहा था, "कहाँ ध्यान है तुम्हारा?" रानी ने अपने आप को संयत किया। कैलाश खाकर चला गया तो उसने चौका उठा दिया। उस दिन उससे खाना न खाया गया। फिर बिना कारण ही वह पलंग पर गिरकर फूट-फूटकर रोने लगी तो अनजाने ही उसका मन किसी के स्नेहिल स्पर्श की आशा के लिए छटपटाता रहा, पर कोई न आया और रोते-रोते ही रानी न जाने कब सो गई।

शेखर ब्याह करके आ गया। जीजी सिरदर्द का बहाना करके अपने कमरे में ही पड़ी रही। यों अपने कमरे में से वह झाँककर जितना देख सकती थी, उसने जरूर देख लिया था। सारी औरतों में नई बहू के रूप की चर्चा हो रही थी। रानी अनमनी सी लेटी थी, तभी जीजी बहू को लिये हुए वहीं पहुँच गईं। "ये तुम्हारी जिठानी हैं, इनके पैर छुओ!" और बहू ने पैर छू लिये।

"अब तुम्हारी तबीयत कैसी है, रानी?"

"ठीक है बैठो।" और रानी ने बहू का घूँघट उठाकर उसका मुँह देख सगुन भी दिया, पर उसके मुँह से प्रशंसा का एक शब्द भी नहीं निकला।

इधर-उधर की बातें करके, अत्यधिक व्यस्तता का बहाना बनाकर जीजी बहू को लेकर चली गईं। उनके जाते ही रानी अनमनी सी फिर लेट गई। न जाने क्या था, जो रह-रहकर टीस रहा था, कसक रहा था। थोड़ी देर बाद वह उठी, शीशा उठाकर

उसने अपना चेहरा देखा। एक निश्श्वास छोड़कर वह फिर लेट गई।

घर-गृहस्थी की बात समझाकर जीजी चली गईं। नई बहू ने रानी से मित्रता गाँठने की बड़ी चेष्टा की, पर रानी का रुख देखकर साहस न हुआ। उसने पति से कहा, "तुम तो इतनी तारीफ करते थे, बड़े मिजाज हैं तुम्हारी इन भाभी के तो, जाओ तो सीधे मुँह बात ही नहीं करतीं।"

"कौन, भाभी? नहीं-नहीं, बड़ा अच्छा स्वभाव है उनका।"

"क्या जाने भाई! हमसे तो ठीक से नहीं बोलतीं। और उनके आदमी को तो मैं कभी ऊपर देखूँ ही नहीं, कैसे हैं?"

शेखर नहाकर आया था, तैयार हो चुका तो सीधा रानी के कमरे में पहुँचा, "भाभी, क्या बात है, तुम्हें बहू पसंद नहीं आई? कहती थी, तुम उससे ठीक से बोलतीं नहीं।"

"नहीं बोलती तो क्या फाँसी पर चढ़ा दोगे? आए चार दिन नहीं हुए और तिरिया चरित्तर शुरू कर दिया!"

"अरे, तुम्हारी क्या शिकायत करेगी। मैंने ही उससे कहा था कि भाभी के पास आया-जाया करो तो मन लगा रहेगा।"

"मैं कोई किसी का मन बहलाने के लिए लौंडी-बाँदी हूँ?"

"तुम नाहक ही बिगड़ रही हो। सच बोलो, तुम्हें पसंद नहीं आई?"

"मुझे क्या करना पसंद-नापसंद करके। रूपवती है तो सिर पर बिठाकर रखो, मुझे क्यों सुना रहे हो बार-बार?"

निहायत ही बदतमीजी की बातों से इस बार शेखर झल्ला गया। वह रानी के आक्रोश को समझता था, पर किसी तरह उसे उचित नहीं ठहरा पाता था।

रोज शाम को शेखर अपनी बीवी को घुमाने ले जाता। उसने घूँघट काढ़ना छोड़ दिया था और वह बड़े नखरे से सजकर निकला करती थी। रानी खुलेआम उसकी बेशर्मी की आलोचना करती। कभी छत गंदी करने के अपराध में, तो कभी पानी ज्यादा बहाने की शिकायत लेकर वह अकसर बहू से लड़ लिया करती थी। शुरू में तो बहू संकोचवश चुप रह जाया करती थी, पर आखिर वह भी देहात की थी, लड़ने-झगड़ने में माहिर। रानी कुछ सुनाती तो सवाया उत्तर पाती। ज्यों-ज्यों नई बहू की शोखियाँ और रूप निखरता जा रहा था, दोनों का झगड़ा और अधिक तूल पकड़ता जा रहा था। अब तो आए दिन दोनों में झगड़ा होता, आसपास की औरतों को समझाना पड़ता। उस समय रानी बड़े तैश में कहती, "एक साल से इस घर में

रह रही हूँ। क्या मजाल जो किसी से भी कहा-सुनी हुई हो। लड़ना-झगड़ना मेरी तो आदत में ही नहीं है, पर नीचों के बीच रहकर नीच ही बनना पड़ता है।" 'नीच' शब्द के आते ही फिर जो वाक् युद्ध होता, तो आँसुओं की अजस्र धाराओं में ही उसकी समाप्ति होती। कितनी ही बार शेखर घर में होता, पर न तो वह एक शब्द ही बोलता, न बाहर आता। ऐसी स्थिति में रानी स्वर को सप्तम पर ले जाकर कहती, "भला करने का जमाना नहीं रहा। अरे, साल भर तक रोटियाँ थोप-थोप कर खिलाई, उसकी कौन कहे? चार दिन इसे आए नहीं हुए कि सब किए-कराए पर पानी फिर गया। ऐसे नमकहराम भी नहीं देखे होंगे कहीं?" पर शेखर फिर भी खामोश रहता।

एक दिन कैलाश ने कहा, "यह रोज-रोज क्या महाभारत मचा रहता है घर में? कुछ लाज-शरम भी है या नहीं?"

"तो मैं क्या करूँ, कब तक किसी की सहूँ! वह चार दिन की ब्याही उसे ही शरम नहीं, तो मुझे ही क्या पड़ी है? तुम्हें तो सारा दोष मेरा ही दिखता है।"

"दोष किसी का भी हो, तुम्हें मुँह खोलने की जरूरत नहीं है।"

पर इस चेतावनी के बाद भी रोज के महाभारत में कोई अंतर न आया। पड़ोस की औरतों का पक्ष अपनी ओर करने के लिए उसके पास एक ही दलील थी कि उसने शेखर को इतने दिन रोटियाँ खिलाईं। जब पक्ष का बहुमत उसकी ओर हो जाता और सब एकमत होकर कह देतीं कि शेखर जैसे स्वार्थी आदमी इस दुनिया में ढूँढ़े से भी शायद ही मिलें, तो रानी तत्काल ही कह देती, "अरे, शेखर तो ऐसा बुरा आदमी नहीं, यह तो जब से इस चुड़ैल का पैर घर में पड़ा है, उसकी भी मति भ्रष्ट हो गई, नहीं तो साल भर मेरे साथ रहा, क्या मजाल कि कभी जरा भी बेअदबी की हो, पर अब देखो, कैसा बदल गया। बाहर बहू गालियाँ बके तो अंदर बैठा गटर-गटर सुनता रहे, यह नहीं होवे कि झोंटा पकड़ के दो धौल जमा दे।" इस प्रकार की चख-चख बहू से रोज ही हुआ करती, पर परसो वह शेखर से भी उलझ गई। उस दिन हवा प्रायः बंद थी और उमस ऐसी कि दम घुटा जा रहा था। रानी छत पर खटिया डालकर पंखे से हवा करते हुए जैसे-तैसे अपने झुलसते हुए शरीर को शांत करने का असफल सा प्रयास कर रही थी। तभी शेखर अपने पीछे एक कोयलेवाले को लेकर ऊपर आया और छत के एक कोने की ओर इंगित करके कोयला रखने को कहा। यह सुनते ही रानी भभक उठी।

"छत साझे की है, यहाँ किसी का कोयला गोबर-मिट्टी नहीं रहेगा, मैं अभी से कहे देती हूँ।"

शेखर खामोश रहा। उसने कोयलेवाले का हिसाब साफ करने के लिए पैसे निकाले और गिनने लगा।

"कान नहीं हैं क्या? मैं कह रही हूँ कि छत पर कोयले नहीं रहेंगे। गरमी के दिन हैं, सब सोते-बैठते हैं। यह कोई कोयले रखने की जगह है भला!"

"छत साझे की है, हम अपने हिस्से में चाहे जो करें, किसी को इससे मतलब?" और उसने कोयलेवाले का हिसाब साफ किया।

रानी का क्रोध, जो गरमी के कारण कब से उबल रहा था, इस बात को सुनते ही फट पड़ा।

"मैं कहती हूँ, कोयले यहाँ नहीं रहेंगे।" और उसने जाते हुए कोयलेवाले को आदेश दिया कि बोरी हटा दे। कोयलेवाला बेचारा असमंजस में पड़ गया।

"मेरा मुँह क्या देख रहा है, जाकर बोरी को रसोई में पटक आ। कोयले यहाँ नहीं रहेंगे।"

शेखर इस प्रकार के झगड़ों में शायद कभी भाग नहीं लेता, पर जब रानी ने बोरी में से कोयले निकाल-निकालकर फेंकने आरंभ किए और अनाप-शनाप बकना शुरू किया तो उसे मजबूरन बोलना पड़ा, "हट जाओ यहाँ से अपने हिस्से की छत पर रहो, नहीं तो हाथ पकड़कर निकाल दूँगा।"

अब तो गजब हो गया। रानी गले की पूरी ताकत के साथ चिल्लाने लगी। उसने अपना हाथ शेखर के शरीर से एक प्रकार से सटा सा दिया, "ले पकड़, पकड़ तो हाथ। ये हाथ पकड़कर हटावेंगे। अब पकड़ता क्यों नहीं, असल मरद का बच्चा है तो पकड़कर ही दिखा दे।" और वह हाथ को उसके शरीर से सटाए चली जा रही थी। शेखर अंदर चला गया, पर रानी की चीख-पुकारों ने सारा अड़ोस-पड़ोस इकट्ठा कर लिया।

"अब क्या भले आदमी इस घर में रह सकेंगे! अपने घर में एक छिनाल बिठा रखी है तो सबको छिनाल ही समझ रखा है। पराई औरतों का हाथ पकड़ेंगे!" और वह फूट-फूटकर रोने लगी।

"किसने हाथ पकड़ लिया?"

"हाथ पकड़ लिया? किसने हाथ पकड़ लिया?"

"बड़े आए हाथ पकड़नेवाले, जरा पकड़कर तो देखें। अब औरतों की तरह मुँह छिपाकर अंदर बैठ गए। जरा निकलकर हाथ पकड़ें तो सही।" आँसुओं से भीगा होने पर भी स्वर काफी तेज था।

ऊपर खड़ी मालकिन भी यह तमाशा देख रही थी। उन्होंने रानी को बुलावाया। रानी रोती-चीखती ऊपर चली गई। "क्या शेखर ने तुम्हारा हाथ पकड़ लिया?"

"नहीं, हाथ पकड़ तो कैसे ले···कोई तमाशा है?" और वह फूट-फूटकर रोने लगी।

"तब फिर क्यों ऐसे रो रही हो, कहासुनी तो हो ही जाया करती है।"

पर रानी थी कि रोए चली जा रही थी। उसने हाथ शेखर के शरीर से सटा दिया था, फिर भी उसने नहीं पकड़ा, नामर्द कहीं का!

बात कुछ भी न थी, फिर भी सारे घर में यों फैली कि शेखर ने रानी का हाथ पकड़ लिया। कैलाश ने सुना तो आग-बबूला हो गया। काम छोड़कर ऊपर आया। रानी को कमरे से खींचकर उसने दो-तीन लात जमा दीं। "एक दिन शांति से नहीं रहने देगी यह चुड़ैल। सारे दिन चखचख···मैं कल ही सब काम छोड़कर नया मकान ढूँढ़ लूँगा। इस घर में रहना हराम कर दिया!"

"खबरदार, जो तुम कभी भी भाभी से लड़ीं। दोष चाहे किसी का भी हो, पर तुम बोलीं तो ठीक नहीं होगा, यह मैं अभी से कहे देता हूँ।"

बहू ने भी कुछ कहा, पर स्वर सिसकियों में ही खो गए। रानी कुछ समय के लिए गरमी की तकलीफ को भी भूल गई। थोड़ी देर में उसने बहू को कमरे के बाहर देखा। अधिक रोने के कारण आँखें सूज आई थीं। रानी ने मन में सोचा—दो-एक धौल भी पड़े दिखते हैं। अब अक्ल ठिकाने आ जाएगी, सारा गरूर झड़ जाएगा रानी साहिबा का। सारे दिन रानी का मन प्रसन्न रहा। आखिर कुछ भी हो, शेखर का मन वह जानती है, पर कभी कैलाश ने आकर बताया कि मकान ठीक हो गया है।

और उसकी विचारधारा ने पलटा खाया। अब उसे यहाँ से जाना ही पड़ेगा। कैसे झक्की आदमी से पाला पड़ा है। खुद तो सारे दिन मशीनों में जुते रहते हैं, मैं यहाँ चार आदमियों में रहती थी, सो भी इन्हें नहीं सुहाया। मैं नहीं जाऊँगी, वह मन-ही-मन बुदबुदा रही थी कि कैलाश ने आकर फटकार दिया—

"यह क्या···तुम यों ही पड़ी हों—उठकर सामान क्यों नहीं बाँधती?" रानी से कुछ न कहा गया। मन मारकर उठी और सामान बाँधने लगी। सब कपड़े बक्सों में बंद किए। शाम को खाना बनाने के दो-चार बरतनों को छोड़कर बरतन बंद किए। और तो घर में सामान ही क्या था! कपड़े जमाते समय यकायक उसके हाथ में अखबार में लिपटा एक पुलिंदा आ गया। उसमें लिपटी चूड़ियाँ और चमचमाती बिंदियों को देखकर अनायास ही उसकी आँखें भर आईं। एक गहरी निश्श्वास

छोड़कर वह फिर काम करने लगी। शाम को ही सारा सामान ठेले में लदवाकर कैलाश चला गया। सब सामान जमवाकर रात में वह लौटेगा और दूसरे दिन सवेरे इस घर से वे लोग चले जाएँगे। घर छोड़ने की बात से ही रानी का कलेजा मुँह को आ रहा था। वह रो-रोकर सबसे मिल आई थी। बस शेखर के यहाँ नहीं गई। वहाँ जाएगी भी नहीं, पर मन उसका बड़ा कर रहा था कि चली जाए।

सवेरा हुआ, ताँगा आया। भीगी आँखों से उसने सबसे विदा ली। सामने बहू खड़ी थी। उसकी आँखें शेखर को ढूँढ़ रही थीं। पर वह दिखा नहीं। बहू को देखते ही उसे लगा, यह कंबख्त ही सब अनर्थों की जड़ है—उसका क्रोध भभक गया। जाते-जाते भी उसका लक्ष्य करके बरस पड़ी, "अब खूब फैल-फैलकर रहना—सारे दिन नहानघर में घुसी रहना, सारी छत पर कोयले फैलाकर रखना, कोई तुम्हें कुछ कहने नहीं आएगा। एक दिन चैन से नहीं रहने दिया।" कह वह बहू से रही थी, पर बराबर उसकी आँखें कमरे पर पड़ी चिक के पार लगी थीं, जाने वह क्या चाह रही थी। तभी कैलाश का स्वर सुनाई पड़ा, "अरे जल्दी करो, ताँगेवाला चिल्ला रहा है।"

कसकते मन को लेकर रानी उतर पड़ी। आँखें इस समय भी उसकी भरी थीं, और उससे भी ज्यादा भरा था उसका मन। ताँगे में एक कील निकल रही थी। रानी ने देखा नहीं और जाने कैसे पकड़ा कि कील उँगली में। हाथ खींचते ही खून बह आया। कैलाश ने देखा तो झल्ला उठा, "कोई काम देखकर नहीं करती, और कुछ नहीं तो हाथ काट लिया?" रानी एकटक उँगली से बहते खून को देख रही थी और एक अस्पष्ट सी तसवीर उसकी आँखों के आगे उभर आई, "अरे, यह क्या, तुमने तो उँगली काट ली, भाभी!" और चट से एक रुमाल बँध गया।

मन का गुबार कहीं भयंकर उच्छ्वास में न फूट पड़े, इसलिए उसने जोर से अपनी खून से सनी उँगली को दाँतों में दबा लिया।

"अब जरा सी लग ही गई तो यों रास्ते में रो क्यों रही हो? घर चलकर पट्टी बाँध लेना।"

पर रानी रोती ही रही, रोती ही रही···

□

स्त्री-सुबोधिनी

प्यारी बहनो,

न तो मैं कोई विचारक हूँ, न प्रचारक, न लेखक, न शिक्षक। मैं तो एक बड़ी मामूली सी नौकरीपेशा घरेलू औरत हूँ, जो अपनी उम्र के बयालीस साल पार कर चुकी है। लेकिन इस उम्र तक आते-आते जिन स्थितियों से मैं गुजरी हूँ, जैसा अहम अनुभव मैंने पाया···चाहती हूँ, बिना किसी लाग-लपेट के उसे आपके सामने रखूँ और आपको बहुत सारे खतरों से आगाह कर दूँ। मैं जानती हूँ कि अपने जीवन के निहायत ही निजी अनुभवों को यों सरेआम कहकर मैं खुद अपने लिए बहुत बड़ा खतरा मोल लूँगी। मेरे मात्र पाँच साल के अल्पकालीन विवाहित जीवन पर भी संकट आ सकता है। पर क्या करूँ, मेरा नैतिक दायित्व मुझे ललकार रहा है कि अपनी हजार-हजार मासूम किशोरी बहनों को····जो या तो ऐसी ही स्थिति में पड़ी हैं या कि कभी भी पड़ सकती हैं···अपने अनुभव से कुछ नसीहत दूँ, बरबादी की ओर जाने से बचा लूँ, खतरा उठाकर भी यदि मैं दो-चार बहनों की···

क्या कहा, आपकी दिलचस्पी बेकार की लफ्फाजी में नहीं है! आप असली बात जानना चाहती हैं! बहुत अच्छे! लफ्फाजी के प्रति यदि आपके मन में अरुचि है, तो यह शुभ लक्षण है। बहुत शुभ। आप शर्तिया बहुत सारे खतरों से बची रहेंगी। साँप का काटा और बातों का मारा व्यक्ति बेचारा उठ नहीं पाता। मुझे ही देखिए, मेरी जो दुर्दशा हुई थी, उसका कारण···

अच्छा-अच्छा, अब एक भी बेकार की बात नहीं। बिना किसी लाग-लपेट के सीधी बात सुनिए। सीधी और सच्ची।

मेरा अपने बॉस से प्रेम हो गया। वाह! आपके चेहरों पर तो चमक आ गई। आप भी क्या करें? प्रेम कंबख्त है ही ऐसी चीज। चाहें कितनी ही पुरानी और घिसी-पिटी क्यों न ही जाए···एक बार तो दिल फड़क ही उठता है····चेहरे

चमचमाने ही लगते हैं। खैर, तो यह कोई अनहोनी बात नहीं। डॉक्टरों का नर्सों से, प्रोफेसरों का अपनी छात्राओं से, अफसरों का अपनी स्टेनो-सेक्रेटरी से प्रेम हो जाने का हमारे यहाँ आम रिवाज है। यह बात बिल्कुल अलग है कि उनकी ओर से इसमें प्रेम कम और शगल ज्यादा रहता है। पर यह बात तो मुझे बहुत बाद में समझ में आई। मैंने तो अपनी ओर से ईमानदारी के साथ ही शुरू किया था। ईमानदारी और समर्पण के साथ।

शिंदे नए-नए तबादला होकर हमारे विभाग में आए थे। बेहद खुशमिजाज और खूबसूरत। आँखों में ऐसी गहराई कि जिसे देख लें, वह गोते ही लगाता रह जाए। बड़ा शायराना अंदाज था उनका और जल्दी ही मालूम पड़ गया कि वे कविताएँ भी लिखते हैं। पत्र-पत्रिकाओं में वे धड़ाधड़ छपती भी रहती हैं और इस क्षेत्र में उनका अच्छा-खासा नाम है। आयकर विभाग की अफसरी और कविताएँ। हैं न कुछ बेमेल सी बात! पर यह उनके जीवन की हकीकत थी।

मैं स्थितियों और उम्र के उस दौर से गुजर रही थी, जब लड़कियों में प्रेम के लिए विशेष प्रकार का लपलप भाव रहता है। बूढ़ी माँ तीनों छोटे भाई-बहनों को लेकर गाँव में रहती थी और मैं इस महानगरी में कामकाजी महिलाओं के एक होस्टल में। न घर का कोई अंकुश था और न इस बात की संभावना कि कहीं मेरा ठौर-ठिकाना लगा देंगे। मेरा ठिकाना वे लगाते भी क्या, उनकी जिंदगियाँ ठिकाने लगी रहें, और घर की मशीन जैसे-तैसे चलती रहे, इसके लिए मुझे ही हर महीने मनीऑर्डर में तेल डालकर भेजना पड़ता था। सब ओर से असुरक्षित और असहाय होकर ही मैंने जिंदगी के सत्ताईस साल पूरे कर लिये और यकायक ही मुझे लगने लगा कि नहीं, इस तरह अब और नहीं चलेगा। हर रोज हजार-हजार इच्छाएँ मुँह बाए खड़ी रहतीं और मैं उनके सामने ढेर हो जाती। आखिर मैंने अपनी नाक और आँखों को कुछ अधिक सजग और तेज कर लिया। बस, ऐसा करते ही मुझे हर नौजवान की नजरों में अपने लिए विशेष संकेत दिखने लगे और उनकी बातों में विशेष अर्थ और आमंत्रण की गंध आने लगी। तभी भिड़ गया शिंदे। उसके तो संकेत भी बहुत साफ थे···निमंत्रण भी बहुत खुला। लगा, किस्मत ने छप्पन पकवानों से भरी थाली मुझ भुक्कड़ के आगे परोसकर रख दी है। सो मैंने न उसका आगा-पीछा जानने की कोशिश की और न अपना आगा-पीछा सोचने की। बस आँख मूँदी और प्रेम की डगर पर चल पड़ी।

हर प्रेम की शुरुआत करीब-करीब एक सी होती है। प्रेमियों को वे सारी बातें चाहे जितनी रोमांचकारी और गुदगुदानेवाली लगें, देखने-सुननेवालों को बड़ी उबाऊ और सपाट लगने लगती हैं। घबराइए नहीं, मैं आपको उन बातों से कतई बोर करने नहीं जा रही। बस इतना ही समझ लीजिए कि शामें हमारी किसी रेस्तराँ के नीम-अँधेरे कोने में बीततीं, तो कभी बाग के मुरमुट के बीच। कभी हम आपस में उँगलियाँ उलझाए रहते, तो कभी वह मेरी लटों से खिलवाड़ करता रहता। एक बार उसने कविता में मेरे बालों की उपमा बदली से दे दी। बस फिर क्या था, मैं जब-तब गोदी में रखे, उसके सिर पर झुककर बदली छितरा देती और वह उचककर।

यह क्या, आपकी आँखों में तो अविश्वास भर आया। मैं समझ गई। एक सीनियर अधिकारी और ऐसी छिछोरी फिल्मी हरकतें। पर सच मानिए, अब भी मैं दावे के साथ कह सकती हूँ कि यहाँ के हर पुरुष के भीतर एक ऐसा ही फिल्मी हीरो आसन मारे बैठा रहता है, जब तक वह पूरी तरह तृप्त न हो जाए, मरता नहीं। उम्र के किसी भी दौर पर, उस समय चाहे वह छह बच्चा का बाप ही क्यों न हो… जरा सा मौका मिलते ही भड़भड़ाकर जाग उठता है और पूरी तरह अपनी गिरफ्त में जकड़ लेता है। फिर तो बड़ी-बड़ी तोपें तक ऐसी बचकाना और बेवकूफाना हरकतें करती हैं कि बस तौबा! न कोई शर्म, न उम्र का लिहाज! आजकल की लड़कियों ने इस राज को अच्छी तरह समझ लिया है, इसलिए वे शादी करते ही हनीमून जाने को लग जाती हैं। फिर किसी पहाड़ी जगह में, सारे नाज-नखरों के साथ, फिल्मी अदाकारी की तर्ज पर प्रेम के ऐसे-ऐसे दिलकश दाँव-पेच दिखाती हैं कि हीरो साहब पूरी तरह ढेर! कम-से-कम आगे के दस साल तो सुरक्षित। पर हनीमून की नौबत तो शादी के बाद ही आती है न। मैं तो उन बहनों को सावधान करना चाहती हूँ, जो शादी के पहले ही से इस हीरो के चंगुल में आकर अपने को चौपट कर लेती हैं।

माफ कीजिए, फिर बहक गई! क्या करूँ? चाहती हूँ कि इस प्रसंग की एक-एक बारीकी आपको समझा दूँ। वरना इस चक्कर में फँसने के बाद तो समझ एकदम भाथरी हो जाती है, जैसे मेरी हो गई थी। हाँ, तो मेरा और शिंदे का प्रेम चल निकला। एक बात साफ कर दूँ, बहुत जरूरी है। आप कहीं यह न समझ लें कि मैं शिंदे से इसलिए प्रेम करने लगी थी कि वही मेरा बॉस था और उसके प्रेम के प्रकाश में मुझे अपना कॅरियर दिपदिपाता हुआ दिखाई देता। नहीं, प्रेम जैसी पवित्र चीज को

मैं घटिया किस्म के स्वार्थों से अलग करके ही देखती थी। तभी तो पूरे आठ साल तक शिंदे के प्रेम की अखंड जोत जलाए अपने को होम करती रही।

लीजिए, आप हँस रही हैं। क्या करूँ, मुश्किल यह है कि टुच्चे लोगों ने प्रेम में निहायत ही घटिया किस्म की घालमेल करके उसे इतना हलका, झूठा और बाजारू बना दिया है कि उसके असली रूप की बात करते ही लोग हँसने लगते हैं। पर आप मेरी बात का यकीन मानिए···मेरा प्रेम कतई-कतई कॅरियर-ओरिएंटेड नहीं था। बड़ी मुश्किल से पाए हुए अपने इस विवाहित जीवन को दाँव पर लगाकर, अपनी जो यह दुःख भरी गाथा सुना रही हूँ, वह भी केवल उन्हीं बहनों के लिए, जो प्रेम को मीराबाई के भाव से ग्रहण करती हैं।

हाँ, तो मैं पूरी तरह शिंदेमयी हो गई, पर तभी एक भयंकर झटका लगा। बल्कि कहूँ कि जो लगा, उसके लिए झटका शब्द हलका ही है। मालूम पड़ा कि शिंदे के एक अदद बीवी है, जो पहली बार पुत्रवती बनकर पाँच महीने बाद अपने मायके से लौटी है, यानी एक अदद बीवी और एक अदद बच्चा। मुझे तो सारी दुनिया ही लड़खड़ाती नजर आने लगी। लगा, मैं बहुत बड़ा धोखा खा गई हूँ। मेरे भीतर गुस्सा बुरी तरह बलबलाने लगा। इसने यह बात बताई क्यों नहीं? और बीवी-बच्चे के रहते मेरी ओर प्रेम का हाथ बढ़ाने का मतलब? मैंने जब भी उससे घर और घरवालों के बारे में पूछा, वह तीन-चार शेर दोहरा दिया करता था, जिनका शाब्दिक अर्थ होता था, 'मेरा न कोई घर है न दर, न कोई अपना न पराया। इस जमीन और आसमान के बीच मैं अकेला हूँ बिल्कुल अकेला।' पर मेरे लिए इन शेरों का सीधा-सादा अर्थ था—हरी झंडी, लाइन क्लीयर। सो मैं सपाटे से चल पड़ी, बल्कि चलने में थोड़ी फुर्ती भी की। आप तो जानती ही होंगी कि इस उम्र तक शादी न होने पर लड़कियों में एक खास तरह की हड़बड़ाहट आ जाती है। चाहती हैं, जैसे भी हो, जल्दी-से-जल्दी प्रेमी को पूरी तरह कब्जे में करके, पति बनाकर अपनी टेंट में खोंस लें। झूठ नहीं बोलूँगी। मैं भी इसी नेक इरादे से लपक रही थी कि बीच में ही औंधे मुँह गिरी।

पर गिरने नहीं दिया शिंदे ने। हाथोहाथ झेल लिया। गुस्से से मैं पगला रही थी और आँखों से आँसुओं की झड़ी लगी हुई थी। मन हो रहा था, सामने बैठे इस आदमी की चिंदिया बिखेरकर रख दूँ और फिर कभी इसकी सूरत नहीं देखूँ। पर उसने बिना किसी बात का मौका दिए मुझे बाँहों में भर लिया और धुआँधार रोने

लगा, "पिता के दबाव में आकर की हुई शादी मेरे जीवन की सबसे बड़ी ट्रेजेडी बन गई···बीवी के रहते भी मैं कितना अकेला हूँ···दो अजनबियों की तरह एक छत के नीचे रहने की यातना···" ऐसी-ऐसी बातों के न-जाने कितने टुकड़े आँसुओं से भीग-भीगकर टपक रहे थे। मेरा विवेक मुझसे संकल्प करवा रहा था कि लौट जाओ, इस दिशा में अब एक कदम भी आगे मत बढ़ा। मैं रो-रोकर अपना संकल्प दोहरा रही थी। वह रो-रोकर अपना दुःख दोहरा रहा था।

इसी तरह हम दो-तीन बार और मिले। वही बातें, वही रोना। मैंने सोचा था कि आँसुओं के साथ मैं अपना सारा प्रेम और गम भी बहा दूँगी और हमेशा के लिए अलविदा कहकर लौट जाऊँगी। पर हुआ एकदम उलटा। आँसुओं के जल से सींचकर प्रेम की बेल तो और ज्यादा लहलहा उठी। अब देखिए न, मीरा का पद—'अँसुवन जल सींच-सींच···' बचपन से पढ़ा था। पर हम सबकी ट्रेजेडी यही है कि स्कूली शिक्षा को जीवन में गुनते नहीं। शिक्षा एक तरफ, जीवन एक तरफ, इसीलिए ठोकर खाते हैं। यही हुआ। उसका दुःखी और दयनीय चेहरा देखकर मेरे मन में प्रेम का ज्वार उमड़ने लगा। उसके आँसुओं ने प्रेम को इतना गीला और रपटीला बना दिया कि वापस मुड़ने को तैयार मेरा पैर, अपने आप को स्वाहा करने के लिए आगे बढ़ गया।

पर इतना सब करने के बावजूद मेरी आँखों में जब-तब संदेह और आशंका के डोरे उभर आते। मेरी पकड़ में पहले जैसी मजबूती नहीं रह गई, शिंदे इस मैदान का पक्का खिलाड़ी था। मेरे असमंजस और दुविधा को चट भाँप गया। केवल भाँप ही नहीं गया, वरन् उसने यह भी महसूस कर लिया कि बीवी की उपस्थिति से हमारे प्रेम में आपातकालीन स्थिति पैदा हो गई है। अब यदि उसे बचाकर रखना है, तो प्रेम करने के तरीके में एक क्रांतिकारी परिवर्तन लाना होगा। बिना उसके मामला चलनेवाला नजर नहीं आ रहा था। रेस्तराँ और बाग-बगीचों के बीच तो यह परिवर्तन आ नहीं सकता था, इसलिए बड़ी शिद्दत के साथ एक कमरे की तलब महसूस होने लगी। वैसे पहले भी कई बार वह इस अपनी तरह की इच्छा और जरूरत का इजहार कर चुका था, पर मैंने हमेशा दो टूक जवाब पकड़ा दिया। आप विश्वास करें या न करें, पर निश्चय ही मैं पहले बड़े संस्कारों वाली लड़की थी। हर तरह की मर्यादा में मेरा पूरा विश्वास था। उस तरह के आमंत्रण को मैं स्वीकार कर ही नहीं सकती थी। पर स्थिति ने मुझे बेहद-बेहद कमजोर बना दिया था और मैं सोचने लगी थी कि यदि पूरी तरह पाना है तो अपने को पूरी तरह देना भी पड़ेगा।

तीन-चार कमरा-मुलाकातों में ही मैंने समझ लिया कि इन मुलाकातों के कारण उसके भीतर किसी तरह का अपराध-बोध, या कुछ गलत करने का भाव लेशमात्र भी नहीं है। वह काफी तृप्त और छका हुआ लगता था। मुझे समझते देर नहीं लगी कि शरीर के स्तर पर भी मैंने अपने को उसके लिए अनिवार्य बना लिया है। मुझे पक्का विश्वास हो गया कि मेरा यह समर्पण तुरूप के इक्के की तरह कारगर सिद्ध होगा और बाजी मेरे हाथ। निश्चय ही इन मुलाकातों ने मेरे प्रेम को बड़ी मजबूत बैसाखियाँ थमा दीं और मेरे लड़खड़ाते कदम फिर जम गए।

वह मेरे साथ भविष्य की योजनाएँ बनाता, पर उन्हें अमल में लाए, तब तक के लिए एक मौन समझौता हम लोगों के बीच हो गया। अपना शरीर, अपनी भावनाएँ उसने मेरे जिम्मे कर दीं और घर, बच्चा, बूढ़ा बाप और सारी पारिवारिक खिचखिच बीवी के जिम्मे। इस विभाजन में मैं कुछ समय के लिए परम प्रसन्न। यों भी इस उम्र में आदमी को सबसे ज्यादा भरोसा अपने शरीर पर ही होता है। शरीर पा लिया, समझो दुनिया-जहान हथिया लिया। ऊपर से मुझे वह कभी बातों से, तो कभी कविताओं से समझाता रहता कि मन और शरीर की पवित्र भूमि पर ही असली प्रेम पनपता है। घर ही चहारदीवारी के बीच निरंतर होनेवाली खिचखिच में तो वह मरता ही है। मैं समझती रहती और अपने को बहुत पुख्ता जमीन पर महसूस कग्ती। वह बातें ही ऐसी करता कि संदेह की कोई गुंजाइश नहीं छोड़ना। मुझे पूरा विश्वास था कि एक दिन वह खूँटे से उखड़कर मेरी गिरफ्त में आ जाएगा।

बीवी का याद और बात से ही शिंदे अपना चेहरा एकदम मायूस बना लेता और बिना कहे ही मेरे दिमाग में यह बिठाने की कोशिश करता कि बीवी बनते ही औरत बहुत उबाऊ और त्रासदायक बन जाती है...कि रिश्तों में बँधते ही प्रेम नीरस और बेजान हो जाता है...कि सच्चे प्रेमियों को तो हमेशा मुक्त ही रहना चाहिए। मैं इन सब बातों को सुनती-समझती तो सही, पर गले नहीं उतार पाती, क्योंकि बीवी बनने की ललक जब-तब मेरे भीतर जोर मारती थी। सच बात है, मुझे तो घर भी चाहिए था, पति भी और बच्चे भी। पर उसे तो जैसे बीवी नाम से ही चिढ़ हो गई थी। कभी-कभी तो वह अपनी बीवी के कर्कश स्वभाव और तुनकमिजाजी की बात करते-करते रो तक पड़ता। तब मैं लपककर उसे बाँहों में भरती, अपने होंठों से उसके आँसू पोंछती और उसे हौसला बँधाती कि जल्दी ही हम कुछ ऐसा करेंगे कि वह इस दुःख से मुक्त हो...कि मैं उसे एक सही, सुखद जिंदगी दूँगी। यह आश्वासन उसके लिए कम, मेरे अपने लिए ज्यादा होता था।

दिन सरकते जा रहे थे और अपने प्रेम के तरीके में क्रांतिकारी परिवर्तन लाने के बावजूद स्थिति जहाँ-की-तहाँ थी, यानी कि मैं अपने हॉस्टल के कमरे में बंद, शिंदे अपनी बीवी की मुट्ठी में। साल भर पहले का जागा आत्मविश्वास फिर डगमगाने लगा और मुझे लगा कि अब कोई धाँसू कार्यक्रम अपनाना पड़ेगा।

आज सोचती हूँ तो अपने पर ही सौ-सौ धिक्कार के साथ आश्चर्य भी होता है कि कैसे मेरी बुद्धि पर मोटा परदा पड़ गया था कि यह भी नहीं सोच सकी कि उसकी बीवी भी आखिर मेरी तरह ही एक स्त्री है...अपने पति के छलावे और मक्कारी की शिकार। पर नहीं, यह तो तब समझ में आया, जब उसकी मक्कारी ने मुझे तबाही के कगार पर ला पटका। झूठ नहीं बोलूँगी, उस समय तो उसके प्रेम में अंधी होने के कारण, वह जो कुछ भी कहता-समझाता, मुझे उस पर पूरा यकीन ही नहीं होता, बल्कि मैं भी उसी की तरह दुनिया भर के छल-छंद सोचा करती। तभी तो मैंने सोचा कि उसकी बीवी को हमारे प्रेम-प्रसंग की जानकारी तो अवश्य होगी... वह काफी दुःखी भी होगी...क्यों न मैं जब-तब वहाँ उपस्थित होकर उसके त्रास को इतना बढ़ा दूँ कि वह खुद ही इस अपमानजनक स्थिति को नकारकर अलग हो जाए। रकीब को सामने देखकर अच्छों-अच्छों के हौसले पस्त हो जाते हैं, फिर अपमान और उपेक्षा की आग में झुलसी इस औरत का हौसला ही क्या होगा! और यही सोचकर आखिर मैं एक दिन शिंदे के घर जा धमकी।

एक सुहागिन औरत की सारी नियामतों, यानी कि बूढ़े ससुर के वरदहस्त की छत्रच्छाया और बच्चे के पोतड़ों की बंदनवार के बीच, दूधों नहाई पूतों फली भाव से वह कुरसी पर विराजमान थी। मुझे देखकर उसके चेहरे पर किसी तरह का कोई विकार नहीं आया। बस, सहजता में लिपटों एक प्रश्नवाचक उभरा और 'हरखू, इन्हें बिठाओ और साहब से बोलो, कोई मिलने आया है' के साथ बिला गया। विकार तो मुझे देखकर शिंदे के चेहरे पर आया, जिसे उसने थोड़ी सी कोशिश करके अफसरी नकाब के नीचे ढक लिया। दफ्तरी भाषा में दफ्तरी बातें करके उसने मुझे चलता किया। पर बाहर निकलते समय हाथ दबाकर लाड़ में लिपटी हलकी सी फटकार के साथ शाम को कमर पर आने का निमंत्रण भी दे दिया।

मैं उसकी बीवी को त्रस्त करने गई थी, पर खुद ही त्रस्त और पस्त होकर लौटी। मुझे आश्चर्य हो रहा था कि वह औरत है या मांस का लौंदा? इसका आदमी तीन साल से दूसरी लड़की के साथ मस्ती मार रहा है और इसे न कोई तकलीफ,

न कष्ट! मैं इसकी जगह होऊँ तो शायद एक दिन भी इस तरह की अपमानजनक स्थिति को बरदाश्त न करूँ। इसके शरीर पर चमड़ी लिपटी है या गैंडे की खाल? यह तो मुझे बाद में अपने अनुभव ने सिखाया कि अधिकतर शादीशुदा औरतें ऐसी होती हैं, जिन्हें अपने घर की दीवारों से बेहद लगाव होता है। इतना ज्यादा कि धीरे-धीरे उन दीवारों को ही अपने शरीर के चारों ओर लपेट लेती हैं। फिर मान-सम्मान के सारे हमले उनसे टकराकर बाहर ही ढेर हो जाते हैं और वे उनसे बेअसर सती-साध्वी सी भीतर सुरक्षित बैठी रहती हैं।

शाम को शिंदे मुझ पर एकदम बरस पड़ा कि मैंने उसके घर जाने की मूर्खता क्यों की? कितना चौकस रहना पड़ता है उसे हर समय, जिससे उसकी बीवी को इस प्रसंग की हवा भी न लग सके, वरना तो वह शूर्पणखा की तरह ऑफिस, परिवार और सारे शहर में हड़बौंग मचाकर रख देगी। मौका लगा तो मेरा झोंटा पकड़कर सड़क पर जूते लगवाएगी और बड़ी चालाकी से उसने मेरे मन में अपनी पत्नी के लिए, जिस वह अकसर कोतवाल कहता था—ढेरं सारी नफरत और आक्रोश भर दिया। साथ ही, जल्दी करने की अपनी नादानी भरी मूर्खता पर मुझे बेहद शर्मिंदा भी किया।

देखा आपने कि कैसे शातिराना अंदाज से पुरुष नफरत और गुस्से की सुई अपनी ओर से सरकाकर दोनों औरतों की ओर घुमा देता है। वे ही आपस में लड़ें-भिड़ें, कोसें-गरियाएँ और वह जो असली गुनाहगार है, अपने पर आँच आए बिना आराम से दोनों का सुख भोगता रहे। पर उस समय तो मैं जब-जब बहुत अधीर होती, वह समझाता कि सहजीवन का मधुरतम पक्ष तो हम भोग ही रहे हैं, मैं क्यों बेकार में शादी-ब्याह और घर में जकड़कर इस मधुर संबंध का गला घोंटना चाहती हूँ। और इसी चक्कर में वह मधु उँड़ेलती हुई तीन-चार फड़कती कविताएँ मेरे नाम ठोंक देता। मीठी-मीठी पप्पियों के बीच बड़ी ऊँची-ऊँची बातें मेरे जहन में बिठा देता। कुछ समय के लिए मुझे लगने लगता कि मैं आम औरत से कुछ अलग, कुछ विशिष्ट, कुछ ऊँची हूँ। मेरे कंधों पर स्त्री-पुरुष के संबंधों को एक नई दिशा देने का दायित्व है। अगली पीढ़ी अधिक स्वस्थ, अधिक मुक्त जिंदगी जी सके, इसके लिए हमें पहल करनी होगी, एक उदाहरण रखना होगा—चाहे उसके लिए हमें खाद ही क्यों न बनना पड़े। शिंदे तो ये बातें झाड़कर मजे से अपनी बीवी का बगलगीर हो जाता और मैं असली अर्थों में खाद बनी अपने कमरे में सड़ती रहती।

तभी शिंदे का तबादला हो गया। मैं एक बार फिर डगमगा गई। मुझे लगा कि बस अब यह मेरी जिंदगी से निकला। रो-रोकर मेरा बुरा हाल था, पर फिर उसने मुझे हाथोहाथ झेल लिया। एक नई योजना से मेरे आँसू पोंछ दिए। तय हुआ कि नई जगह अभी वह अकेला ही जाएगा और उसके जाने के तीन-चार दिन बाद मेडिकल-लीव लेकर मैं उसके पास पहुँच जाऊँगी। उसने मुझे बताया कि उसने यह तबादला करवाया ही इसलिए है कि शहरी तबादला उसकी जिंदगी के तबादले की भूमिका बन जाए। यह तो मुझे बाद में मालूम पड़ा कि शिंदे ने तबादला इसलिए करवाया था कि हमारे संबंधों की सुरसुराहट उसकी बीवी के कानों तक पहुँचने लगी थी। बात पूरी तरह खुले, उसके पहले ही वह शहर छोड़ देना चाहता था। पर मैं तो यह समझकर कि केवल मेरी खातिर शिंदे ने बड़े शहर की बड़ी संभावनाओं को छोड़ छोटी जगह चुनी है, एकदम निहाल हो गई और उसकी बातों के जादू में बँधी-बँधी एक सप्ताह बाद ही उसके पास पहुँच गई।

आपको बहुत गलत लग रहा है न ? लगना ही चाहिए। अब तो मुझे भी लगता है। पर उस समय तो बस, शिंदे में ही प्राण बसते थे···लगता था, उसके बिना जी नहीं सकूँगी। गलत-सही की समझ ही कहाँ रह गई थी। मैं उसे पाना चाहती थी और वह मुझे खोना नहीं चाहता था।

उसके साथ होटल में गुजारे वे दिन। मैं तो भूल ही गई कि हम दोनों के बीच कोई तीसरा भी है। तबीयत एकदम लहलहा उठी। इस बार उसने बाकायदा योजना बनाई कि पत्नी को अब यहाँ न बुलाकर उसके पिता के घर भेज देगा। और धीरे-धीरे उसे कानूनी काररवाई करने के लिए राजी कर लेगा···यदि नहीं हुई तो मजबूर करेगा।

पंखों पर सवार होकर मैं लौटी थी। आँखों में उसने ढेर सारे सपने आँज दिए थे और उठते-बैठते मुझे अपना स्वीट-होम ही दिखाई देता। मैंने उसे एक फड़कता हुआ प्रेम-पत्र लिखा। बातों का तो वह बादशाह था ही, पत्र लिखने में भी उसे कमाल हासिल था। शरीरों में जो दूरी आ गई थी, उसे वह पत्रों की भाषा में पाटता रहा। पत्रों में मुझे वह 'दिव्य-प्रेम' का दर्शन समझाता। मेरे जन्मदिन पर अपने इसी दिव्य-प्रेम में डुबोकर उसने एक खूबसूरत सा तोहफा मेरे लिए भेजा। कभी वह चाँदनी रात के गीत लिखकर भेजता, तो कभी साथ बिताए मधुर क्षणों की याद को ताजा करनेवाली कविताएँ।

जानता था कि इन बातों से मुझे तसल्ली नहीं होगी, इसलिए तसल्ली देने के लिए वह खुद सशरीर आ पहुँचा। ऑफिस का काम निकालकर वह जब-तब आ ही जाया करता था। उसने आँखों में सचमुच के आँसू भरकर कहा कि मैं ही शिंदे की प्राण हूँ, शिंदे की प्रेरणा हूँ। घर-परिवार के अतिरिक्त शिंदे का जो कुछ भी है—और वही तो असली शिंदे है—वह उसने मुझे पूरी तरह सौंप रखा है और तुरंत उसने अपनी बात का प्रमाण पेश कर दिया—मुझे समर्पित किया हुआ अपना नया कविता-संग्रह। हाथ से लिखा हुआ था—'प्राण को'।

उसकी प्रेरणा और प्राण बनने का हश्र यह हुआ कि वह तो दिन-दूना, रात-चौगुना फलता-फूलता रहा। धन-यश-सफलता, मान-सम्मान—सभी का मालिक और मैं भीतर-ही-भीतर झुलसकर काठ का कुंदा हो गई। सब ओर से मरी, मुरझाई, टूटी और पस्त! मैं समझ गई कि मैं बुरी तरह ठगी गई हूँ।

धीरे-धीरे उम्र की बढ़ोतरी और ऑफिस और दुनियादारी की निरंतर बढ़ती जिम्मेदारियों के बीच शिंदे की रोमानी जरूरत घटती चली गई। परिणाम यह हुआ कि हमारे बीच चलनेवाले पत्रों की संख्या कम और मजमून मौसम के सर्द-गरम होने पर आकर टिक गया। और फिर एक दिन उसके पास से गृह-प्रवेश का निमंत्रण-पत्र मिला। जाने का कोई तुक नहीं था, फिर भी मैं चली गई। महज सारी स्थिति का जायजा लेने के लिए।

लंबा-चौड़ा आधुनिक ढंग का बना हुआ मकान। लकदक फर्नीचर। बीवी निकलकर आई, तो लगा यह कोई दूसरी औरत है। शरीर पर चर्बी की तीन-चार परतें चढ़ी हुईं और परम तृप्ति का एक डकार भाव सारे चेहरे पर पुता हुआ। आठ साल का एक सुंदर सा बच्चा भी निकलकर आया। लगा, जैसे शिंदे ने ही अपने को पूरी तरह उँडेल दिया हो उसमें। हूबहू शिंदे।

और मेरा मन हो रहा था किं शिंदे के दोनों कंधे झकझोरकर पूछूँ—राम धुन की तरह 'तुम मेरी हो, तुम मेरी हो' की रट लगानेवाले शिंदे साहब, बताइए तो आपकी जिंदगी के इस सारे तामझाम में मैं कहाँ हूँ···मैं कितनी हूँ?

पर पूछकर अब होना हो क्या था? मैं लौट आई, इस अहसास के साथ कि प्रेम के इस खेल में वह सधे हुए खिलाड़ी की तरह खेला और मैं अनाड़ी की तरह। आठ साल तक चलनेवाला प्रेम-प्रसंग महज एक खिलवाड़ था, जिसकी बाजी बड़ी होशियारी से शिंदे ने बाँटी। भ्रमजाल के कटते ही नजर साफ हुई तो बाजी में बँटे हुए पत्तों का यह नक्शा रह-रहकर आँखों में उभरने लगा—

तुरुप का इक्का यानी घर¨ उसके पास
तुरुप का बादशाह यानी बच्चा¨ उसके पास
तुरुप की बेगम यानी बीवी और
प्रेम करने के लिए प्रेमिका¨ उसके पास
तुरुप का गुलाम यानी नौकर-चाकर
गाड़ी-बँगला¨ उसके पास

लब्बो-लुआब यह कि तुरुप के सारे पत्ते उसके पास और मुझे मिले, उसके दिए हुए छक्के-पंजे, यानी टोटके की तरह पुड़िया में बँधे, दार्शनिक लफ्फाजी में लिपटे हवाई प्यार के चंद चुमले। इन टटपूँजिया पत्तों के सहारे मैं ज्यादा-से-ज्यादा इतना ही कर सकती थी कि जिंदगी भर उसकी पूँछ पकड़े रहती और उसे ही अपनी उपलब्धि समझ-समझकर संतोष करती। मन बहुत घबराता, तो उसी पूँछ से हवा करके उसके साथ बिताए मधुर क्षणों पर जमी समय की धूल उड़ाकर कुछ समय के लिए अपना खालीपन भर लेती।

पर भला बताइए, इससे कहीं जिंदगी चल सकती थी? यह तो लाख-लाख शुक्र है खुदा का कि मेरी तहस-नहस जिंदगी को नए सिरे से सँवारने के लिए¨

लेकिन छोड़िए, इस प्रसंग की कोई जरूरत नहीं। निहायत हवाई बातें पल्ले से बाँधे-बाँधे मैंने अपनी जिंदगी को बरबादी के कगार पर ला पटका था। अब चाहती हूँ, ठेठ दुनियादारी की बातें अपनी हजार-हजार मासूम किशोरी बहनों के पल्ले से बाँध दूँ, जिससे वे मेरी तरह भटकने से बच जाएँ।

- इस देश में प्रेम के बीज मन और शरीर की 'पवित्र भूमि' में नहीं, ठेठ घर-परिवार की उपजाऊ भूमि में ही फलते-फूलते हैं।
- भूलकर भी शादीशुदा आदमी के प्रेम में मत पड़िए। 'दिव्य' और 'महान्' प्रेम की खातिर बीवी-बच्चों को दाँव पर लगानेवाले प्रेम-वीरों की यहाँ पैदावार ही नहीं होती। दो नावों पर पैर रखकर चलनेवाले शूरवीर जरूर सरेआम मिल जाएँगे।
- हाँ, शादीशुदा औरतें चाहें तो भले ही शादीशुदा आदमी से प्रेम कर लें। जब तक चाहा प्रेम किया, मन भर गया तो लौटकर अपने खूँटे पर।
- न कोई डर, न घोटाला, जब प्रेम में लगा हो शादी का ताला।

□

नायक खलनायक विदूषक

अमित यहाँ बैठे-बैठे भी अच्छी तरह जानता है कि भीतर के कमरे में पारुल इस समय खींच-खींचकर बाल झाड़ रही होगी। उसके बाद बड़ी बेरहमी से बालों को हथेली पर लपेटेगी, कसकर सिर के पीछे जूड़ा थोपेगी और फिर अंधाधुंध आठ-दस काँटे इधर-उधर दे घोंपेगी...जैसे बाल और जूड़ा उसके अपने नहीं, किसी और के हों और वह भरसक उनसे बदला ले रही हो! वह अच्छी तरह जानता है कि रात-दिन भीतर-ही-भीतर उफनती इस खीज और गुस्से का असली कारण और लक्ष्य वह खुद ही है और पारुल दिखाना भी उसे ही चाहती है, पर उसने तो गैंडे की खाल का ऐसा अभेद्य कवच अपने ऊपर चढ़ा रखा है कि उस पर किए गए सारे बार उलटकर पारुल को ही बेधते-छीलते रहते हैं और वह विजय के एक अनकहे से आह्लाद में सरावोर अपने में ही मस्त रहता है—सामनेवाले की सारी हेकड़ी को ठेंगे पर रखने का परम सुख भोगते हुए।

साड़ी पहनने के बाद चेहरे पर बड़ी सावधानी से सहज-स्वाभाविकता का लेप चढ़ाएगी पारुल, मधुरता और मुसकान की मोटी-मोटी परतें पोतेगी, जिससे कोई सपने में भी नहीं सोच सके कि भीतर-ही-भीतर कितने स्तरों पर, कितनी तरह के युद्ध झेल रही है वह। यह एक कुशल अभिनेत्री होने का कमाल कतई नहीं है, बल्कि शालीनता और आभिजात्य की जो घुट्टी जन्म के साथ उसके हलक के नीचे उतार दी गई थी, उसी की वजह से मन का दुःख यों सरेआम बिखेरते चलने जैसी फूहड़ और घटिया हरकत वह कर ही नहीं पाती। बाहरवालों को चाहे वह चकमा देती रहे, पर अमित तो उसका नस-नस पहचानता है। सबके सामने लगाव और अपनत्व में सने, मधुरता की चाशनी में पगे जो संगीतमय शब्द पारुल के मुँह से झरते रहते हैं, उनके पीछे भीतर-ही-भीतर उसके लिए जिन फोहश गालियों और कोसनों की जैसी बौछार निरंतर होती रहती है—उसे अमित, सिर्फ अमित ही जानता

है और चाहे तो उन्हें अक्षरश: शब्द भी दे सकता है। 'शालीनता और आभिजात्य, स्साले नकली और ढोंगी जिंदगी जीने के टुच्चे टोटके'...कटुता और व्यंग्य से उसके होंठ टेढ़े हो गए। अच्छा हुआ, जो उसने शुरू से ही इस उबाऊ और दमघोंटू सोफेस्टिकेशन के सारे लटकों और नुस्खों की ऐसी की तैसी कर दी। सब स्सालों को नीचे के रास्ते से निकालकर उनकी असली जगह पहुँचा दिया। एक बार फिर विजयी होने के गर्व से उसका सीना फूल उठा।

उसने जल्दी से अपना चार्ट-पेपर उठाया और नाटक के सेट का अधूरा स्केच पूरा करने बैठ गया—कुछ ऐसी तल्लीनता के साथ, मानो इस समय इस कागज और अपने सिवाय उसके जहन में दुनिया का कोई अस्तित्व ही नहीं है...कम-से-कम पारुल का कोई अस्तित्व तो नहीं ही है। आँखें उसकी कागज पर जमी हुई हैं, लेकिन उसकी पीठ साफ देख रही है कि परदा हटाकर पारुल दरवाजे पर खड़ी हो गई है, एक असमंजस की स्थिति में कि बिना कुछ कहे कृतार्थ करके निकल जाए या कम-से-कम जाने की सूचना तो दे? मन चाहे बिल्कुल भी नहीं हो रहा होगा बोलने का, लेकिन पत्नीत्व के फर्ज की मारी कहेगी जरूर, "अच्छा, मैं जा रही हूँ।" 'ऑफिस' शब्द का प्रयोग भूलकर भी नहीं करेगी। निठल्ले पति के सामने अपने ऑफिस जाने की बात कहना कितनी घटिया हरकत है...पति का सम्मान सुरक्षित रखनेवाला उसका सुघड़ संस्कार इस बात को खूब अच्छी तरह जानता है।

"तुम आज चार बजे के करीब घर ही रहोगे?"

इस अनपेक्षित से वाक्य को सुनकर न चाहते हुए भी अचानक उसका चेहरा उठ गया। वाह, कैसा सही सटीक है उसका अंदाज! समाने खड़ी इस सजी-सँवरी, बिल्कुल ताजा-टटकी लड़कीनुमा औरत को देखकर कोई सपने में भी अंदाज लगा सकता है भला कि इसने सारी रात छटपटाते, करवटें बदलते काटी है? वह चाहे उसकी तरफ पीठ किए ही लेटा था, पर फिर भी अच्छी तरह जानता है कि रात भर वह बिना बिसूरे चुपचाप टसुए ही बहाती रही थी। मान गए साहब! मन के भावों को छिपाने की भी जरूर कोई ट्रेनिंग होती होगी, वरना यहाँ तो अभिनय कला में दक्ष होने के बावजूद मन में कोई बात उठी नहीं कि चेहरा तो चेहरा, स्साला रोम-रोम जैसे डंका पीटने को बेचैन रहता है। क्या करें, हमारे माँ-बाप ने तो म्युनिसिपैलिटी के स्कूल में डालकर सिर्फ ककहरा सिखा दिया...अब ये कॉन्वेंटी सुपर-सोफेस्टिकेशन हम कहाँ से लाएँ?

"अम्माँ इधर आएँगी, अगर तुम हुए तो मिलना चाहती हैं।"

मन तो हुआ कि कहे, 'अगर लगाकर जो सम्मान बख्शा, उसके लिए शुक्रिया, वरना सीधे-सीधे हुक्म देती कि तुम निखट्टू को तो जाना ही कहाँ होगा···अम्माँ आएँगी चार बजे, बैठकर बात करना!' पर सॉरी, यह यह फूहड़ भदेस शब्दावली तो इनकी हो ही नहीं सकती···मन में चाहे इससे भी बदतर बातें कुलबुला रही हों।

"इसको लेकर अपना प्रोग्राम गड़बड़ करने या परेशान होने की कोई जरूरत नहीं है। अम्माँ को तो अपने किसी काम से इधर आना ही है, तुम नहीं हुए तो लौट जाएँगी।"

"क्या बात करनी है मुझसे?"

"पता नहीं, न मैंने पूछा, न उन्होंने कुछ बताया। फोन पर सिर्फ इतना ही कहा था कि चार बजे अमित घर पर रहेंगे क्या?···रहें तो कह देना, मैं आऊँगी मिलने।" फिर बेहद लापरवाही से, "बात क्या होगी, इधर आ रही होंगी तो बतियाने का मन हो आया होगा तुमसे।"

वाह रे लापरवाही के ये लटके! किसी और को चलाना इनसे। सीधे-सीधे क्यों नहीं कहतीं कि लू उतारने आ रही हैं तुम्हारी। उनकी लाड़ली इकलौती बेटी से ब्याह करने के बाद भी जिंदगी जीने के ये जो निहायत गैर-जिम्मेदाराना और खुराफाती तरीके अपना रखे हैं, वे चल नहीं सकेंगे अब।

"नाश्ता तैयार करवा दिया है, काम के बीच या काम के बाद जब भी मन हो, मँगवा लेना (क्योंकि समय से और कायदे से खाना तो तुम सीख ही नहीं सकते), अच्छा, मैं अब चली।" और एक बहुत ही भीनी हलकी सी सुगंध का झोंका उसके पास से गुजर गया। रस्सी जल जाए, पर ऐंठन जा सकती है भला कभी इन लोगों की!

नायिका का प्रस्थान। अब खलनायिका के प्रवेश तक वह बिल्कुल स्वतंत्र है। स्वतंत्र और मुक्त!

उसने जोर से पेंसिल हवा में उछाली, सारे बदन को मरोड़कर एक झटकेदार अँगड़ाई ली, तीन-चार गहरी-गहरी साँसें लीं और एक जोरदार हाँक लगाई, "मुरारी, कॉफी लाओ एकदम गरमागरम···" और फिर बिल्कुल हलका होकर पलंग पर पसर गया। ओफ, कितनी देर से वह कैसी जकड़न और घुटन महसूस कर रहा था! सारी कोशिशों के बावजूद, कैसे ये दोनों उसके अस्तित्व के रेशे बिखेरती हुई, उसकी नियति ही बनती जा रही हैं? दर्द की एक तीखी सी लहर उसे ऊपर से नीचे तक टीस गई। उसे अपना कमरा याद आया—अस्त-व्यस्त, उखड़ा-बिखरा,

लेकिन जिसमें वह निहायत कड़की के दिनों में भी बादशाह की तरह रहता था, जिसकी एकमात्र खिड़की पर जो गली दिखती थी, वह उसे कभी राजमार्ग से कम नहीं लगी।

उसे भेड़ा बनाकर रखने के बेटी के सारे अस्त्र चुक गए तो अब अम्माँजी आ रही हैं, उस पर अपना जोर आजमाने। ठीक है, आ जाएँ वे भी⋯आज उनसे भी निपट ही लिया जाए और माँ-बेटी दोनों को उनकी जगह दिखा ही दी जाए, साथ ही अपनी असली जगह भी ठोककर उनके जहन में बिठा दी जाए। हमेशा के लिए किस्सा ही खत्म। वे तो सोच रही होंगी कि रेशमी दुशाले में लपेटकर ऐसी मीठी मार करेंगी कि रेशम की नरमी और उनके अहसानों के बोझ तले दबा यह निरीह प्राणी तो बोल भी नहीं सकेगा और वे चार-छह जुमलों में ही इस सिरफिरे का सारा नजला झाड़कर विजय-पताका फहराती हुई लौट जाएँगी।

महज उसकी कृपा से थोड़े से नाटकों में अभिनय करके घर में परदे-कुशन की सजावट करके बेझिझक होकर अपने को कलाकारों में शुमार करनेवाली बिटिया तो अब अच्छी तरह समझ गई है कि असली कलाकार की ठसक क्या होती है? वह शायद जानती नहीं कि उसका अहं और स्वाभिमान क्या होता है? बड़ी-से-बड़ी सुख-सुविधाओं (हालाँकि उसकी नजरों में निहायत टुटपूँजिया) पर न बिकनेवाली उसकी स्वतंत्रता क्या होती है? आज अम्माँजी को भी उसकी एक झलक दिखा ही दी जाए। जनम का अभिनेता—संवाद की अदायगी में कोई उसका क्या मुकाबला करेगा भला? उसके लिए शालीनता नहीं, कला और हुनर चाहिए, जिसकी मालिक अम्माँजी नहीं, वह है। न आज चारों खाने चित्त कर दिया तो देखना!

अमितोष का रोम-रोम इसकी कल्पना से ही एक नए आत्मविश्वास से भर गया। उसे लगा, जैसे अपने भीतर वह एक अद्भुत शक्ति का संचार होते महसूस कर रहा है—एक ऐसी शक्ति, जिसने उसके पूरे वजूद को ऊपर उठाकर वजनी बना दिया है, वरना न जाने कितने दिनों से तो वह बिल्कुल बूदम जैसी जिंदगी जी रहा था। अचानक बाढ़ की तरह उफन आए इस आत्मविश्वास ने फटाफट उसके दिमाग के सारे परदे भी खोल दिए। बिना सुने ही वह अम्माँजी के सेर-सेर भर के सारे आरोप जान गया और फटाफट उसने सवा-सेरी जवाब भी तैयार कर डाले। केवल तैयार ही नहीं, बल्कि पूरी नाटकीयता के साथ दो-चार बार उनका रिहर्सल भी कर डाला। बस, अब आज हो ही जाए 'खुला खेल फर्रूखाबादी'! अपने को भारी फिरंगी तोप समझनेवाली माँ-बेटी आज अच्छी तरह जान लें कि उसकी

जिंदगी और नजरों में उन दोनों की क्या औकात है! उसके रहन-सहन, आदतें; खास करके उसकी स्वतंत्रता (अगर उनके अनकहे आरोप को शब्द दिया जाए तो 'खुले साँड' वाली) को लेकर जो एक शीत युद्ध सारे समय चलता रहता है, वह हमेशा के लिए समाप्त हो—पटाक्षेप।

पटाक्षेप करने के लिए वह परदा उठने का बेचैनी से इंतजार करने लगा। बोझिल हो आए समय को काटने के लिए उसने एक किताब उठा ली। रोज तो डाँट खाने के बाद उस समय वह टाँग फैलाकर सोता है और आदतन पारुल का एक अनकहा संवाद जरूर उसके कानों से टकराता है··· 'केवल निखट्टुओं को ही दिन में सोने का सुख नसीब होता है!'

दरवाजा खुला ही छोड़ दिया था, इसलिए हलकी सी खटखट हुई और 'आइए' के साथ ही खलनायिका का मंच पर प्रवेश, लेकिन वेशभूषा में वही सलीका, सौजन्य और गरिमा, वही मधुरता में लिपटी मुसकान, हूबहू अपनी बेटी की माँ···जैसे हाड़-मांस की औरतें नहीं, साँचे में ढली पुतलियाँ हों! तभी तो ये कभी जान ही नहीं सकतीं कि व्यक्तित्व, अपने पूरे वजूद के साथ ठोस व्यक्तित्व आखिर होता क्या है?

"चलो, तुम घर पर ही मिल गए···मुझे डर था कि कहीं रिहर्सल के लिए निकल न गए होगे। पारुल से कहला तो दिया था, लेकिन जवाब मिलने की गुंजाइश तो थी नहीं, फिर भी चांस तो लेना ही था।"

अमितोष चुप।

"इस बार कितने दिन हो गए, उधर आए ही नहीं तुम लोग।" प्यार का शीरा टपकाता हुआ उलाहना।

"माना कि बहुत व्यस्त हो, फिर भी कम-से-कम थोड़ा सा समय तो निकाल लिया करो। जानते तो हो, मैं अकेली जान बिना मिले कितनी बेचैन हो जाती हूँ।"

अमित चुप, लेकिन मन में उभरा···'गुस्ताखी माफ हो तो शालीनता में लिपटे इन चिकने-मुलायम जुमलों के बीच जो अनकहा रह गया है और जो आपका असली मंतव्य है, उसे पूरा अपनी भाषा में करता चलूँ—'बिना काम-धंधेवाले के पास समय की तो कोई कमी नहीं, पर आओ कैसे···कतराते जो हो मुझसे। तुम्हारे चक्कर में बेचारी पारुल भी नहीं आ पाती। सारे दिन तो वह ऑफिस में खटती रहती है···शाम को मेरे पास आकर बैठ जाए, तो तुम्हारी तो पौ-बारह···पूरी खुली छूट मिल जाए खुराफातों के लिए।'

अम्माँजी ने चारों तरफ नजर दौड़ाई, तो चेहरे पर रौनक और आँखों में गदगदाई सी प्रशंसा का भाव उमड़ आया।

"तो लगा लिये पारुल ने नए परदे···कमरा कैसा खिल उठा! घर को खूब सजा-सँवारकर रखने का तो शुरू से ही बड़ा शौक रहा है पारुल को···" बेटी पर सौ जान सा निहाल होते हुए, "अब कोई भले ही कहे कि अपनी ही बेटी की तारीफ करती रहती है, लेकिन इतना तो जरूर कहूँगी कि बड़ी कलात्मक रुचि वाली है मेरी बिटिया···चुन-चुनकर ऐसी चीजें लाती है कि बस···रीयल आर्टिस्ट!"

तौबा! रीयल आर्ट की ऐसी तौहीन!

जो आर्ट का 'ए' भी न जानता हो, उसके लिए शायद परदे लटकाना और छुरी-काँटे, नैपकिन वाली मेज सजा देना ही रीयल आर्ट हो गया? इस बार कोई कड़वी सी बात निकलने के लिए आकार ले रही थी कि अम्माँजी ने सीधे तुरुप का इक्का फटकारकर अपना वाक्य पूरा किया, "और सबसे बड़ा परिचय तो दिया तुमको चुनकर। सारे नाटक-जगत् के गिने-चुने तीन-चार आर्टिस्टों में से एक, बल्कि मैं तो कहूँगी कि सबके सिरमौर!"

हाथों में बिना जरा सी हरकत हुए भी भीतर जैसे अमितोष की मुट्ठियाँ भिंच गईं—सामनेवाले के गुस्से को पूरी तरह ध्वस्त करने के ये शातिराने लटके उसके ऊपर कारगर नहीं होनेवाले हैं और न इनसे उसके भीतर का उबाल ही ठंडा होनेवाला है।

फिर दोनों चुप; जैसे असली बात कहने के लिए एक-दूसरे को तौल रहे हों!

"अमित, तुमसे एक बात कहने आई हूँ।" आवाज की थोड़ी देर पहलेवाली खुशी, गर्व, चुहल और लाड़ सब गायब।

हूँ···तो अब आई गाड़ी पटरी पर! वह भीतर से पूरी तरह चौकन्ना हो गया, पर फिर विराम। शायद धार दी जा रही है बात को। वह खूब अच्छी तरह जानता है कि बहुत ही नाप-तौलकर, लेकिन बेहद तीखे निकलेंगे बोल···जो सीधे बेधकर उसे छलनी-छलनी कर दें।

"समझ में नहीं आता कि कैसे शुरू करूँ?"

अरे, नाटककार के सामने तो कम-से-कम यह नाटक मत करो। मेरी खुराफातों का जो खर्रा थमाया होगा बेटी ने और जिसे चार दिन से घोट-घोटकर रटा होगा तुमने···उसे खौल दो, ऐसी मुसीबत क्या है शुरू करने में। ओह, समझा, शालीनता की नफीस शब्दावली में मरी टुच्ची हरकतें समा नहीं पा रही होंगी।

त···त···त···सचमुच विकट संकट है···बेचारी अम्माँ!

"पारुल ने तो मुझे बिल्कुल मना कर दिया था कि मैं तुमसे भूलकर भी ऐसी बात न करूँ, लेकिन···"

गनीमत है, बेटी ने कम-से-कम इतना तो पहचान लिया कि वह उन रीढ़-हीन मांस के लादा में सैं नहीं है, जो इन लोगों के बड़प्पन (?) के आगे सिफर बनकर दुम हिलाता फिरे।

"मेरा मन ही नहीं माना···"

हाँ, मातृत्व जोर मार रहा होगा···बेचारी बेटी का दु:ख बरदाश्त नहीं हो रहा होगा।

"क्या होगा, ज्यादा-से-ज्यादा लड़ ही तो लोगे। सो बच्चों का लड़ना भी कोई लड़ना होता है भला!"

यह तो बाद मैं पता लगेगा।

"क्या बात है अमित, तुम इतने चुप-चुप क्यों हो? जब से आई, कुछ बोले ही नहीं।"

क्या बोलूँ? पहले आप अपनी शीन काफ से दुरुस्त, नक्काशीदार सौ-सुनारी कह डालिए, मैं अपनी एक ही लट्ठमार लोहारी ठपकारूँगा!

"सुना, तुम्हारा नया नाटक बीच में ही रुका पड़ा है···"

मेरे नाटक की चिंता छोड़िए···आप अपना नाटक शुरू करिए न। ये सूत्रधारी संवाद तो अब उबाने की हद तक खिंच गए हैं।

"मैं जानती हूँ, तुम बहुत स्वाभिमानी हो और सच पूछो तो मुझे तुम्हारे इस स्वाभिमान पर ही अभिमान है···"

गुस्ताखी माफ, लेकिन हिम्मत जुटाइए और शब्दों का सही इस्तेमाल कीजिए—'अभिमान' नहीं, कहिए भयंकर कष्ट है। संपन्न होने के कितने ही मुगालते हों, लेकिन हिम्मत में कितने दरिद्र हैं आप लोग···सचमुच तरस आता है।

"लेकिन बेटा, स्वाभिमान की भी तो एक हद होती है।"

और जिसे शायद आप तय करने आई हैं।

"सबसे बड़ी मुश्किल तो यह है कि पारुल भी कम स्वाभिमानी नहीं।"

ओह, तो पारुल के स्वाभिमान की पैरवी करने आई हैं! कीजिए, माँ होने के नाते बहुत जायज है।

लेकिन चुप क्यों? क्या हिम्मत नहीं पड़ रही या कि फिर वही शालीनता आड़े

आ रही है ? इजाजत हो तो मैं कहे देता हूँ आपकी तरफ से। सुनिए और अगर कुछ गलत लगे तो टोक दीजिए, मैं कतई बुरा नहीं मानूँगा। हाँ, बात आपकी, लेकिन भाषा मेरी अपनी होगी।

"पारुल के साथ दो साल तक काम करने, उसे पूरी तरह जानने-समझने के बाद ही तो शादी की तुमने···वह भी किसी के दबाव में नहीं, बिल्कुल अपनी इच्छा से।"

कहिए, शुरुआत तो ठीक हुई है न ? अरे, हूबहू नकल न निकालकर रख दी, तो अभिनेता ही क्या हुआ ?

"कितने मन से घर जमाया-सजाया और कैसी निष्ठा के साथ घर की सारी आर्थिक-पारिवारिक जिम्मेदारियाँ खुद ओढ़ीं, सिर्फ तुम्हें पूरी तरह मुक्त कर देने के लिए, जिससे तुम अपने को पूरी तरह नाटक पर समर्पित कर सको।"

अरे जनाब, ताली नहीं तो प्रशंसात्मक ढंग से गरदन ही हिला दीजिए। बेटी का दुःख आड़े आ रहा है शायद। चलिए, मैं भी चार लाइन में किस्सा काटूँ।

'इतनी नियामत पाने के बाद कम-से-कम इतना फर्ज तो तुम्हारा बनता ही था कि तुम ताजिंदगी मेरी बेटी के अहसानों के नीचे दबे उसकी बलैयाँ लेते। लेकिन तुम ऐसे नाशुक्रे और अहसान फरामोश (कहें तो कमीना और जोड़ दूँ) हो कि अपने नाटक में इसकी जगह नई हीरोइन ले रहे हो···और केवल ले ही नहीं रहे, सरेआम उससे और मंच की निहायत चालू लड़कियों से इश्क लड़ाकर मेरी बेटी को जलील कर रहे हो। ऐसी हिमाकत हुई कैसे तुम्हारी ?'

बोलिए, यही कहने आई हैं न आप ? साथ ही, शायद अल्टीमेटम भी देने आई हैं कि अब यह हरकत एक दिन भी बरदाश्त नहीं की जाएगी। या तो सीधे-सीधे रास्ते पर आओ, वरना बेटी को ससम्मान वापस ले जाऊँगी। कोई रास्ते पड़ी लड़की नहीं, जो उसे कहीं ठौर न हो !

तो सुनिए !

नए नाटक की हीरोइन नंदा ही होगी, क्योंकि मेरे हिसाब से उसमें बड़ी संभावनाएँ हैं और जिन्हें मैं भरसक विकसित करूँगा। निर्देशक के नाते मेरा फर्ज है कि उभरती हुई प्रतिभाओं को सामने लाऊँ, उन्हें आगे बढ़ाऊँ। अगर मंच के साथ जुड़ी होने के बावजूद पारुल इतनी सी बात नहीं समझती कि एक निर्देशक का फर्ज और जरूरत क्या है और बेवजह कष्ट पाती है तो उसके लिए कुछ नहीं किया जा सकता। कितने परिश्रम और लगन से रिहर्सल करती है नंदा ! मेरे एक-एक निर्देश

को वेद-वाक्य की तरह मानती है, मेरे लिए आदर और सम्मान उसके रोम-रोम से जैसे झरता रहता है···मेरे हलके से इशारे पर अपने को पूरी तर होम करने को तैयार रहती है तो क्यों नहीं लूँ उसको?

आपका चेहरा इतना तन क्यों गया?

ओह, समझा! यही सोच रही हैं न, कस्वाई हुलियावाली भदेस नंदा और कहाँ पारुल! सूरत-सीरत, प्रतिभा, गुण में भी कोई मुकाबला है? चाहें तो राजा भोज और गंगू तेलीवाला मुहावरा भी चस्पाँ कर सकती हैं आप, छूट है आपको! हर बात में ही तो नंदा हलकी उतरती है पारुल के सामने!

बिल्कुल बजा फरमाया आपने, लेकिन यह भी जान लीजिए कि हर बात मैं हलकी नंदा का साथ मेरे अपने व्यक्तित्व को कितना वजनदार बना देता है! वजनदार और ठोस! आत्मविश्वाम से भरा हुआ—लबालब! और पारुल का साथ···छोड़िए बरदाश्त नहीं होगा!

लेकिन अमितोष प्रतीक्षा ही करता रहा कि उसकी लू उतारते हुए हिकारत और कड़वाहट में भरे हुए इस तरह के कुछ जुमले उछालें तो वह भी इस छोटी सी टिप्पणी के साथ अपना यह लंबा स्वगत-कथन उनके भेजे में उतार दे; पर लंबी चुप्पी के बाद अम्माँ बोलीं भी तो निहायत बेमेल सुर में।

"देखो, तुमने पारुल से शादी की···"

सिर्फ शादी। जनम भर की गुलामी करने का पट्‌टा कतई नहीं लिखा।

"तो पारुल तुम्हारी हो गई। अब तुम दो अलग कहाँ रहे? मुझे तो अफसोस सिर्फ इतना है कि···"

लाड़ली बेटी की जिंदगी बरबाद हो गई।

"तुमने और पारुल ने मुझे इतना गैर समझा। सोचो जरा, पारुल के पापा के नाम से ये चार फ्लेट, दो ऑफिस और जितना भी जो कुछ है, वह सब तुम्हारा और पारुल का ही तो है, लेकिन ऑफिस में काम करने के एवज में तनख्वाह लेने के सिवाय एक पैसा तक नहीं लेती पारुल मुझसे। तनख्वाह में से हर महीने दो सौ रुपए कटवाकर रुपए जोड़ रही है तुम्हारे लिए टैरेस-थिएटर बनवाने के लिए···सारे समय यही तो सोचती रहती है कि तुम्हारे लिए क्या-क्या कर डाले।"

टैरेस-थिएटर, वाह! लेकिन मुझे तो अब सिर्फ नुक्कड़ नाटक करने हैं।

"थोड़े से रुपयों के लिए तुम्हारा नाटक रुका रहे और तुम लोग मुझसे कहो तक नहीं और मासूम पड़ने पर पारुल मुझे कसम दिला दे कि मैं तुमसे बात तक

न करूँ। ठीक है, तुम्हारे आत्म-सम्मान की उसे बहुत चिंता है, लेकिन यह सब तो तुम्हारा अपना पैसा है, इसे लेने में कैसा संकोच और कैसा आत्म-सम्मान! बस अब न में कुछ कहूँगी और न ही कुछ सुनूँगी, अपना रुका हुआ नाटक शुरू करो।"

बिना कोई अर्धविराम तक लगाए, एक ही साँस में यह सारा संवाद बोलकर, रुमाल में बँधी नोटों की गड्डी मेज पर पटक, अमितोष को बिल्कुल सकते की हालत में छोड़कर अम्माँ झटके से उठीं और धड़धड़ाती सीढ़ियाँ उतर गईं।

एक क्षण को अमित सकते में आ गया। वे तो अपनी शीनकाफ से दुरुस्त नक्काशीदार सौ सुनारी बरसाकर चली गईं और यह जिस लट्ठमार-लोहारी को ठपकारकर उनका भेजा ठोकनेवाला था, वह अब उलटकर इसकी अपनी खोपड़ी पर ही ठुके जा रही है, जिसने इसके पूरे वजूद को बेहद करुण, दयनीय और हास्यास्पद बना दिया है। यकायक खयाल आया कि कैसे वह आज तक इस सच्चाई को नजरअंदाज कर सका कि नायक का ताज पहने इन दोनों महिलाओं की नजर में तो शुरू से ही उसकी भूमिका एक विदूषक की ही रही है—करुण और हास्यास्पद। उसका खून खौलने लगा। मन हुआ, नोटों की इस गड्डी की चिंदी-चिंदी बिखेरकर जाती हुई इस औरत पर ही उछाल दे, लेकिन एक उबाल खाकर उसका सारा खून जैसे बिल्कुल पानी हो गया। उसका सारा अस्तित्व, सारा सत्त्व, सारा पुंसत्व और पौरुष यकायक ही गलकर कहीं बह गया और वह बिल्कुल लुंज-पुंज, अपाहिज सा, निरे मांस के बेजान लोथड़े की तरह हो गया।

जीते-जी मरना शायद इसी को कहते हैं।

उसे लगा कि नस-नस को तोड़ देनेवाली इस शब्दातीत, नारकीय यातना से उसे अगर तुरंत मुक्ति नहीं मिली तो वह यहीं बैठे-बैठे समाप्त हो जाएगा¨पूरी तरह समाप्त—हमेशा-हमेशा के लिए।

मुक्ति! और नंदा उसके सामने कौंध गई। पिछले कुछ महीनों से नंदा उसके लिए व्यक्ति का नहीं, मुक्ति का पर्याय बन गई है। वह नहीं जानता कि पारुल के अनकहे बोल¨उसकी अप्रकट सदाशयता में भी ऐसा क्या कुछ है, जो उसके सारे सत्त्व को सोखकर उसे बिल्कुल होनोलूलू ही बना देती है। तब उस पर पूरी तरह निछावर होने को उत्सुक नंदा की एक-एक अदा उसके अदृश्य घावों पर मलहम का काम करती है। वह फिर से जी उठता है पूर्ण पुरुष की तरह। इस समय उसे इस त्रास से नंदा, केवल नंदा ही मुक्त कर सकती है। उसके खयाल मात्र से उसके

निर्जीव हो आए शरीर में बिजली भी दौड़ गई।

एक निहायत ही क्रूर और प्रतिहिंसात्मक संकल्प उसके मन में आकार लेने लगा। बड़ी फुर्ती से सामने पड़ी नोटों की गड्डी को उसने जेब के हवाले किया। सारे संकोच और सीमाओं को तोड़कर आज वह अपने पैसे से (कम-से-कम नंदा की नजरों में तो वह इस पैसे का मालिक है ही) बढ़िया होटल में कमरा बुक कराएगा···पूरे रोब और अधिकार के साथ खाने-पीने की एक-से-एक लजीज और महँगी चीजों का ऑर्डर करेगा और फिर पूरे स्वामित्व के साथ नंदा को भोगेगा और महसूस करेगा कि 'वह' है—अपने पूरे दमखम और पौरुष के साथ वह है। साथ ही रोती-विसूरती पारुल की कल्पना ने उसे 'ठिकाने लगा दिए जाने' के सुख-संतोष से भी भर दिया।

और मंच पर हमेशा नायक की भूमिका अदा करनेवाला अमित आज वैसे ही संकल्प के साथ खलनायक की भूमिका अदा करने के लिए खटाखट सीढ़ियाँ उतर गया।

□

त्रिशंकु

'घर की चहारदीवारी आदमी को सुरक्षा देती है, पर साथ ही उसे एक सीमा में बाँधती भी है। स्कूल-कॉलेज जहाँ व्यक्ति के मस्तिष्क का विकास करते हैं, वहीं नियम-कायदे और अनुशासन के नाम पर उसके व्यक्तित्व को कुंठित भी करते हैं। बात यह है बंधु कि हर बात का विरोध उसके भीतर ही रहता है।'

ये सब मैं किसी किताब के उदाहरण नहीं पेश कर रही। ऐसी भारी-भरकम किताब पढ़ने का तो मेरा बूता ही नहीं। ये तो उन बातों और बहसों के टुकड़े हैं, जो रात-दिन हमारे घर में हुआ करती हैं। हमारा घर, यानी बुद्धिजीवियों का अखाड़ा। यहाँ सिगरेट के धुएँ और काफी के प्यालों के बीच बातों के बड़े-बड़े तूमार बाँधे जाते हैं···बड़ी-बड़ी शाब्दिक क्रांतियाँ की जाती हैं। इस घर में काम कम और बातें ज्यादा होती हैं। मैंने कहीं पढ़ा तो नहीं, पर अपने घर से यह लगता जरूर है कि बुद्धिजीवियों के लिए काम करना शायद वर्जित है। मातुश्री अपनी तीन घंटे की तफरीहनुमा नौकरी बजाने के बाद मुक्त। थोड़ा-बहुत पढ़ने-लिखने के बाद जो समय बचता है, वह या तो बात-बहस में जाता है या फिर लेट लगाने में। उनका खयाल है कि शरीर के निष्क्रिय होते ही मन-मस्तिष्क सक्रिय हो उठते हैं और वे दिन के चौबीस घंटों में से बारह घंटे अपना मन-मस्तिष्क ही सक्रिय बनाए रखती हैं। पिताश्री और भी दो कदम आगे! उनका बस चले तो वे नहाएँ भी अपनी मेज पर ही।

जिस बात की हमारे यहाँ सबसे अधिक कताई होती है, वह है—आधुनिकता! पर जरा ठहरिए, आप आधुनिकता का गलत अर्थ मत लगाइए। यह बाल कटाने और छुरी-काँटे से खानेवाली आधुनिकता कतई नहीं है। यह है ठेठ बुद्धिजीवियों की आधुनिकता! यह क्या होती है, सो तो ठीक-ठीक मैं भी नहीं जानती—पर हाँ, इसमें लीक छोड़ने की बात बहुत सुनाई देती है। आप लीक को दुलत्ती झाड़ते आइए,

सिर-आँखों पर—लीक से चिपककर आइए, दुलत्ती खाइए।

बहसों में यों तो दुनिया-जहान के विषय पीसे जाते हैं, पर एक विषय शायद सब लोगों का बहुत प्रिय है और वह है शादी। शादी यानी बरबादी। हलके-फुलके ढंग से शुरू हुई बात एकदम बौद्धिक स्तर पर चली जाती है—विवाह-संस्था एकदम खोखली हो चुकी है...पति-पत्नी का संबंध बड़ा नकली और ऊपर से थापा हुआ है...और फिर धुआँधार ढंग से विवाह की धज्जियाँ उड़ाई जाती हैं। इस बहस में अकसर स्त्रियाँ एक तरफ हो जातीं, पुरुष एक तरफ और बहस का माहौल कुछ ऐसा गरम हो जाया करता कि मुझे पूरा विश्वास हो जाता कि अब जरूर एक-दो लोग तलाक दे बैठेंगे। पर मैंने देखा कि ऐसा कोई हादसा कभी हुआ नहीं। सारे ही मित्र लोग अपने-अपने ब्याह को खूब अच्छी तरह तह-समेटकर, उस पर जमकर आसन मारे बैठे हैं। हाँ, बहस की रफ्तार और टोन आज भी वही है।

अब सोचिए, ब्याह को कोसेंगे तो फ्री-लव और फ्री-सेक्स को तो पोसना ही पड़ेगा। इसमें पुरुष लोग उछल-उछलकर आगे रहते—कुछ इस भाव से मानो बात करते ही इनका आधा सुख तो वे ले ही लेंगे। पापा खुद बड़े समर्थक! पर हुआ यों कि घर में हमेशा चुप-चुप रहनेवाली दूर-दराज की एक दिदिया ने बिना कभी इन बहसों में भाग लिये ही इस पर पूरी तरह अमल कर डाला तो पाया कि सारी आधुनिकता अड़डड़धम! वह तो फिर मम्मी ने बड़े सहज ढंग से सारी बात को सँभाला और निरर्थक विवाह के बंधन में बाँधकर दिदिया का जीवन सार्थक किया। हालाँकि यह बात बहुत पुरानी है और मैंने तो बड़ी दबी-ढकी जबान से इसका जिक्र ही सुना है।

वैसे पापा-मम्मी का भी प्रेम-विवाह हुआ था। यों यह बात बिल्कुल दूसरी है कि होश सँभालने के बाद मैंने उन्हें प्रेम करते नहीं, केवल बहस करते ही देखा है। विवाह के पहले अपने इस निर्णय पर मम्मी को नाना से भी बहुत बहस करनी पड़ी थी और बहस का यह दौर बहुत लंबा भी चला था शायद। इसके बावजूद यह बहस-विवाह नहीं, प्रेम-विवाह ही है, जिसका जिक्र मम्मी बड़े गर्व से किया करती हैं। गर्व विवाह को लेकर नहीं, पर इस बात को लेकर है कि किस प्रकार उन्होंने नाना से मोर्चा लिया। अपने और नाना के बीच हुए संवादों को वे इतनी बार दोहरा चुकी हैं कि मुझे वे कंठस्थ से हो गए हैं। आज भी जब वे उसकी चर्चा करती हैं तो

लीक से हटकर कुछ करने का संतोष उनके चेहरे पर झलक उठता है।

बस ऐसे ही घर में मैं पल रही हूँ—बड़े मुक्त और स्वच्छंद ढंग से। और पलते-पलते एक दिन अचानक बड़ी हो गई। बड़े होने का यह अहसास मेरे अपने भीतर से इतना नहीं फूटा, जितना बाहर से। इसके साथ भी एक दिलचस्प घटना जुड़ी हुई है। हुआ यों कि घर के ठीक सामने एक बरसाती है—एक कमरा और उसके सामने फैली छत! उसमें हर साल दो-तीन विद्यार्थी आकर रहते···छत पर घूम-घूमकर पढ़ते, पर कभी ध्यान ही नहीं गया। शायद ध्यान जाने जैसी मेरी उम्र ही नहीं थी। इस बार देखा, वहाँ दो लड़के आए हैं। थे तो वे दो ही, पर शाम तक उनके मित्रों का एक अच्छा-खासा जमघट हो जाता और सारी छत ही नहीं, सारा मोहल्ला तक गुलजार! हँसी-मजाक, गाना-बजाना और आसपास की जो भी लड़कियाँ उनकी नजर के दायरे में आ जातीं, उन पर चुटीली फब्तियाँ। पर उनकी नजरों का असली केंद्र हमारा घर···और स्पष्ट कहूँ तो मैं ही थी। बरामदे में निकलकर मैं कुछ भी करूँ, उधर से एक-न-एक रिमार्क हवा में उछलता हुआ टपकता और मैं भीतर तक थरथरा उठती। मुझे पहली बार लगा कि मैं हूँ···और केवल हूँ ही नहीं···किसी के आकर्षण का केंद्र हूँ। ईमानदारी से कहूँ तो अपने होने का यह पहला अहसास बड़ा रोमांचक लगा और अपनी ही नजरों में मैं नई हो उठी···नई और बड़ी!

अजीब सी स्थिति थी। जब वे फब्तियाँ कसते तो मैं गुस्से से भन्ना जाती—हालाँकि उनकी फब्तियों में अशिष्टता कहीं नहीं थी, थी तो केवल मन को सहलानेवाली एक चुहल। पर जब वे नहीं होते या होकर भी आपस में ही मशगूल रहते तो मैं प्रतीक्षा करती रहती, एक अनाम सी बेचैनी भीतर-ही-भीतर कसमसाती रहती। आलम यह है कि हर हालत में ध्यान वहीं अटका रहता और मैं कमरा छोड़कर बरामदे में ही टँगी रहती।

पर इन लड़कों के इस हल्ले-गुल्लेवाले व्यवहार ने मोहल्लेवालों की नींद जरूर हराम कर दी। हमारा मोहल्ला यानी हाथरस-खुरजा के लालाओं की बस्ती। जिनके घरों में किशोरी लड़कियाँ थीं, वे बाँहें चढ़ा-चढ़ाकर दाँत और लात तोड़ने की धमकियाँ दे रहे थे, क्योंकि सबको अपनी लड़कियों का भविष्य खतरे में जो दिखाई दे रहा था। मोहल्ले में इतनी सरगमी और मेरे मम्मी-पापा को कुछ पता ही नहीं। बात असल में यह है कि इन लोगों ने अपनी स्थिति एक द्वीप जैसी बना रखी है। सबके बीच रहकर भी सबसे अलग।

एक दिन मैंने मम्मी से कहा, "मम्मी, ये जो सामने लड़के आए हैं, जब देखो मुझ पर रिमार्क पास करते हैं। मैं चुपचाप नहीं सुनूँगी, मैं भी यहाँ से जवाब दूँगी।"

"कौन लड़के?" मम्मी ने आश्चर्य से पूछा।

कमाल है, मम्मी को कुछ पता ही नहीं। मैंने कुछ खीज और कुछ पुलक के मिले-जुले स्वर में सारी बात बताई। पर मम्मी पर कोई विशेष प्रतिक्रिया ही नहीं हुई।

"बताना कौन हैं ये लड़के···" बड़े ठंडे लहजे में उन्होंने कहा और फिर पढ़ने लगीं। अपना छेड़ा जाना मुझे जितना सनसनीखेज लग रहा था, उस पर माँ की ऐसी उदासीनता मुझे अच्छी नहीं लगी। कोई और माँ होती तो फेंटा कसकर निकल जाती और उनकी सात पुश्तों को तार देती। पर माँ पर जैसे कोई असर ही नहीं।

दोपहर ढले लड़कों की मजलिस छत पर जमी तो मैंने मम्मी को बताया, "देखो, ये लड़के हैं, जो सारे समय इधर देखते रहते हैं और मैं कुछ भी करूँ, उस पर फब्तियाँ कसते हैं।" पता नहीं मेरे कहने में ऐसा क्या था कि माँ एकटक मेरी ओर देखती रहीं, फिर धीरे से मुसकराई। थोड़ी देर तक छतवाले लड़कों का मुआयना करने के बाद बोलीं, "कॉलेज के लड़के मालूम होते हैं, पर ये तो एकदम बच्चे हैं!"

मन हुआ, कहूँ कि मुझे बच्चे नहीं तो क्या बूढ़े छेड़ेंगे? पर तभी मम्मी बोलीं, "कल शाम को इन लोगों को चाय पर बुला लेते हैं और तुमसे दोस्ती करवा देते हैं।"

मैं तो अवाक्!

"तुम इन्हें चाय पर बुलाओगी?" मुझे जैसे मम्मी की बात पर विश्वास ही नहीं हो रहा था।

"हाँ, क्यों, क्या हुआ? अरे, यह तो हमारे जमाने में होता था कि मिल तो सकते नहीं, बस दूर से ही फब्तियाँ कस-कसकर तसल्ली करो। अब तो जमाना बदल गया।"

मैं तो इस विचार-मात्र से ही पुलकित। लगा, माँ सचमुच कोई ऊँची चीज हैं। ये लोग हमारे घर आएँगे और मुझसे दोस्ती करेंगे। यकायक मुझे लगने लगा कि मैं बहुत अकेली हूँ और मुझे किसी की दोस्ती की सख्त आवश्यकता है। इस मोहल्ले में मेरा किसी से विशेष मेलजोल नहीं और घर में केवल मम्मी-पापा के दोस्त ही आते हैं।

दूसरा दिन मेरा बहुत ही संशय में बीता। पता नहीं, मम्मी अपनी बात पूरी भी करती हैं या यों ही रौ में कह गईं और बात खत्म! शाम को मैंने याद दिलाने के लिए ही कहा, "मम्मी, तुम सचमुच ही उन लड़कों को बुलाने जाओगी?" शब्द मेरे यही थे, वरना भाव तो था कि मम्मी जाओ न, प्लीज।

और मम्मी सचमुच ही चली गईं। मुझे याद नहीं, मम्मी दो-चार बार से अधिक मोहल्ले में किसी के घर गई हों। मैं साँस रोककर उनके लौटकर आने की प्रतीक्षा करती रही। एक विचित्र सी थिरकन मैं अंग-प्रत्यंग में महसूस कर रही थी। कहीं मम्मी साथ ही लेती आईं तो? कहीं वे मम्मी से बदतमीजी से पेश आए तो? पर नहीं, वे ऐसे लगते तो नहीं हैं। कोई घंटे भर बाद मम्मी लौटीं। बेहद प्रसन्न!

"मुझे देखते ही उनकी तो सिट्टी-पिट्टी ही गुम हो गई। उन्हें लगा, अभी तक तो लोग अपने-अपने घरों से ही उनके लात-दाँत तोड़ने की धमकी दे रहे थे, मैं जैसे सीधे घर ही पहुँच गई उनकी हड्डी-पसली एक करने। पर फिर तो इतनी खातिर की बेचारों ने कि बस! बड़े ही स्वीट बच्चे हैं। बाहर से आए हैं—हॉस्टल में जगह नहीं मिली, इसलिए कमरा लेकर रह रहे हैं। शाम को जब पापा आएँगे तब बुलवा लेंगे!"

प्रतीक्षा में समय इतना बोझिल हो जाता है, यह भी मेरा पहला अनुभव था। पापा आए तो मम्मी ने बड़े उमगकर सारी बात बताई। सबसे कुछ अलग करने का संतोष और गर्व उनके हर शब्द में से जैसे छलका पड़ रहा था। पापा ही कौन पीछे रहनेवाले थे। उन्होंने सुना तो वे भी प्रसन्न।

"बुलाओ लड़कों को! अरे, खेलने-खाने दो और मस्ती मारने दो बच्चों को।" मम्मी-पापा को अपनी आधुनिकता तुष्ट करने का एक जोरदार अवसर मिल रहा था।

नौकर को भेजकर उन्हें बुलवाया गया तो अगले ही क्षण सब हाजिर! मम्मी ने बड़े कायदे से परिचय करवाया और 'हलो-हाऽई' का आदान-प्रदान हुआ।

"तनु बेटे, अपने दोस्तों के लिए चाय बनाओ!"

धत्तेरे की! मम्मी के दोस्त आए, तब भी तनु बेटा चाय बनाए और उसके दोस्त आएँ तब भी! पर मन मारकर उठी।

चाय-पानी होता रहा। खूब हँसी-मजाक भी चली। वे सफाई पेश करते रहे कि मोहल्लेवाले झूठ-मूठ ही उनके पीछे पड़े रहते हैं। वे तो ऐसा कुछ भी नहीं करते। 'जस्ट फॉर फन' कुछ कर दिया, वरना इस सबका कोई मतलब नहीं।

पापा ने बढ़ावा देते हुए कहा, "अरे, इस उमर में तो यह सब करना ही चाहिए। हमें मौका मिले तो आज भी करने से बाज न आएँ।"

हँसी की एक लहर यहाँ से वहाँ तक दौड़ गई। कोई दो घंटे बाद वे चलने लगे तो मम्मी ने कहा, "देखो, इसे अपना ही घर समझो। जब इच्छा हो, चले आया करो। हमारी तनु बिटिया को अच्छी कंपनी मिल जाएगी''कभी तुम लोगों से कुछ पढ़ भी लिया करेगी और देखो, कुछ खाने-पीने का मन हुआ करे तो बता दिया करना, तुम्हारे लिए बनवा दिया करूँगी।" और वे लोग पापा के खुलेपन और मम्मी की आत्मीयता और स्नेह पर मुग्ध होते हुए चले गए। बस, जिससे दोस्ती करवाने के लिए उन्हें बुलाया गया था, वह बेचारी इस तमाशे की मात्र दर्शक भर ही बनी रही।

उनके जाने के बाद बड़ी देर तक उनको लेकर ही चर्चा होती रही। अपने घर की किशोरी लड़की को छेड़नेवाले लड़कों की घर बुलाकर चाय पिलाई जाए और लड़की से दोस्ती करवाई जाए, यह सारी बात ही बड़ी थ्रिलिंग और रोमांचक लग रही थी। दूसरे दिन से मम्मी हर आनेवाले से इस घटना का उल्लेख करतीं। वर्णन करने में पटु मम्मी नीरस बात को भी ऐसा दिलचस्प बना देती हैं, फिर यह तो बात ही बड़ी दिलचस्प थी। जो सुनता वही कहता—वाह, यह हुई न कुछ बात! आपका बड़ा स्वस्थ दृष्टिकोण है चीजों के प्रति, वरना लोग बातें तो बड़ी-बड़ी करेंगे, पर बच्चों को घोंटकर रखेंगे और जरा सा शक-शुबह हो जाए तो बाकायदा जासूसी करेंगे। मम्मी इस प्रशंसा से निहाल होती हुई कहती, 'और नहीं तो क्या? मुक्त रहो और बच्चों को मुक्त रखो। हम लोगों को बचपन में 'यह मत करो''यहाँ मत जाओ' कह-कहकर कितना बाँधा गया था! हमारे बच्चे तो कम-से-कम इस घुटन के शिकार न हों!'

पर मम्मी का बच्चा उस समय एक दूसरी ही घुटन का शिकार हो रहा था और वह यह कि जिस नाटक की हीरोइन उसे बनना था, उसकी हीरोइन मम्मी बन बैठीं।

खैर, इस सारी घटना का परिणाम यह हुआ कि उन लड़कों का व्यवहार एकदम ही बदल गया। जिस शराफत को मम्मी ने उन पर लाद दिया, उसके अनुरूप व्यवहार करना उनकी मजबूरी बन गया। अब जब भी वे अपनी छत पर मम्मी-पापा को देखते तो अदब में लपेटकर एक नमस्कार और मुझे देखते तो मुसकान में लपेटकर एक 'हाऽइ' उछाल देत। फब्तियाँ की जगह बाकायदा हमारा

वार्त्तालाप शुरू हो गया``बड़ा खुला और बेझिझक वार्त्तालाप। हमारे बरामदे और छत में इतना ही फासला था कि जोर से बोलने पर बातचीत की जा सकती थी। हाँ, यह बात जरूर थी कि हमारी बातचीत सारा मोहल्ला सुनता था और काफी दिलचस्पी से सुनता था। जैसे ही हम लोग चालू होते, पास-पड़ोस की खिड़कियों में चार-छह सिर और धड़ आकर चिपक जाते। मोहल्ले में लड़कियों के प्रेम-प्रसंग न हो, ऐसी बात तो थी नहीं, बाकायदा लड़कियों के भागने तक की घटनाएँ घट चुकी थीं। पर वह सबकुछ बड़े गुप्त और छिपे ढंग से होता था। मोहल्लेवाले जब अपनी पैनी नजरों से ऐसे किसी रहस्य को जान लेते थे, तो बड़ा संतोष उन्हें होता था। पुरुष मूँछों पर ताव देकर और स्त्रियाँ हाथ नचा-नचाकर, खूब नमक-मिर्च लगाकर इन घटनाओं का यहाँ से वहाँ तक प्रचार करतीं। कुछ इस भाव से कि अरे, हमने दुनिया देखी है``हमारी आँखों में कोई धूल नहीं झोंक सकता है। पर यहाँ स्थिति ही उलट गई थी। हमारा वार्त्तालाप इतने खुलेआम होता था कि लोगों को खिड़कियों की ओट में छिप-छिपकर देखना-सुनना पड़ता था और सुनकर भी ऐसा कुछ उनके हाथ नहीं लगता था, जिससे वे कुछ आत्मिक संतोष पाते।

पर बात को बढ़ना था और बात बढ़ी। हुआ यह कि धीरे-धीरे छत की मजलिस मेरे अपने कमरे में जमने लगी। रोज ही कभी दो, तो कभी तीन या चार लड़के आकर जम जाते और दुनिया भर के हँसी-मजाक और गपशप का दौर चलता। गाना-बजाना भी होता और चाय-पानी भी। शाम को मम्मी-पापा के मित्र आते तो इन लोगों में से कोई बैठा ही होता। शुरू में जिन लोगों ने 'मुक्त रहो और मुक्त रखो' की बड़ी प्रशंसा की थी, उन्होंने मुक्त रहने का जो रूप देखा, तो उनकी आँखों में भी कुछ अजीब सी शंकाएँ तैरने लगीं। मम्मी की एकाध मित्र ने दबी जबान में कहा भी, "तनु तो बड़ी फास्ट चल रही है।" मम्मी का अपना सारा उत्साह मंद पड़ गया था और लीक से हटकर कुछ करने की थ्रिल पूरी तरह झड़ चुकी थी। अब तो उन्हें इस नंगी सच्चाई को झेलना था कि उनकी निहायत ही कच्ची और नाजुक उम्र की लड़की तीन-चार लड़कों के बीच घिरी रहती है। और मम्मी की स्थिति यह थी कि वे न इस स्थिति को पूरी तरह स्वीकार कर पा रही थीं और न अपने ही द्वारा बड़े जोश में शुरू किए इस सिलसिले को नकार ही पा रही थीं।

आखिर एक दिन उन्होंने मुझे अपने पास बिठाकर कहा, "तनु बेटे, ये लोग रोज-रोज यहाँ आकर जम जाते हैं। आखिर तुमको पढ़ना-लिखना भी तो है। मैं तो

देख रही हूँ कि इस दोस्ती के चक्कर में तेरी पढ़ाई-लिखाई सब चौपट हुई जा रही है। इस तरह तो यह सब चलेगा नहीं।"

"रात को पढ़ती तो हूँ!" लापरवाही से मैंने कहा।

"खाक पड़ती है रात को, समय ही कितना मिलता है? और फिर यह रोज-रोज की धमा-चौकड़ी मुझे वैसे भी पसंद नहीं। ठीक है, चार-छह दिन में कभी आ गए, गपशप कर ली, पर यहाँ तो एक-न-एक रोज ही डटा रहता है।" मम्मी के स्वर में आक्रोश का पुट गहराता जा रहा था।

मम्मी की यह टोन मुझे अच्छी नहीं लगी, पर मैं चुप।

"तू तो उनसे बहुत खुल गई है, कह दे कि वे लोग भी बैठकर पढ़ें और तुझे भी पढ़ने दें। तुझसे न कहा जाए तो मैं कह दूँगी।"

पर किसी के भी कहने की नौबत नहीं आई। कुछ तो पढ़ाई की मार से, कुछ दिल्ली के दूसरे आकर्षणों से खिंचकर हॉस्टलवाले लड़कों का आना कम हो गया। पर सामने के कमरे से शेखर रोज ही आ जाता···कभी दोपहर में, तो कभी शाम को! तीन-चार लोगों की उपस्थिति में उसकी जिस बात पर मैंने ध्यान नहीं दिया, वही बात अकेले में सबसे अधिक उजागर होकर आई। वह बोलता कम था, पर शब्दों के परे बहुत कुछ कहने की कोशिश करता था और यकायक ही मैं उसकी अनकही भाषा समझने लगी थी···केवल समझने ही नहीं लगी थी, प्रत्युत्तर भी देने लगी थी। जल्दी ही मेरी समझ में आ गया कि शेखर और मेरे बीच प्रेम जैसी कोई चीज पनपने लगी है। यों तो शायद मैं समझ ही नहीं पाती, पर हिंदी फिल्में देखने के बाद इसको समझने में खास मुश्किल नहीं हुई।

जब तक मन में कहीं कुछ नहीं था, सबकुछ बड़ा खुला था, पर जैसे ही 'कुछ' हुआ तो उसे औरों की नजर से बचाने की इच्छा भी साथ ही आई। जब कभी दूसरे लड़के आते तो सीढ़ियों से ही शोर करते आते, जोर-जोर से बोलते। लेकिन शेखर जब भी आता, रेंगता हुआ आता और फुसफुसाकर हम बातें करते। वैसे बातें बहुत ही साधारण होती थीं···स्कूल की, कॉलेज की। पर फुसफुसाकर करने में ही वे कुछ विशेष लगती थीं। प्रेम को कुछ रहस्यमय, कुछ गुपचुप बना दो तो वह बड़ा थ्रिलिंग हो जाता है, वरना तो एकदम सीधा-सपाट! पर मम्मी के पास घर और घरवालों के हर रहस्य को जान लेने की एक छठी इंद्रिय है, जिससे पापा भी काफी त्रस्त रहते हैं···उससे उन्हें यह सब समझने में जरा भी देर नहीं लगी। शेखर कितना

ही दब-छिपकर आता और मम्मी घर के किसी भी कोने में होतीं···फट् से प्रकट हो जातीं या फिर वहीं से पूछतीं, "तनु, कौन है तुम्हारे कमरे में?"

मैंने देखा कि शेखर के इस रवैये से मम्मी के चेहरे पर एक अजीब सी परेशानी झलकने लगी है। पर मम्मी इस बात को लेकर यों परेशान हो उठेंगी, यह तो मैं सोच भी नहीं सकती थी। जिस घर में रात-दिन तरह-तरह के प्रेम-प्रसंग ही पीसे जाते रहे हों—कुँआरों के प्रेम-प्रसंग, विवाहितों के प्रेम-प्रसंग, दो-तीन प्रेमियों से एक साथ चलनेवाले प्रेम-प्रसंग—उस घर के लिए तो यह बात बहुत ही मामूली होनी चाहिए। जब लड़कों से दोस्ती की है तो एकाध से प्रेम भी हो ही सकता है। मम्मी ने शायद समझ लिया था कि यह सारी स्थिति आजकल की कलात्मक फिल्मों की तरह चलेगी—जिनकी वे बड़ी प्रशंसक और समर्थक हैं—पर जिनमें शुरू से लेकर आखिर तक कुछ भी सनसनीखेज घटता ही नहीं।

जो भी हो, मम्मी की इस परेशानी ने मुझे भी कहीं विचलित जरूर कर दिया। मम्मी मेरी माँ ही नहीं मित्र और साथिन भी हैं। दो घनिष्ठ मित्रों की तरह ही हम दुनिया-जहान की बातें करते हैं—हँसी-मजाक करते हैं। मैं चाहती थी कि वे इस बारे में कोई बात करें, पर उन्होंने कोई बात नहीं की। बस, जब शेखर आता तो वे अपनी स्वभावगत लापरवाही छोड़कर बड़े सजग भाव से मेरे कमरे के इर्द-गिर्द ही मँडराती रहतीं।

एक दिन मम्मी के साथ बाहर जाने के लिए मैं नीचे उतरी तो दरवाजे पर ही पड़ोस की एक भद्र महिला टकरा गई। नमस्कार और कुशल-क्षेम के आदान-प्रदान के बाद वे बात के असली मुद्दे पर आईं।

"ये सामने की छतवाले लड़के आपके रिश्तेदार हैं क्या?"

"नहीं तो।"

"अच्छा? शाम को रोज ही आपके घर बैठे रहते हैं तो सोचा कि आपके जरूर कोई लगते होंगे।"

"तनु के दोस्त हैं।" मम्मी ने कुछ ऐसी लापरवाही और निस्संकोच भाव से यह वाक्य उछाला कि बेचारी तीर निशाने पर न लगने का गम लिये ही लौट गईं।

वह तो लौट गईं, पर मुझे लगा कि इस बात का सूत्र पकड़कर ही मम्मी अब जरूर मेरी थोड़ी धुनाई कर देंगी। कहनेवाली का तो कुछ न बना, पर मेरा कुछ बिगाड़ने का हथियार तो मम्मी के हाथ में आ ही गया। बहुत दिनों से उनके अपने मन में भी कुछ उमड़-घुमड़ तो रहा ही है, पर मम्मी ने इतना ही कहा, "लगता है,

इनके अपने घर में कोई धंधा नहीं है, जब देखो, दूसरे के घर में चोंच गड़ाए बैठे रहते हैं।"

मैं आश्वस्त ही नहीं हुई, बल्कि मम्मी की ओर से इसे हरा सिगनल समझकर मैंने अपनी रफ्तार कुछ और तेज कर दी। पर इतना जरूर किया कि शेखर के साथ तीन घंटों में से एक घंटा जरूर पढ़ाई में गुजारती। वह बहुत मन लगाकर पढ़ाता और मैं बहुत मन लगाकर पढ़ती। हाँ, बीच-बीच में वह कागज की छोटी-छोटी परचियों पर कुछ ऐसी पंक्तियाँ लिखकर थमा देता कि मैं भीतर तक झनझना जाती। उसके बाद भी उन पंक्तियों के वे शब्द···शब्दों के पीछे भाव मेरी रग-रग में सनसनाते रहते और मैं उन्हीं में डूबी रहती।

मेरे भीतर अपनी ही एक दुनिया बनती चली जा रही थी—बड़ी भरी-पूरी और रंगीन। आजकल मुझे किसी की जरूरत ही महसूस नहीं होती। लगता, जैसे मैं अपने में ही पूरी हूँ। हमेशा साथ रहनेवाली मम्मी भी आउट होती जा रही हैं और शायद यही कारण है कि इधर मैंने मम्मी पर ध्यान देना ही छोड़ दिया। रोजमर्रा की बातें तो होती हैं, पर केवल बातें ही होती हैं—उसके परे कहीं कुछ नहीं।

दिन गुजरते जा रहे थे। मैं अपने में ही डूबी, अपनी दुनिया में और गहरे धँसती जा रही थी—बाहर की दुनिया से एक तरह से बेखबर सी।

एक दिन स्कूल से लौटी, कपड़े बदले। शोर-शराबे के साथ खाना माँगा, मीन-मेख के साथ खाया और जब कमरे में घुसी तो मम्मी ने लेटे-लेटे ही बुलाया, "तनु, इधर आओ।"

पास आई तो पहली बार ध्यान गया कि मम्मी का चेहरा तमतमा रहा है। मेरा माथा ठनका। उन्होंने साइड-टेबल पर से किताब उठाई और उसमें से कागज की पाँच-छह परचियाँ सामने कर दीं। 'तौबा!' मम्मी से कुछ पढ़ना था, सो जाते समय उन्हें अपनी किताब दे गई थी। गलती से शेखर की लिखी परचियाँ उसी में रह गईं।

"तो इस तरह चल रही है शेखर और तुम्हारी दोस्ती? यही पढ़ाई होती है यहाँ बैठकर, यही सब करने के लिए आता है वह यहाँ?"

मैं चुप! जानती हूँ, गुस्से में मम्मी को जवाब देने से बढ़कर मूर्खता और कोई नहीं।

"तुमको छूट दी···आजादी दी, पर इसका यह मतलब तो नहीं कि तुम उसका नाजायज फायदा उठाओ!"

मैं फिर भी चुप।

"बित्ते भर की लड़की और करतब देखो इनके! जितनी छूट दो, उतने ही पैर पसरते जा रहे हैं इनके! झापड़ दूँगी तो सारा रोमांस झड़ जाएगा दो मिनट में···"

इस वाक्य पर मैं यकायक तिलमिला उठी। तमककर नजर उठाई और मम्मी की तरफ देखा—पर यह क्या, यह तो मेरी मम्मी नहीं हैं। न यह तेवर मम्मी का है, न यह भाषा। फिर भी ये सारे वाक्य बहुत परिचित से लगे। लगा कि यह सब मैंने कहीं सुना है और खटाक् से मेरे मन में कौंधा—नाना! पर नाना को मरे तो कितने साल हो गए। ये फिर जिंदा कैसे हो गए? और वह भी मम्मी के भीतर···जो होश सँभालने के बाद हमेशा उनसे झगड़ा ही करती रहीं···उनकी हर बात का विरोध ही करती रहीं।

मम्मी का 'नानई' लहजेवाला भाषण काफी देर तक चालू रहा, पर वह सब मुझे कहीं से भी छू नहीं रहा था···बस, कोई बात झकझोर रही थी तो यही कि मम्मी के भीतर नाना कैसे आ बैठे?

और फिर घर में एक विचित्र सा तनावपूर्ण मौन छा गया—खासकर मेरे और मम्मी के बीच। नहीं, मम्मी तो घर में रही ही नहीं, मेरे और नाना के बीच। मैं मम्मी को अपनी बात समझा भी सकती हूँ, उनकी बात समझ भी सकती हूँ—पर नाना? मैं तो इस भाषा से भी अपरिचित हूँ और इस तेवर से भी—बात करने का प्रश्न ही कैसे उठता? पापा जरूर मेरे दोस्त हैं, पर बिल्कुल दूसरी तरह के। शतरंज खेलना, पंजा लड़ाना और जो फरमाइश मम्मी पूरी न करें, उनसे पूरी करवा लेना। बचपन में उनकी पीठ पर लदी रहती थी और आज भी बिना किसी झिझक के उनकी पीठ पर लदकर अपनी हर इच्छा पूरी करवा लेती हूँ। पर इतने 'माई डियर दोस्त' होने के बावजूद अपनी बातें मैं मम्मी के साथ ही करती आई हूँ। और वहाँ एकदम सन्नाटा—मम्मी को पटखनी देकर नाना पूरी तरह उन पर सवार हैं।

शेखर को मैंने इशारे से ही लाल झंडी दिखा दी थी, सो वह भी नहीं आ रहा और शाम का समय है कि मुझसे काटे नहीं कटता।

कई बार मन हुआ कि मम्मी से जाकर बात करूँ और साफ-साफ पूछूँ कि तुम इतना बिगड़ क्यों रही हो? मेरी और शेखर की दोस्ती के बारे में तुम जानती तो हो। मैंने तो कभी कुछ छिपाया नहीं। और दोस्ती है तो वह सब तो होगा ही। तुम क्या समझ रही थीं कि हम भाई-बहन की तरह—पर तभी खयाल आता कि मम्मी हैं ही कहाँ, जिनसे जाकर यह सब कहूँ।

चार दिन हो गए, मैंने शेखर की सूरत तक नहीं देखी। मेरे हलके से इशारे

से ही उस बेचारे ने तो घर क्या, छत पर भी आना छोड़ दिया। हॉस्टल में रहनेवाले उसके साथी भी छत पर न दिखाई दिए, न घर ही आए। कोई आता तो कम-से-कम उसका हालचाल की पूछ लेती। मैं जानती हूँ, वह बेवकूफी की हद तक भावुक है। उसे तो ठीक से यह भी नहीं मालूम कि आखिर यहाँ हुआ क्या है? लगता है, मम्मी के गुस्से की आशंका मात्र से ही सबके हौसले पस्त हो गए थे?

वैसे कल से मम्मी के चेहरे का तनाव कुछ ढीला जरूर हुआ है। तीन दिन से जमी हुई सख्ती जैसे पिघल गई हो। पर मैंने तय कर लिया है कि बात अब मम्मी ही करेगी।

सवेरे नहा-धोकर मैं दरवाजे के पीछे अपनी यूनिफॉर्म प्रेस कर रही थी। बाहर मेज पर मम्मी चाय बना रही थीं और पापा अखबार में सिर गड़ाए बैठे थे। मम्मी को शायद मालूम ही नहीं पड़ा कि मैं कब नहाकर बाहर निकल आई। वे पापा से बोली, "जानते हो, कल रात को क्या हुआ? पता नहीं, तब से मन बहुत खराब हो गया—उसके बाद मैं तो सो ही नहीं पाई।"

मम्मी के स्वर की कोमलता से मेरा हाथ जहाँ-का-तहाँ थम गया और कान बाहर लग गए।

"आधी रात के करीब मैं बाथरूम जाने के लिए उठी। सामने छत पर घुप्प अँधेरा छाया हुआ था। अचानक एक लाल सितारा सा चमक उठा। मैं चौंकी। गौर से देखा तो धीरे-धीरे एक आकृति उभर आई। शेखर छत पर खड़ा सिगरेट पी रहा था। मैं चुपचाप लेट गई। कोई दो घंटे बाद फिर गई तो देखा, वह उसी तरह छत पर टहल रहा था। बेचारा¨मेरा मन जाने कैसा हो आया! तनु भी कैसी बुझी-बुझी रहती¨है", फिर जैसे अपने को ही धिक्कारती सी बोली, 'पहले तो छूट दो, फिर जब आगे बढ़े तो खींचकर चारों खाने चित्त कर दो। यह भी कोई बात हुई भला।'

राहत का एक गहरा निश्श्वास मेरे भीतर से निकल पड़ा। जाने कैसा आवेग मन में उमड़ा कि इच्छा हुई, दौड़कर मम्मी के गले लग जाऊँ। लगा, जैसे अरसे के बाद मेरी मम्मी लौटकर आई हों। पर मैंने कुछ नहीं कहा। बस अब खुलकर बात करूँगी। चार दिन से न जाने कितने प्रश्न मन में घुमड़ रहे थे। अब क्या, अब तो मम्मी हैं, और उनसे तो कम-से-कम सब कहा-पूछा जा सकता है।

पर घर पहुँचकर जो देखा तो अवाक्! शेखर हथेलियों में सिर थामे कुरसी पर बैठा है और मम्मी उसी कुरसी के हत्थे पर बैठ उसकी पीठ और माथा सहला रही हैं। मुझे देखते ही बड़े सहज-स्वाभाविक स्वर में बोलीं, "देखा, इस पगले को! चार

दिन से साहब कॉलेज नहीं गए हैं। न ही कुछ खाया-पीया है। अपने साथ इसका भी खाना लगवाना।"

और फिर मम्मी ने खुद बैठकर बड़े स्नेह से मनुहार कर-करके उसे खाना खिलाया। लाने के बाद कहने पर भी शेखर ठहरा नहीं। मम्मी के प्रति कृतज्ञता के बोझ से झुका-झुका ही वह लौट गया और मेरे भीतर खुशी का ऐसा ज्वार उमड़ा कि अब तक के सोचे सारे प्रश्न उसी में बिला गए।

सारी स्थिति को सम पर आने में समय तो लगा, पर आ गई। शेखर ने भी अब एक-दो दिन छोड़कर आना शुरू किया और आता भी तो अधिकतर हम लिखाई-पढ़ाई की ही बातें करते। अपने किए पर शर्मिंदगी प्रकट करते हुए उसने मम्मी से वादा किया कि वह अब कोई ऐसा काम नहीं करेगा, जिससे मम्मी को शिकायत हो। जिस दिन वह नहीं आता, मैं दो-तीन बार थोड़ी-थोड़ी देर के लिए अपने बरामदे से ही बात कर लिया करती। घर की अनुमति और सहयोग से यों सरेआम चलनेवाले इस प्रेम-प्रसंग में मोहल्लेवालों के लिए भी कुछ नहीं रह गया था। उन्होंने इस जानलेवा जमाने के नाम पर दो-तीन लानतें भेजकर किसी गुल खिलने तक के लिए आनी दिलचस्पी को स्थगित कर दिया।

लेकिन एक बात मैंने जरूर देखी। जब भी शेखर शाम को कुछ ज्यादा देर बैठ जाता या दोपहर में भी आता तो मम्मी के भीतर नाना कसमसाने लगते और उसकी प्रतिक्रिया मम्मी के चेहरे पर झलकने लगती। मम्मी भरसक कोशिश करके नाना को बोलने तो नहीं देतीं, पर उन्हें पूरी तरह हटा देना भी शायद मम्मी के बस की बात नहीं रह गई थी।

हाँ, यह प्रसंग मेरे और मम्मी के बीच में अब रोजमर्रा की बातचीत का विषय जरूर बन गया था। कभी वे मजाक में कहतीं, "यह जो तेरा शेखर है न, बड़ा लिजलिजा सा लड़का है। अरे, इस उम्र में लड़कों को चाहिए घूमें, फिरें...मस्ती मार। क्या मुहर्रमी सी सूरत बनाए मजनू की तरह छत पर टँगा सारे समय इधर ही ताकता रहता है।"

मैं केवल हँस देती।

कभी बड़ी भावुक होकर कहतीं, "तू क्यों नहीं समझती बेटा, कि तुझे लेकर कितनी महत्त्वाकांक्षाएँ हैं मेरे मन में! तेरे भविष्य को लेकर कितने सपने सँजो रखे हैं मैंने।"

मैं हँसकर कहती, "मम्मी, तुम भी कमाल करती हो। अपनी जिंदगी को लेकर भी तुम सपने देखो और मेरी जिंदगी के सपने भी तुम्हीं देख डालो···कुछ सपने मेरे लिए भी छोड़ दो!"

कभी वे समझाने के लहजे में कहतीं, "देख तनु, अभी तुम बहुत छोटी हो। अपना सारा ध्यान पढ़ने-लिखने में लगाओ और दिमाग से ये उलटे-सीधे फितूर निकाल डालो। ठीक है, बड़े हो जाओ तो प्रेम भी करना और शादी भी। मैं तो वैसे भी तुम्हारे लिए लड़का ढूँढ़नेवाली नहीं हूँ—अपने आप ही ढूँढ़ना, पर इतनी अक्ल तो आ जाए कि ढंग का चुनाव कर सको।"

अपने चुनाव के रिजेक्शन को मैं समझ जाती और पूछती, "अच्छा मम्मी, बताओ, जब तुमने पापा को चुना था तो वह नाना को पसंद था?"

"मेरा चुनाव! अपनी सारी पढ़ाई-लिखाई खत्म करके पच्चीस साल की उमर में चुनाव किया था मैंने—खूब सोच-समझकर और अक्ल के साथ, समझी!"

मम्मी अपनी बौखलाहट को गुस्से में छिपाकर कहतीं। उम्र और पढ़ाई-लिखाई—ये दो ही तो ऐसे मुद्दे हैं, जिस पर मम्मी मुझे जब-तब धाँसती रहती हैं। पढ़ने-लिखने में मैं अच्छी थी और रहा उम्र का सवाल, सो उसके लिए मन होता कि कहूँ—मम्मी, तुम्हारी पीढ़ी जो काम पच्चीस साल की उम्र में करती थी, हमारी उसे पंद्रह साल की उम्र में ही करेगी, इसे तुम क्यों नहीं समझतीं। पर चुप रह जाती। नाना का जिक्र तो चल ही पड़ता, कहीं वे ही जाग उठे तो?

छमाही परीक्षाएँ पास आ गई थीं और मैंने सारा ध्यान पढ़ने में लगा दिया था। सबका आना और गाना-बजाना एकदम बंद! इन दिनों मैंने इतनी जमकर पढ़ाई की कि मम्मी का मन प्रसन्न हो गया। शायद कुछ आश्वस्त भी। आखिरी पेपर देने के पश्चात् लग रहा था कि एक बोझ था, जो हट गया है। मन बेहद हलका होकर कुछ मस्ती मारने को कर रहा था। मैंने मम्मी से पूछा, "मम्मी, कल शेखर और दीपक पिक्चर जा रहे हैं, मैं भी साथ चली जाऊँ?" आज तक मैं इन लोगों के साथ कभी घूमने नहीं गई थी—पर इतनी पढ़ाई करने के बाद अब इसकी छूट तो मिलनी ही थी।

मम्मी एक क्षण मेरा चेहरा देखती रहीं, फिर बोलीं, "इधर आ, यहाँ बैठ। तुझसे कुछ बातें करनी हैं।"

मैं जाकर बैठ गई, पर यह न समझ आया कि इसमें बात करने को क्या है—हाँ, कहो या ना। लेकिन मम्मी को बात करने का मर्ज जो है। उनकी तो हाँ-ना

भी पचास-साठ वाक्यों में लिपटे बिना नहीं निकल सकती।

"तेरे इम्तिहान खत्म हुए, मैं तो खुद पिक्चर का प्रोग्राम बना रही थी। बोल, कौन सी पिक्चर देखना चाहती है?"

"क्यों, उन लोगों के साथ जाने में क्या है?" मेरे स्वर में इतनी खीज भरी हुई थी कि मम्मी एकटक मेरा चेहरा ही देखती रह गईं।

"तनु, तुझे पूरी छूट दे रखी है बेटे, पर इतनी ही तेज चल कि मैं भी साथ तो चल सकूँ।"

"तुम साफ कहो न कि जाने दोगी या नहीं? बेकार की बातें...मैं भी साथ चल सकूँ—तुम्हारे साथ चल सकने की बात भला कहाँ से आ गई?"

मम्मी ने पीठ सहलाते हुए कहा, "साथ तो चलना ही पड़ेगा। कभी औंधे मुँह गिरी तो उठानेवाला भी तो चाहिए न!"

मैं समझ गई कि मम्मी नहीं जाने देंगी, पर इस तरह प्यार से मना करती हैं तो झगड़ा भी तो नहीं किया जा सकता। बहस करने का सीधा सा मतलब है कि उनका बघारा हुआ दर्शन सुनो—यानी पचास मिनट की एक क्लास। पर मैं कतई नहीं समझ पाई कि जाने में आखिर हर्ज क्या है, हर बात में ना-नुकुर। कहाँ तो कहती थीं कि बचपन में 'यह मत करो, वहाँ मत जाओ' कहकर हमको बहुत डाँटा गया था, और खुद अब वही सब कर रही हैं। देख लिया इनकी बड़ी-बड़ी बातों को। मैं उठी और दनदनाती हुई अपने कमरे में आ गई। हाँ, एक वाक्य जरूर थमा आई, 'मम्मी, जो चलेगा, वह गिरेगा भी और जो गिरेगा, वह उठेगा भी और खुद ही उठेगा, उसे किसी की जरूरत नहीं है।'

पता नहीं, मेरी बात की उन पर प्रतिक्रिया हुई या उनके अपने मन में ही कुछ जागा कि शाम को उन्होंने खुद शेखर को उसके कमरे पर आए तीनों-चारों लड़कों को बुलवाकर मेरे ही कमरे में मजलिस जमवाई और खूब गरम-गरम खाना खिलवाया। कुछ ऐसा रंग जमा कि मेरा दोपहरवाला आक्रोश धुल गया।

इम्तिहान खत्म हो गए थे और मौसम सुहाना था। मम्मी का रवैया भी अनुकूल था, सो दोस्ती का स्थगित हुआ सिलसिला फिर शुरू हो गया और आजकल तो जैसे उसके सिवाय कुछ रह ही नहीं गया था। पर फिर एक झटका।

उस दिन मैं अपनी सहेली के घर से लौटी तो मम्मी की सख्त आवाज सुनाई दी—"तनु, इधर आओ तो!"

आवाज में ही लगा कि यह खतरे का सिगनल है। एक क्षण को मैं सकते में आ गई। पास गई तो चेहरा पहले की तरह फ्लू।

"तुम शेखर के कमरे पर जाती हो?" मम्मी ने बंदूक दागी। समझ गई कि पीछे गली में से किसी ने अपना करतब कर दिखाया।

"कब से जाती हो?"

मन तो हुआ कि कहूँ, जिसने जाने की खबर दी है, उसने बाकी बातें भी बता ही दी होंगी···कुछ जोड़-तोड़कर ही बताया होगा। पर मम्मी जिस तरह भभक रही थीं, उसमें चुप रहना ही बेहतर समझा। वैसे मुझे मम्मी के इस गुस्से का कोई कारण समझ नहीं आ रहा था। दो-तीन बार यदि मैं थोड़ी-थोड़ी देर के लिए शेखर के कमरे में चली गई तो क्या गुनाह हो गया? पर मम्मी का हर काम सकारण तो होता नहीं—बस, वे तो मूड़ पर ही चलती हैं।

अजीब मुसीबत थी—गुस्से से मम्मी से बात करने का कोई मतलब नहीं··· और मेरी चुप्पी मम्मी के गुस्से को और भड़का रही थी।

"याद नहीं है, मैंने शुरू में ही तुम्हें मना किया था कि तुम उनके कमरे पर कभी नहीं जाओगी। तीन-तीन घंटे वह यहाँ धूनी रमाकर बैठता है, उसमें जी भरा नहीं तुम्हारा?"

दु:ख, क्रोध और आतंक की परतें उनके चेहरे पर गहरी होती जा रही थीं और मैं समझ नहीं पा रही थी कि कैसे उन्हें सारी स्थिति समझाऊँ।

"वह तो बेचारे सामनेवालों ने मुझे बुलाकर आगाह कर दिया—जानती है, यह सिर आज तक किसी के सामने झुका नहीं, पर वहाँ मुझसे आँख नहीं उठाई गई। मुँह दिखाने लायक मत रखना हमको कहीं भी। सारी गली में थू-थू हो रही है। नाक कटाकर रख दी।"

गजब।

इस बार तो सारा मोहल्ला ही बोलने लगा, मम्मी के भीतर से। आश्चर्य है कि जो मम्मी आज तक अपने आसपास से बिल्कुल कटी हुई थीं···जिसका मजाक उड़ाया करती थीं—आज कैसे उसके सुर-में-सुर मिलाकर बोल रही हैं।

मम्मी का भाषण बदस्तूर चालू···पर मैंने तो अपने कान के स्विच ही ऑफ कर लिये। जब गुस्सा ठंडा होगा, मम्मी अपने में लौट आएँगी, तब समझा दूँगी—मम्मी, इस छोटी सी बात को तुम नाहक इतना तूल दे रही हो।

पर जाने कैसी डोज ले आई हैं इस बार कि उनका गुस्सा ठंडा ही नहीं हो रहा है और हुआ यह कि अब उनके गुस्से से मुझे गुस्सा चढ़ना लगा।

फिर घर में एक अजीब सा तनाव छा गया। इस बार मम्मी ने शायद पापा को भी सबकुछ बता दिया है। कहा तो उन्होंने कुछ नहीं, वे शुरू से इस सारे मामले में आउट रहे, पर इस बार उनके चेहरे पर भी एक अनकहा सा तनाव दिखाई जरूर दे रहा है।

कोई दो महीने पहले जब इस तरह की घटना हुई थी तो मैं भीतर तक सहम गई थी, इस बार मैंने तय कर लिया है कि इस सारे मामले में मम्मी को यदि नाना बनकर ही व्यवहार करना है तो मुझे भी मम्मी की तरह मोर्चा लेना होगा उनसे…और मैं जरूर लूँगी। दिखा तो दूँ कि मैं तुम्हारी ही बेटी हूँ और तुम्हारे ही नक्शे-कदम पर चली हूँ। खुद तो लीक से हटकर चली थीं, सारी जिंदगी इस बात की घुट्टी पिलाती रहीं, पर मैंने जैसे ही अपना पहला कदम रखा, घसीटकर मुझे अपनी ही खींची लीक पर लाने के दंद-फंद शुरू हो गए।

मैंने मन में ढेर-ढेर तर्क सोच डाल कि एक दिन बाकायदा मम्मी से बहस करूँगी। साफ-साफ कहूँगी कि मम्मी, इतने ही बंधन लगाकर रखना था तो शुरू से वैसे पालतीं। क्यों झूठ-मूठ आजादी देने की बातें करती-सिखाती रहीं। पर इस बार मेरा भी मन सुलगकर इस तरह राख हो गया था कि मैं गुमसुम सी अपने ही कमरे में पड़ी रहती। मन बहुत भर आता तो रो लेती। घर में सारे दिन हँसती-खिलखिलाती रहनेवाली मैं एकदम चुप होकर अपने में ही सिमट गई थी। हाँ, एक वाक्य जरूर बार-बार दोहरा रही थी—'मम्मी, तुम अच्छी तरह समझ लो कि मैं भी अपने मन की ही करूँगी।' हालाँकि मेरे मन में क्या है, इसकी कोई भी रूपरेखा मेरे सामने न थी।

मुझे नहीं मालूम था कि इन तीन-चार दिनों में बाहर क्या हुआ? घर-बाहर की दुनिया से कटी, अपने ही कमरे मैं सिमटी मैं मम्मी से मोर्चा लेने के दाँव सोच रही थी।

पर आज दोपहर मुझे कतई-कतई अपने कानों पर विश्वास नहीं हुआ, जब मैंने मम्मी को अपने बरामदे से ही चिल्लाते हुए सुना, "शेखर, कल तो तुम लोग छुट्टियों में अपने घर चले जाओगे, आज शाम अपने दोस्तों के साथ खाना इधर ही खाना।"

नहीं जानती, किस जद्दोजहद से गुजरकर मम्मी इस स्थिति पर पहुँची होंगी।

और रात को शेखर दीपक और रवि के साथ खाने की मेज पर डटा हुआ था।

मम्मी उतने ही प्रेम से खाना खिला रही थीं; पापा वैसे ही खुले ढंग से मजाक कर रहे थे, मानो बीच में कुछ घटा ही न हो। अगल-बगल की खिड़कियों में दो-चार सिर चिपके हुए थे। सबकुछ पहले की तरह बहुत सहज-स्वाभाविक हो उठा था।

केवल मैं इस सारी स्थिति से एकदम तटस्थ होकर यही सोच रही थी कि नाना पूरी तरह नाना थे—शत-प्रतिशत—और इसी से मम्मी के लिए लड़ना कितना आसान हो गया होगा। पर इन मम्मी से लड़ा भी कैसे जाए, जो एक पल नाना होकर जीती हैं तो एक पल मम्मी होकर!

□

गोपाल को किसने मारा

बेहद खरामा-खरामा चाल से चलते हुए इस गाँव ने भी आखिर कस्बे की दहलीज पर पाँव रख ही दिए। सदियों से उस गाँव में समय चलता नहीं, बस रेंगता था। पाँच साल बाद आप जाओ तो उस समय गोदी में लटके या उँगली पकड़कर घिसटते बच्चे आज गलियों में गिल्ली-डंडा या कंचे खेलते मिलते और तब के कंचे खेलते बच्चों की मसें भीगती दिखाई देती। पर बस, जो भी परिवर्तन दिखाई देता शरीर के स्तर पर ही, बाकी दिल-दिमाग और सोच-समझ तो जस-की-तस। पर जैसे ही उस गाँव ने देहाती चोला उतारकर कस्बाई धज धारण की, वहाँ समय रेंगने की जगह चलने लगा।

गाँव में तो चाहे युवा हों या बुजुर्ग, सबकी नजरें और पाँव गाँव की जमीन में ही गड़े रहते थे और अपने से संतुष्ट मन गाँव की चौहद्दी के बीच ही घूमता-टहलता रहता। पर कस्बे की हवा लगते ही युवा वर्ग के पाँव वहाँ से उखड़ने के लिए छटपटाने लगे और ललचाई नजरें शहर पर जाकर टिक गईं, पर जाएँ तो जाएँ कैसे? हाँ, दो-चार रईस परिवारों के बच्चे जरूर लोटपोट कर जैसे-तैसे शहर पहुँच गए, पर उनके अलावा उस समय न तो शहर कस्बे को अपने में समेट रहा था और न ही फैल-पसरकर खुद उसमें समा रहा था। हाँ, रईसों के ये बच्चे जब कभी गाँव का चक्कर लगाते तो जरूर अपने साथ थोड़ा सा शहर भी बाँध ही लाते और उन्हीं के बलबूते पर गाँव में अपने को किसी बादशाह से कम न समझते। उनका रहन-सहन, बोली-बाली देख-सुनकर गाँव के युवाओं के मन में भी न जाने कितने सपने कुलबुलाने लगते, पर न साधन, न सुविधा, न ही जोड़-तोड़ की ऐसी कोई जुगत, जो उन्हें वहाँ ले जाती।

यों कस्बा बनते ही गाँव का प्राइमरी स्कूल मिडिल स्कूल तो बन ही गया था, चाहे उसकी बिल्डिंग टूटी-फूटी ही रही हो, पर कक्षाएँ तो लगनी ही थीं। मास्टर

लोग भी जबान की जगह छड़ी का प्रयोग ज्यादा करने के कारण कुछ तो पढ़ाते ही थे, अत: बच्चे जैसे-तैसे पास हो ही जाया करते थे। पर मिडिल पास करने के बाद रास्ते बंद। अब करें तो क्या करें ?

यह महज एक संयोग ही था कि इसी कस्बे के एक बेहद मामूली सी हैसियत वाले किसान रामनिझावन के बड़े बेटे गोविंदा ने जैसे ही मिडिल पास किया तो शहर से उसके मामा आ गए और प्रस्ताव रखा कि यदि जीजा चाहें और गोविंदा राजी हो तो वे उसे शहर ले जाकर बिजली के कारखाने में नौकरी दिलवा सकते हैं। वे खुद वहाँ नौकरी ही नहीं करते, बल्कि थोड़ी-बहुत पहुँच भी है उनकी उधर। एक बार सरकारी नौकरी मिल जाए तो समझो बादशाही मिल गई। पर बादशाही को परे सरकाते हुए बिफर गया रामनिझावन—

"अरे, अइसा जुलुम न करो महेसवा...अभी तो ई हमार हाथ बटावे लायक हुआ, अउर तुम हो कि...न न, हम नाही भेजी रहे शहर-वहर। हम खेती-बाड़ी करनेवाले मजूर ठहरे...हमका करिहें सरकारी नौकरी की बादसाहत लइके ?"

पर गोविंदा, एक तो शहरी मामा का अपना चुंबकीय आकर्षण, दूसरे उससे बड़ा आकर्षण शहर जाकर नौकरी करने का, फिर थाली में परोसकर सामने आए इस मौके को कैसे छोड़ दे भला ? छोटे भाई-बहनों के साथ मिलकर मोर्चा बनाकर अड़ गया गोविंदा।

रामनिझावन रोता-कलपता ही रह गया कि दो-दो बेटियों के हाथ पीले करने हैं, छोटे बेटे को भी पढ़ाना है, अब ई सारा बोझ मैं इकल्ला कइसे ढोऊँगा ? अरे, बड़ा बेटा ही तो सहारा हुई है बाप का...पर गोविंदा को तो जाना था, वह चला गया। हाँ, इतना हौसला जरूर बँधा गया कि खेती में चाहे मैं तुम्हारी मदद न कर सकूँ दद्दा, पर पैसे में तुम्हारी मदद जरूर करता रहूँगा। मुझे भी अपने छोटे भाई-बहनों का खयाल है। उनके लिए जो हो सकेगा, करूँगा।

बात का पक्का निकला गोविंदा। उसे अपने दद्दा की, भाई-बहिनों की जिम्मेदारी का पूरा खयाल था, सो वह अपने खर्चे लायक पैसे रखकर तनख्वाह के सारे रुपए दद्दा के पास भेज दिया करता। साल में दो बार जब सबसे मिलने घर आया तो सबके लिए कुछ-न-कुछ लेकर भी आया। अब रामनिझावन ने भी संतोष कर लिया कि चलो, बेटा राजी-खुशी है, अपना कमा-खा रहा है, घर में मदद भी कर रहा है और सबसे बड़ी बात कि खूब खुश है। अब बच्चों के सुख से तो बड़ा और कोई सुख होता नहीं माँ-बाप के लिए।

पर यह सुख भी ज्यादा दिन के लिए नहीं लिखा था रामनिझावन की तकदीर में। पूरा पहाड़ टूटकर गिर जाता, तब भी शायद वह इस तरह चकनाचूर नहीं होता, जितना इस घटना ने कर दिया। कोई हारी-बीमारी की खबर नहीं, दुःख-तकलीफ की सूचना नहीं, सीधे गोविंदा की लाश लेकर ही चला आया महेसवा तो। रामनिझावन भरोसा करे तो कैसे करे कि सामने लेटा यह आदमी जिंदा नहीं, लाश है।

गोविंदा के पूरे घर में ही नहीं, बल्कि पूरे कस्बे में कोहराम मच गया। देखनेवालों की भीड़ टूट पड़ी। क्या हो गया···कैसे हो गया···कब हो गया···किसने कर दिया···? एक ओर देखनेवालों के प्रश्नों की बौछार तो दूसरी ओर रामनिझावन और उसकी पत्नी का छाती-फोड़ क्रंदन—"अरे महेसवा, ई कउन जनम का बैर निकाला रे हमसे···तू नौकरी दिलावे की खातिर ले गवा रहा कि जान लेवे की खातिर···तुमका जान ही लेवे का रहा तो हमरी लेइ लेते···" माथा ठोंक-ठोंककर वह अपने को ही कोसने लगा, "का बताई, ई तो मत मारी गई थी हमरी ही, जो तुम्हरे साथ भेजे रहे न! हमार बीस बरस का जवान जहान बेटा···हमरे बुढ़ापे की लाठी छीनिके का मिलि गवा रे···" दुःख, आरोप, असहायता, पश्चात्ताप की आँच में सुलगता रामनिझावन का प्रलाप और अपराध-बोध से ग्रस्त, सारे आरोपों को चुपचाप झेलते जाने की महेश की मजबूरी।

आँसुओं में डूबा, टुकड़ों-टुकड़ों में जो बता पाया महेश, उसका सार इतना ही था कि ऊपर तार पर काम कर रहा था गोविंदा और नीचे किसी ने गलती से स्विच ऑन कर दिया। करेंट दौड़ा और तार से ही चिपककर रह गया गोविंदा। रामनिझावन को कारण से कुछ लेना-देना नहीं, उसे तो बस परिणाम ने चकनाचूर करके रख दिया था। तीन दिन बाद प्रलाप का पहला दौर जरा ठंडा पड़ा तो हिम्मत करके महेश ने इस उम्मीद से मरहम की पुड़िया निकाली कि इसका लेप लगते ही धीरे-धीरे घाव भरने शुरू होंगे। बहुत हिम्मत करके बोला, "देखो जीजा, गोविंदा अपनी मौत तो मरा नहीं, एक अफसर की गलती से मरा है, सो सरकार मुआवजा तो देगी ही···कम नहीं, पूरे पच्चीस हजार मिलेंगे, कोशिश तो करूँगा कि कुछ और भी मिल जाए तथा जल्दी-से-जल्दी ही वसूली करने में भी जान झोंक दूँगा मैं।"

"चोऽऽप कर!" ऐसे दहाड़ा रामनिझावन कि सब-के-सब सन्न रह गए।

"पहिले तो हमार बेटवा की जान लै ली, अउर अब वहिकी कीमत चुकाना चाहता है! अरे, बाप हूँ गोविंदा कै, कौनो कसाई नाही, जो अपन बेटवा की मौत

की कीमत वसूलूँगा! ई सब कमीनी बातें न कर हमरे सामने। तू दूर जा हमरी आँखन के आगे से!" और वह फूट-फूटकर रोने लगा। महेश ने जिस बात को मरहम समझकर सामने रखा था, वह तो नश्तर साबित हुई, जिसके लगते ही घाव फिर रिसने लगा और आँखों से आँसू की जगह खून-मवाद के रेले बह चले। रोती-कलपती पत्नी अपने भाई को भीतर ले गई और तसल्ली देकर वहीं से विदा भी कर दिया।

महेश अपमानित और आहत चाहे जितना हुआ हो, पर जीजा के प्रति अपनी जिम्मेदारी नहीं भूला। तीन महीने की भाग-दौड़ के बाद वह मुआवाजे के पच्चीस हजार रुपए लेकर जीजा के यहाँ पहुँचा, पर हिम्मत नहीं हुई पहले रामनिझावन के पास जाने की, सो सीधे सरपंच के पास पहुँचा और सारी बात समझाई। जीजा की माली हालत जैसी है, उसमें कितनी मदद मिलेगी इन रुपयों से—दोनों बेटियों के ब्याह निपट जाएँगे···छोटा बेटा पढ़ जाएगा और भी छोटी-मोटी जरूरतें पूरी होंगी। इतना रुपया तो न जाने कितने साल नौकरी करके भी नहीं भेज सकता था गोविंदा। जीजा का दुःख समझता हूँ, पर दुःख अपनी जगह और जरूरतें अपनी जगह। गोविंदा तो अब आ नहीं सकता, पर इन रुपयों से बहुत सी परेशानियाँ तो दूर की ही जा सकती हैं। पहले आप जाकर आगा-पीछा सब समझा दीजिए, जब मान जाएँगे तो मैं जाकर उनके रुपए उन्हें थमा दूँगा।"

वैसे तो सरपंच अपने यहाँ भी बुला सकता था रामनिझावन को, पर मौके की नजाकत देखकर अपने साथ और दो-चार बुजुर्गों को लेकर वह खुद ही रामनिझावन के घर पहुँचा। ठेठ दुनियादारी की बातों में लपेटकर वह सारी ऊँच-नीच समझाई। आगा-पीछा सुझाया। उसकी माली हालत का, जिम्मेदारियों का हवाला देकर सरपंच ने जब वह प्रस्ताव उसके सामने रखा तो उसकी झुकी हुई गरदन और झुक गई तथा हाथ जोड़कर वह इतना ही कह पाया, "हमौ गरीबै सही माई-बाप, पर बाप हौं गोविंदा कै···अब कसाई न बनाओ!" और उसकी बाकी बात आँसुओं में ही डूब गई। इसके बाद तो बिना बोले आँसुओं में ही वह सरपंच के सारे तर्क काटता रहा। सरपंच और बुजुर्गों का सारा समझाना-बुझाना बेकार। मुआवजे के रुपए लेने के लिए रामनिझावन नहीं माना तो नहीं ही माना। हाँ, इर्द-गिर्द घिर आए तीनों बच्चों के मन में जरूर कुछ इच्छाएँ, कुछ सपने कुलबुलाने लगे थे, पर बाप के हिचकियों में बदलते रोने की आवाज के आगे वे भी चुप हो गए।

आखिर तीन दिन तक बुजुर्गों में ही सलाह-मशविरा चलता रहा और फिर

पानी की किल्लत को ध्यान में रखकर यह प्रस्ताव रखा गया कि इन रुपयों से गाँव में गोविंदा के नाम से एक प्याऊ खुलवा दी जाए। हर प्यासा राहगीर पानी पीकर सच्चे मन से जो दुआएँ देगा, वह सीधे गोविंदा की आत्मा को ही सहलाएँगी। रामनिझावन ने जब इस प्रस्ताव की बात सुनी तो गद्गद हो गया। "मेरे बेटे के नाम की प्याऊ···प्यासे लोग पानी पिएँगे और मेरे बेटे को दुआएँ देंगे···इससे बड़ा पुण्य और क्या हो सकता है मेरे बेटे के लिए। बाप होकर भी इतना पुण्य कमा सकता था क्या मैं अपने बेटे के लिए?"

देखते-ही-देखते प्याऊ बन गया और गोविंदा के नाम का बोर्ड भी लग गया उस पर। पहले दिन तो रामनिझावन ने खुद बैठकर सबको पानी पिलाया और उसे लगा, जैसे उसका दु:ख सबके सुख में बदल गया। फिर तो खेत से आते-जाते कुछ देर खड़े रहकर उसी को निहारता···गोविंदा के नाम का बोर्ड देखकर पानी पीनेवालों से ज्यादा उसका अपना मन जुड़ा जाता। सरपंच कभी मिलते तो कहते, "देख रे रामनिझावन! कितै प्यासों की दुआएँ मिल रही हैं तेरे गोविंदा को।" तो वह गद्गद भाव से सिर झुका लेता।

पता नहीं, पानी पीनेवालों की दुआएँ गोविंदा तक पहुँचती हैं या नहीं, पर रामनिझावन के परिवार तक तो जरूर ही पहुँची रहीं। तभी तो इन पच्चीस वर्षों में उसकी दोनों बेटियाँ अच्छे घरों में ब्याहकर आज अपने फलते-फूलते परिवार के साथ प्रसन्न हैं। उसका छोटा बेटा गोपाल भी दो बच्चों का बाप है। जो रामनिझावन अपने बच्चों को दूध-दही खिलाने के लिए कभी एक भैंस नहीं खरीद सका, उसने अपने पोतों के लिए एक भैंस भी खरीद ली। अपने घर के एक हिस्से को पक्का करवा दिया, ताकि गोपाल का परिवार आराम से रह सके। उसे तो अपने कच्चे घर में रहने की आदत थी, सो वह तो उसी में आराम से रहता। इससे ज्यादा सुख की तो वह अपने लिए कल्पना ही नहीं कर सकता था और यह सब वह उस पुण्य का प्रताप ही समझ रहा था, जो पानी पिलाकर उसके खाते में जमा हो रहा था।

□

अब इन पच्चीस वर्षों में उस कस्बे का क्या हाल हुआ, वह भी देखिए। शहर और कस्बे के बीच बस क्या चलने लगी कि उसमें लदकर सवारियों के साथ टुकड़ों-टुकड़ों में शहर भी कस्बे में आने लगा। कस्बे के हाट-बाजार शहरी सामानों से भरने लगे तो वहाँ के लोगों के मन उन्हें पाने की उमंग जाग गई। किशोरों और युवाओं ने अपनी टाँगों से पाजामे उतारकर जींस चढ़ा लीं और उनकी कलाइयों में

घड़ियाँ चमचमाने लगीं। धूप होने पर वे भी काले चश्मे पहनकर घूमते। लड़कियाँ भी होंठों पर गहरे रंग की लिपस्टिक पोते, माथे पर चमकीली बिंदिया चिपकाए रंग-बिरंगे कपड़ों में अपने को मिस इंडिया से कम नहीं समझतीं। जैसे-जैसे बाजार नए-नए सामानों से भरता जाता, उन्हें खरीदने के लिए पैसे की जरूरत भी बढ़ती जाती। और सामान और पैसा···और सामान और ज्यादा पैसा।

दस साल की उम्र से रामनिझावन के साथ खेती-बाड़ी करनेवाले उसके छोटे बेटे गोपाल के मन में भी शहर कब और कैसे फैल-पसर गया, रामनिझावन को इसका पता ही नहीं लगा। लगता भी कैसे? अंटी में संतोष-धन की पूँजी बाँधे उसकी दुनिया तो आज भी खेत और घर तक ही सिमटी हुई थी। पर गोपाल को अब संतोष-धन नहीं, असली धन चाहिए था और इसलिए उसने धीरे-धीरे खेती का काम बाप के कंधों पर डाल शहर के चक्कर लगाने शुरू किए। जब-जब वह शहर जाए, वहाँ की चकाचौंध उसके मन में नित नई हवस जगाए, पर वह हवस पूरी हो तो कैसे? बिना पढ़ाई के अच्छी नौकरी मिलने से रही। रहा कोई धंधा, सो उसके लिए पैसा चाहिए। जिस भी धंधे की बात सोचता, बात पैसे पर आकर अटक जाती। हर असफलता से हताशा जनमती और हताशा से जनमता गुस्सा तथा गुस्सा जाकर रामनिझावन पर टिकता। आखिरकार एक दिन वह खम ठोंककर बाप के सामने खड़ा हो ही गया।

"दद्दा, मुझे तो न पढ़ाया, न लिखाया। बैलों की पूँछ मरोड़ते-मरोड़ते आधी जिंदगी तो बरबाद हो गई मेरी; पर अब बची जिंदगी में कुछ बनना चाहता हूँ, पैसा कमाना चाहता हूँ, सो समझ लो कि अब नहीं करना मुझे तुम्हारी यह खेती-बाड़ी!" और बड़ी हिकारत से उसने अपना मुँह झटक दिया।

रामनिझावन ने जो सुना, जो देखा तो अवाक् रह गया!

"कइसो बात करे रे बेटा तू? अरे, ई तो हमार पुश्तैनी धंधा है। ई नाही करिहें तो का करिहें?"

"क्या रखा है इस पुश्तैनी धंधे में। हाड़-तोड़ मेहनत करो तो दो जून की रोटी मिल जाए, बस। जिस साल आसमान से पानी न बरसे तो बैठे-बैठे आँखों से पानी बहाते रहो। कोई धंधा है साला यह भी?"

दो साल से गोपाल के बदले मिजाज तो देख रहा था रामनिझावन और उसने खेती का ज्यादातर काम अपने कंधों पर ले भी लिया था, पर बात इतनी बढ़ गई है, यह नहीं समझ पाया था। उसका सुर और तेवर देखकर बड़े ठंडे मन से उसने कहा,

"तोर मन नहीं लागत अब खेती मा तो तू कौनो अउर काम देख ले आपन मन का। साठ का भवा तो का भवा, अबहुँ हाड़-गोड़ में इत्ता जोर तो हइहं कि अकेले ही आपन खेती कर सकत हूँ।"

"हाँ, अब तुम्हीं करो अपनी खेती, मैंने तो अपने लिए दूसरा काम देख भी लिया है। अब दिखाता हूँ कि कैसे किया जाता है काम और कैसे कमाया जाता है पैसा! पर मुझे अपने काम के लिए पचास हजार रुपए चाहिए और ये रुपए तुम्हें देने होंगे।"

यह बात सुनकर तो रामनिझावन तो जैसे आसमान से गिर पड़ा। उसे अपने कानों पर विश्वास ही नहीं हो रहा था···यह क्या कह रहा है गोपाल? इत्ते रुपए तो उसने अपनी जिंदगी में कभी देखे ही नहीं। इसे कहाँ से लाकर दे? गुमसुम सा वह गोपाल का मुँह ही देखता रहा।

"मेरा मुँह क्या ताक रहे हो, सुना नहीं क्या कि मुझे रुपए चाहिए पचास हजार! तय कर लिया है मैंने कि मुझे बीच बाजार में एक दुकान खोलनी है। शहर के एक-दो लोगों से बात भी कर ली है। वे तीन महीने की उधारी पर सामान देने को तैयार हैं, पर बेचने के लिए दुकान तो चाहिए। आज बड़े बाजार में एक छोटी सी दुकान भी खरीदो तो पचास हजार से कम में नहीं मिलेगी।"

"गोपाल!" रामनिझावन कुछ ऐसे बोला, मानो विश्वास करना चाह रहा हो कि सामने बैठा यह आदमी उसी का बेटा है। फिर धीरे से बोला, "बेटा, पाँच-सात बरस में पइसा-कौड़ी का हिसाब तोहार हाथन में ही तो रहा। अनाज तू बेचत रहा। खाद-बीज तू खरीदत रहा, अउर घरौ तू ही तो चलावत रहा। अइसे में हमरे पास पइसा कहाँ?"

"जानता हूँ···जानता हूँ। तुम्हारे पास पचास रुपए, क्या पचास पैसे भी नहीं मिलेंगे और हिसाब-किताब रखने से क्या होता है? इस बित्ते भर की खेती से तो पेट भर लेते थे, सो ही बड़ी बात। कोई काम है यह भी! पर मुझे तो पैसा चाहिए ही चाहिए। बस यह कह दिया मैंने।"

कुछ देर दोनों चुप रहे, फिर गोपाल ने अपना निर्णय सुना दिया, "रुपए नहीं हैं तो बस फिर एक ही उपाय है—बीच बाजार में बने उस प्याऊ को हटाकर मैं दुकान खोल लेता हूँ उस जगह। दुकान के लिए इससे अच्छी जगह तो और कोई हो ही नहीं सकती।"

"गोपाऽऽल!" अपनी सारी ताकत लगाकर चीख पड़ा रामनिझावन।

"ई प्याऊ नही रे! इ तो निसानी है हमार बेटवा की, हमार गोविंदा की···तोहार बड़ा भइया तो रहा ऊ···अउर तू है कि···" और आवाज भरभराकर टूट गई उसकी।

"अरे, जब था, तब था। पच्चीस बरस हो गए उसे मरे-खपे। अब क्या सारी जिंदगी उसे छाती से चिपकाए ही बैठा रहूँगा?"

"ई का कहत है रे तू···अइसी बात न बोल···न?"

बात बीच में ही काटकर गोपाल बोला, "तुम्हारा बस चले तो तुम तो उस मरे बेटे के लिए अपने इस जिंदा बेटे को मार दो।"

दोनों हाथों से बरजता हुआ, अँसुवाई आँखों से गिड़गिड़ाते हुए रामनिझावन ऐसे बोला, मानो याचना कर रहा हो, "न बोल अइसी बात, न बोल रे अइसी बात। आज तू ही तो हमार सबकुछ है, तू अउर तोर बेटवा ही तो जिनगी है हमार, ई तू काहे समझत नाही रे!"

"अच्छा, जिंदगी हूँ तुम्हारी, तो बस प्याऊ सुपुर्द कर दो मुझे।"

रामनिझावन बोले तो क्या बोले? उस बेचारे से तो न बोलते बने, न प्याऊ देते बने। हाथ जोड़कर किसी तरह इतना ही कह पाया, "बेटा, ई प्याऊ न तोहरी कमाई से बनी, न हमरी कमाई से, ई तो गोविंदा की मौत की कमाई से बनी। तू ही सोच, ई पर कइसे हक जमा सकित हैं हम?"

इस बार भन्ना गया गोपाल। सोच रहा था कि उसकी बात, उसकी जरूरत सुन-समझकर राजी हो जाएगा दद्दा, पर ये तो उस मरे बेटे को ही छाती से चिपकाए बैठा है। धिक्कार भरे स्वर में बोला, "अरे, बरसों हो गए उसकी मौत को और मौत की कमाई को। आज तो वह सब किसी को याद भी नहीं होगा, आज तो हमीं मालिक हैं उस प्याऊ के। हम जो चाहें, करें।"

"बेटे की बात छोड़, यही समझ कि प्यासन को पानी पिलाई के तो धरम होत है, पुन्न मिलत है, तू काहे···"

बात बीच में ही काटकर बड़े व्यंग्य से बोला गोपाल, "धरम···पुन्न···ये सब रईसों के चोचले हैं। मुझे नहीं चाहिए तुम्हारा ये धरम-पुन्न! मुझे तो अपनी दुकान के लिए बस प्याऊ चाहिए।"

"आपन खातिर जिंदा तो सबै रहत हैं बेटा, पर मानुस जनम लेकर दूसरन की खातिर भी कछु करैका चाही के ना?"

"अपना ठौर-ठिकाना नहीं और दूसरे की खातिर करने चले हैं। बहुत कर लिया दूसरों के लिए। अब तो जो कुछ करना है, मुझे अपने लिए करना है। सोचा था

कि मेरी जरूरत समझकर तुम खुशी-खुशी दे दोगे प्याऊ, पर तुम नहीं देनेवाले तो इतना समझ लो कि लेना मुझे भी आता है। देखता हूँ, कौन रोकता है मुझे और कैसे रोकता है?" और गुस्से से दनदनाता हुआ गोपाल बाहर निकल गया।

रामनिझावन को जैसा सदमा गोविंद की लाश को देखकर लगा था, वैसा ही सदमा गोपाल की बातें सुनकर लगा। उसे तो बिजली के तार ने मार दिया था, पर उसे… ? गोविंद की दैहिक मौत थी, पर गोपाल की आत्मा मर चुकी है! यह सवाल बड़ा है कि गोविंद को तो बिजली के तार ने मार दिया था, पर गोपाल को किसने मारा? उसकी चुनौती से सिहरकर बेहद लाचार, बेबस रामनिझावन ने घुटनों में सिर छिपा लिया।

□

बाहर निकलकर गोपाल सीधा अपने उन दो दोस्तों के पास गया, जिन्होंने कमीशन पर उधारी में सामान दिलवाने का जुगाड़ कर रखा था। वे उसी का इंतजार कर रहे थे। उसे देखते ही पूछा, "क्या हुआ, मिल जाएगी प्याऊ?"

गुस्से से भन्नाए हुए गोपाल ने गरदन झटककर कहा, "बहुत कहा, समझाया, अपनी जरूरत बताई, पर मानता ही नहीं बुढ़ऊ। बैठा रहने दो उसे अपने मरे बेटे और धरम-पुन्न को छाती से चिपकाए-चिपकाए। चलो मेरे साथ, मैं ठिकाने लगाता हूँ…उसका पुन्न-प्रताप! आखिर क्या बिगाड़ लेगा वह मेरा?" और अपने दोनों दोस्तों को लेकर एक दृढ़ संकल्प के साथ वह प्याऊ की ओर बढ़ गया।

□

'यही सच है' कहानी पर आधारित फिल्म 'रजनीगंधा'
बहुत लोकप्रिय और चर्चित हुई थी

यही सच है

कानपुर

सामने आँगन में फैली धूप सिमटकर दीवारों पर चढ़ गई और कंधे पर बस्ता लटकाए नन्हे-नन्हे बच्चों के झुंड-के-झुंड दिखाई दिए, तो यकायक ही मुझे समय का आभास हुआ।···घंटा भर हो गया यहाँ खड़े-खड़े और संजय का अभी तक पता नहीं! झुँझलाती सी मैं कमरे में आती हूँ। कोने में रखी मेज पर किताबें बिखरी पड़ी हैं, कुछ खुली, कुछ बंद। एक क्षण मैं उन्हें देखती रहती हूँ, फिर निरुद्‌देश्य सी कपड़ों की अलमारी खोलकर सरसरी सी नजर से कपड़े देखती हूँ। सब बिखरे पड़े हैं। इतनी देर यों ही व्यर्थ खड़ी रही; इन्हें ही ठीक कर लेती। पर मन नहीं करता और फिर बंद कर देती हूँ।

नहीं आना था तो व्यर्थ ही मुझे समय क्यों दिया? फिर यह कोई आज ही की बात है! हमेशा संजय अपने बताए हुए समय से घंटा-दो-घंटा देरी करके आता है और मैं हूँ कि उसी क्षण से प्रतीक्षा करने लगती हूँ। उसके बाद लाख कोशिश करके भी तो किसी काम में अपना मन नहीं लगा पाती। वह क्यों नहीं समझता कि मेरा समय बहुत अमूल्य है; थीसिस पूरी करने के लिए अब मुझे अपना सारा समय पढ़ाई में ही लगाना चाहिए। पर यह बात उसे कैसे समझाऊँ!

मेज पर बैठकर मैं फिर पढ़ने का उपक्रम करने लगती हूँ, पर मन है कि लगता ही नहीं। परदे के जरा से हिलने से दिल की धड़कन बढ़ जाती है और बार-बार नजर घड़ी के सरकते हुए काँटों पर दौड़ जाती है। हर समय यही लगता है, वह आया···वह आया!

तभी मेहता साहब की पाँच साल की छोटी बच्ची झिझकती सी कमरे में आती है, "आंटी, हमें कहानी सुनाओगी?"

"नहीं, अभी नहीं, पीछे आना!" मैं रुखाई से जवाब देती हूँ। वह भाग जाती है।

ये मिसेज मेहता भी एक ही हैं! यों तो महीनों शायद मेरी सूरत नहीं देखतीं; पर बच्ची को जब-तब मेरा सिर खाने को भेज देती हैं। मेहता साहब तो फिर भी कभी-कभी आठ-दस दिन में खैरियत पूछ ही लेते हैं, पर वे तो बेहद अकड़ू मालूम होती हैं। अच्छा ही है, ज्यांदा दिलचस्पी दिखातीं तो क्या मैं इतनी आजादी से घूम-फिर सकती थी?

खट-खट-खट···वही परिचित पद-ध्वनि! तो आ गया संजय। मैं बरबस ही अपना सारा ध्यान पुस्तक में केंद्रित कर लेती हूँ। रजनीगंधा के ढेर सारे फूल लिये संजय मुसकराता सा दरवाजे पर खड़ा है। मैं देखती हूँ, पर मुसकराकर स्वागत नहीं करती। हँसता हुआ, वह आगे बढ़ता है और फूलों को मेज पर पटककर, पीछे से मेरे दोनों कंधे दबाता हुआ पूछता है, "बहुत नाराज हो?"

रजनीगंधा की महक से जैसे सारा कमरा महकने लगता है।

"मुझे क्या करना है नाराज होकर?" रुखाई से मैं कहती हूँ। वह कुरसी सहित मुझे घुमाकर अपने सामने कर लेता है और बड़े दुलार के साथ ठोड़ी उठाकर कहता, "तुम्हीं बताओ, क्या करता? क्वालिटी में दोस्तों के बीच फँसा था। बहुत कोशिश करके भी उठ नहीं पाया। सबको नाराज करके आना अच्छा भी नहीं लगता।"

इच्छा होती है, कह दूँ—'तुम्हें दोस्तों का खयाल है, उनके बुरा मानने की चिंता है, बस मेरी ही नहीं!' पर कुछ कह नहीं पाती, एकटक उसके चेहरे की ओर देखती रहती हूँ···उसके साँवले चेहरे पर पसीने की बूँदें चमक रही हैं। कोई और समय होता तो मैंने अपने आँचल से इन्हें पोंछ दिया होता, पर आज नहीं। वह मंद-मंद मुसकरा रहा है, उसकी आँखें क्षमा-याचना कर रही हैं, पर मैं क्या करूँ?··· तभी वह अपनी आदत के अनुसार कुरसी के हत्थे पर बैठकर मेरे गाल सहलाने लगता है। मुझे उसकी इसी बात पर गुस्सा आता है। हमेशा इसी तरह करेगा और फिर दुनिया भर का लाड़-दुलार दिखलाएगा। वह जानता जो है कि इसके आगे मेरा क्रोध टिक नहीं पाता।···फिर उठकर वह फूलदान के पुराने फूल फेंक देता है और नए फूल लगाता है। फूल सजाने में वह कितना कुशल है! एक बार मैंने यों ही कह दिया था कि मुझे रजनीगंधा के फूल बड़े पसंद हैं, तो उसने नियम ही बना लिया कि हर चौथे दिन ढेर सारे फूल लाकर मेरे कमरे में लगा देता है। और अब तो मुझे भी ऐसी आदत हो गई है कि एक दिन भी कमरे में फूल न रहें, तो न पढ़ने में मन

लगता है, न सोने में। ये फूल जैसे संजय की उपस्थिति का आभास देते रहते हैं।

थोड़ी देर बाद हम घूमने निकल जाते हैं। यकायक ही मुझे इरा के पत्र की बात याद आती है। जो बात सुनाने के लिए मैं सवेरे से ही आतुर थी, इस गुस्सेबाजी में जाने कैसे उसे ही भूल गई!

"सुनो, इरा ने लिखा है कि किसी दिन भी मेरे पास इंटरव्यू का बुलावा आ सकता है, मुझे तैयार रहना चाहिए।"

"कहीं कलकत्ता से?" कुछ याद करते हुए संजय पूछता है और फिर यकायक ही उछल पड़ता है, "यदि तुम्हें वह जॉब मिल जाए तो मजा आ जाए, दीपा, मजा आ जाए!"

हम सड़क पर हैं, नहीं तो अवश्य ही उसने आवेश में आकर कोई हरकत कर डाली होती। जाने क्यों, मुझे उसका इस प्रकार प्रसन्न होना अच्छा नहीं लगता। क्या वह चाहता है कि मैं कलकत्ता चली जाऊँ, उससे दूर?...

तभी सुनाई देता है—"तुम्हें यह जॉब मिल जाए तो मैं भी अपना तबादला कलकत्ता ही करवा हूँ, हेड ऑफिस में। यहाँ की रोज की किच-किच से तो मेरा मन ऊब गया है। कितनी ही बार सोचा कि तबादले की कोशिश करूँ, पर तुम्हारे खयाल ने हमेशा मुझे बाँध लिया। ऑफिस में शांति हो जाएगी, पर मेरी शामें कितनी वीरान हो जाएँगी!"

उसके स्वर की आर्द्रता ने मुझे छू लिया। यकायक ही मुझे लगने लगा कि रात बड़ी सुहावनी हो चली है।

हम दूर निकलकर अपनी प्रिय टेकरी पर जाकर बैठ जाते हैं। दूर-दूर तक हलकी सी चाँदनी फैली हुई है और शहर की तरह यहाँ धुएँ से भरा हुआ नहीं है। वह दोनों पैर फैलाकर बैठ जाता है और घंटों मुझे अपने ऑफिस के झगड़े की बात सुनाता है और फिर कलकत्ता जाकर साथ जीवन बिताने की योजनाएँ बनाता है। मैं कुछ नहीं बोलती, बस एकटक उसे देखती हूँ, देखती रहती हूँ।

जब वह चुप हो जाता है तो बोलती हूँ, "मुझे तो इंटरव्यू में जाते हुए बड़ा डर लगता है। पता नहीं, कैसे-क्या पूछते होंगे! मेरे लिए तो यह पहला ही मौका है।"

वह खिलखिलाकर हँस पड़ता है।

"तुम भी एक ही मूर्ख हो! घर से दूर, यहाँ कमरा लेकर अकेली रहती हो, रिसर्च कर रही हो, दुनिया भर में घूमती-फिरती हो और इंटरव्यू के नाम से डर लगता है। क्यों?" और गाल पर हलकी सी चपत जमा देता है। फिर समझाता हुआ

कहता है, "और देखो, आजकल ये इंटरव्यू आदि तो सब दिखावा-मात्र होते हैं। वहाँ किसी जान-पहचान वाले से इंफ्लुएंस डलवाना जाकर!"

"पर कलकत्ता तो मेरे लिए एकदम नई जगह है। वहाँ इरा को छोड़कर मैं किसी को जानती भी नहीं। अब उन लोगों की कोई जान-पहचान हो तो बात दूसरी है।" असहाय सी मैं कहती हूँ।

"और किसी को नहीं जानतीं?" फिर मेरे चेहरे पर नजरें गड़ाकर पूछता है, "निशीथ भी तो वहीं है?"

"होगा, मुझे क्या करना है उससे?" मैं एकदम ही भन्नाकर जवाब देती हूँ। पता नहीं क्यों, मुझे लग ही रहा था कि अब वह यही बात कहेगा।

"कुछ नहीं करना?" वह छेड़ने के लहजे में कहता है।

और मैं भभक पड़ती हूँ, "देखो संजय, मैं हजार बार तुमसे कह चुकी हूँ कि उसे लेकर मुझसे मजाक मत किया करो! मुझे इस तरह का मजाक जरा भी पसंद नहीं है!"

वह खिलखिलाकर हँस पड़ता है, पर मेरा तो मूड ही खराब हो जाता है।

हम लौट पड़ते हैं। वह मुझे खुश करने के इरादे से मेरे कंधे पर हाथ रख देता है। मैं झपटकर हाथ हटा देती हूँ, "क्या कर रहे हो? कोई देख लेगा तो क्या कहेगा?"

"कौन है यहाँ, जो देख लेगा? और देख लेगा तो देख ले, आप ही कुढ़ेगा।"

"नहीं, हमें पसंद नहीं है यह बेशर्मी!" और सच ही मुझे रास्ते में ऐसी हरकतें पसंद नहीं हैं, चाहे रास्ता निर्जन ही क्यों न हो, पर है तो रास्ता ही; फिर कानपुर जैसी जगह। कमरे में लौटकर मैं उसे बैठने को कहती हूँ, पर वह बैठता नहीं; बस बाँहों में भरकर एक बार चूम लेता है। यह भी जैसे उसका रोज का नियम है।

वह चला जाता है। मैं बाहर बालकनी में निकलकर उसे देखती रहती हूँ।... उसका आकार छोटा होते-होते सड़क के मोड़ पर जाकर लुप्त हो जाता है। मैं उधर ही देखती रहती हूँ—निरुद्देश्य सी, खोई-खोई सी। फिर आकर पढ़ने बैठ जाती हूँ।

रात में सोती हूँ तो देर तक मेरी आँखें मेज पर लगे रजनीगंधा के फूलों को ही निहारती रहती हैं। जाने क्यों, अकसर मुझे भ्रम हो जाता है कि ये फूल नहीं हैं, मानो संजय की अनेकानेक आँखें हैं, जो मुझे देख रही हैं, सहला रही हैं, दुलरा रही हैं। और अपने को यों असंख्य आँखों से निरंतर देखे जाने की कल्पना से ही मैं लजा जाती हूँ।

मैंने संजय को भी एक बार यह बात बताई थी, तो वह खूब हँसा था और फिर मेरे गालों को सहलाते हुए उसने कहा था कि मैं पागल हूँ, निरी मूर्खा हूँ! कौन जाने, शायद उसका कहना ही ठीक हो, शायद मैं पागल ही होऊँ!

कानपुर

मैं जानती हूँ, संजय का मन निशीथ को लेकर जब-तब सशंकित हो उठता है; पर मैं उसे कैसे विश्वास दिलाऊँ कि मैं निशीथ से नफरत करती हूँ, उसकी याद-मात्र से मेरा मन घृणा से भर उठता है।...फिर अठारह वर्ष की आयु में किया हुआ प्यार भी कोई प्यार होता है भला! निरा बचपन होता है, महज पागलपन! उसमें आवेश रहता है, पर स्थायित्व नहीं, गति रहती है, पर गहराई नहीं। जिस वेग से वह आरंभ होता है, जरा सा झटका लगने पर उसी वेग से टूट भी जाता है।...और उसके बाद आहों, आँसुओं और सिसकियों का एक दौर, सारी दुनिया की निस्सारता, आत्महत्या करने के अनेकानेक संकल्प और फिर एक तीखी घृणा। जैसे ही जीवन को दूसरा आधार मिल जाता है, उन सबको भूलने में एक दिन भी नहीं लगता। फिर तो वह सब ऐसी बेवकूफी लगती है, जिस पर बैठकर घंटों हँसने की तबीयत होती है। तब यकायक ही इस बात का अहसास होता है कि ये सारे आँसू, ये सारी आहें उस प्रेमी के लिए नहीं थीं, वरन् जीवन की उस रिक्तता और शून्यता के लिए थीं, जिसने जीवन को नीरस बनाकर बोझिल कर दिया था।

तभी तो संजय को पाते ही मैं निशीथ को भूल गई। मेरे आँसू हँसी में बदल गए और आहों की जगह किलकारियाँ गूँजने लगीं। पर संजय है कि जब-तब निशीथ की बात को लेकर व्यर्थ ही खिन्न सा हो उठता है। मेरे कुछ कहने पर वह खिलखिला अवश्य पड़ता है; पर मैं जानती हूँ, वह पूर्ण रूप से आश्वस्त नहीं है।

उसे कैसे बताऊँ कि मेरे प्यार का, मेरी कोमल भावनाओं का, भविष्य की मेरी अनेकानेक योजनाओं का एकमात्र केंद्र संजय ही है। यह बात दूसरी है कि चाँदनी रात में, किसी निर्जन स्थान में, पेड़-तले बैठकर भी मैं अपनी थीसिस की बात करती हूँ या वह अपने ऑफिस की, मित्रों की बातें करता है या हम किसी और विषय पर बात करने लगते हैं...पर इस सबका यह मतलब तो नहीं कि हम प्रेम नहीं करते! वह क्यों नहीं समझता कि आज हमारी भावुकता यथार्थ में बदल गई है,. सपनों की जगह हम वास्तविकता में जीते हैं! हमारे प्रेम को परिपक्वता मिल गई है, जिसका आधार पाकर वह अधिक गहरा हो गया है, स्थायी हो गया है।

पर संजय को कैसे समझाऊँ यह सब? कैसे उसे समझाऊँ कि निशीथ ने मेरा अपमान किया है, ऐसा अपमान, जिसकी कचोट से मैं आज भी तिलमिला जाती हूँ। संबंध तोड़ने से पहले एक बार तो उसने मुझे बताया होता कि आखिर मैंने ऐसा कौन सा अपराध कर डाला था, जिसके कारण उसने मुझे इतना कठोर दंड दे डाला? सारी दुनिया की भर्त्सना, तिरस्कार, परिहास और दया का विष मुझे पीना पड़ा।...विश्वासघाती! नीच कहीं का!...और संजय सोचता है कि आज भी मेरे मन में उसके लिए कोई कोमल स्थान है! छिह! मैं उससे नफरत करती हूँ! और सच पूछो तो अपने को भाग्यशालिनी समझती हूँ कि मैं एक ऐसे व्यक्ति के चंगुल में फँसने से बच गई, जिसके लिए प्रेम महज एक खिलवाड़ है। संजय, यह तो सोचो कि यदि ऐसी कोई भी बात होती तो क्या मैं तुम्हारे आगे, तुम्हारी हर उचित-अनुचित चेष्टा के आगे यों आत्मसमर्पण करती? तुम्हारे चुंबनों और आलिंगनों में अपने को यों बिखरने देती? जानते हो, विवाह से पहले कोई भी लड़की किसी को इन सबका अधिकार नहीं देती। पर मैंने दिया। क्या केवल इसीलिए नहीं कि मैं तुम्हें प्यार करती हूँ, बहुत-बहुत प्यार करती हूँ? विश्वास करो संजय, तुम्हारा-मेरा प्यार ही सच है। निशीथ का प्यार तो मात्र छल था, भ्रम था, झूठ था।

कानपुर

परसों मुझे कलकत्ता जाना है। बड़ा डर लग रहा है। कैसे क्या होगा? मान लो, इंटरव्यू में बहुत नर्वस हो गई तो? संजय को कह रही हूँ कि वह भी साथ चले; पर उसे ऑफिस से छुट्टी नहीं मिल सकती। एक तो नया शहर, फिर इंटरव्यू! अपना कोई साथ होता तो बड़ा सहारा मिल जाता। मैं कमरा लेकर अकेली रहती हूँ, यों अकेली घूम-फिर भी लेती हूँ तो संजय सोचता है, मुझमें बड़ी हिम्मत है, पर सच, बड़ा डर लग रहा है।

बार-बार मैं यह मान लेती हूँ कि मुझे नौकरी मिल गई है और मैं संजय के साथ वहाँ रहने लगी हूँ। कितनी सुंदर कल्पना है, कितनी मादक! पर इंटरव्यू का भय मादकता से भरे इस स्वप्नजाल को छिन्न-भिन्न कर देता है।

काश, संजय भी किसी तरह मेरे साथ चल पाता!

कलकत्ता

गाड़ी जब हावड़ा स्टेशन के प्लेटफॉर्म पर प्रवेश करती है तो जाने कैसी विचित्र आशंका, विचित्र से भय से मेरा मन भर जाता है। प्लेटफॉर्म पर खड़े

असंख्य नर-नारियों में मैं इरा को ढूँढ़ती हूँ। वह कहीं दिखाई नहीं देती। नीचे उतरने के बजाय खिड़की में से ही दूर-दूर तक नजरें दौड़ाती हूँ।···आखिर एक कुली को बुलाकर, अपना छोटा सा सूटकेस और बिस्तर उतारने का आदेश दे मैं नीचे उतर पड़ती हूँ। उस भीड़ को देखकर मेरी दहशत जैसे और बढ़ जाती है। तभी किसी के हाथ के स्पर्श से मैं बुरी तरह चौंक जाती हूँ। पीछे देखती हूँ तो इरा खड़ी है।

रुमाल से चेहरे का पसीना पोंछते हुए कहती हूँ, "ओफ! तुझे न देखकर मैं घबरा रही थी कि तुम्हारे घर कैसे पहुँचूँगी!"

बाहर आकर हम टैक्सी में बैठते हैं। अभी तक मैं स्वस्थ नहीं हो पाई हूँ। जैसे ही हावड़ा-पुल पर गाड़ी पहुँचती है, हुगली के जल को स्पर्श करती हुई ठंडी हवाएँ तन-मन को एक ताजगी से भर देती हैं। इरा मुझे इस पुल की विशेषता बताती है और मैं विस्मित सी उस पुल को देखती हूँ, दूर-दूर तक फैले हुगली के विस्तार को देखती हूँ, उसकी छाती पर खड़ी और विहार करती अनेक नौकाओं को देखती हूँ, बड़े-बड़े जहाजों को देखती हूँ।

उसके बाद बहुत ही भीड़ भरी सड़कों पर हमारी टैक्सी रुकती-रुकती चलती है। ऊँची-ऊँची इमारतों और चारों ओर के वातावरण से कुछ विचित्र सी विराटता का आभास होता है और इस सबके बीच जैसे मैं अपने को बड़ा खोया-खोया सा महसूस करती हूँ। कहाँ पटना और कानपुर, और कहाँ यह कलकत्ता! मैंने तो आज तक कभी बहुत बड़े शहर देखे ही नहीं!

सारी भीड़ को चीरकर हम रेड रोड पर आ जाते हैं। चौड़ी शांत सड़क। मेरे दोनों ओर लंबे-चौड़े खुले मैदान।

"क्यों इरा, कौन-कौन लोग होगे इंटरव्यू में? मुझे तो बड़ा डर लग रहा है।"

"अरे, सब ठीक हो जाएगा! तू और डर? हम जैसे डरें तो कोई बात भी है। जिसने अपना सारा कॅरियर अपने आप बनाया, वह भला इंटरव्यू में डरे!" फिर कुछ देर ठहरकर कहती है, "अच्छा, भैया-भाभी तो पटना में ही होंगे? जाती है कभी उनके पास भी या नहीं?"

"कानपुर आने के बाद एक बार गई थी। कभी-कभी यों ही पत्र लिख देती हूँ।"

"भई कमाल के लोग हैं! बहन को भी नहीं निभा सके!"

मुझे यह प्रसंग कतई पसंद नहीं। मैं नहीं चाहती कि कोई इस विषय पर बात करे। मैं मौन ही रहती हूँ।

इरा का छोटा सा घर है, सुंदर ढंग से सजाया हुआ। उसके पति के दौरे पर जाने

की बात सुनकर पहले तो मुझे अफसोस हुआ था; वे होते तो कुछ मदद ही करते! पर फिर यकायक लगा कि उनकी अनुपस्थिति में मैं शायद अधिक स्वतंत्रता का अनुभव कर सकूँ। उनका बच्चा भी बड़ा प्यारा है।

शाम को इरा मुझे कॉफी-हाउस ले जाती है। अचानक मुझे वहाँ निशीथ दिखाई देता है। मैं सकपकाकर नजर घुमा लेती हूँ। पर वह हमारी मेज पर ही आ पहुँचता है। विवश होकर मुझे उधर देखना पड़ता है, नमस्कार भी करना पड़ता है; इरा का परिचय भी करवाना पड़ता है। इरा पास की कुरसी पर बैठने का निमंत्रण दे देती है। मुझे लगता है, मेरी साँस रुक जाएगी।

"कब आईं?"

"आज सवेरे ही।"

"अभी ठहरोगी? ठहरी कहाँ हो?"

जवाब इरा देती है। मैं देख रही हूँ कि निशीथ बहुत बदल गया है। उसने कवियों की तरह बाल बढ़ा लिये हैं। यह क्या शौक चर्राया? उसका रंग स्याह पड़ गया है। वह दुबला भी हो गया है।

विशेष बातचीत नहीं होती और हम लोग उठ पड़ते हैं। इरा को मुन्नू की चिंता सता रही थी और मैं स्वयं भी घर पहुँचने को उतावली हो रही थी। कॉफी-हाउस से धर्मतल्ला तक वह पैदल चलता हुआ हमारे साथ आता है। इरा उससे बात कर रही है, मानो वह इरा का ही मित्र हो! इरा अपना पता समझा देती है और वह दूसरे दिन नौ बजे आने का वादा करके चला जाता है।

पूरे तीन साल बाद निशीथ का यों मिलना! न चाहकर भी जैसे सारा अतीत आँखों के सामने खुल जाता है। बहुत दुबला हो गया है निशीथ!···लगता है, जैसे मन में कहीं कोई गहरी पीड़ा छिपाए बैठा है। मुझसे अलग होने का दुःख तो नहीं साल रहा है इसे!

कल्पना चाहे कितनी भी मधुर क्यों न हो, एक तृप्ति युक्त आनंद देनेवाली क्यों न हो, पर मैं जानती हूँ, यह झूठ है। यदि ऐसा ही था तो कौन उसे कहने गया था कि तुम इस संबंध को तोड़ दो? उसने अपनी इच्छा से ही तो यह सब किया था।

यकायक मेरा मन कटु हो उठता है। यही तो है वह व्यक्ति, जिसने मुझे अपमानित करके सारी दुनिया के सामने छोड़ दिया था, महज उपहास का पात्र बनाकर! ओह, क्यों नहीं मैंने उसे पहचानने से इनकार कर दिया? जब वह मेज के पास आकर खड़ा हुआ तो क्यों नहीं मैंने कह दिया कि माफ कीजिए, मैं आपको

पहचानती नहीं? जरा उसका खिसियाना तो देखती! वह कल भी आएगा। मुझे उसे साफ-साफ मना कर देना चाहिए था कि मैं उसकी सूरत भी नहीं देखना चाहती, मैं उससे नफरत करती हूँ!

अच्छा है, आए कल! मैं उसे बता दूँगी कि जल्दी ही मैं संजय से विवाह करनेवाली हूँ। यह भी बता दूँगी कि मैं पिछला सबकुछ भूल चुकी हूँ। यह भी बता दूँगी कि मैं उससे घृणा करती हूँ और उसे जिंदगी में कभी माफ नहीं कर सकती।

यह सब सोचने के साथ-साथ जाने क्यों, मेरे मन में यह बात भी उठ रही थी कि तीन साल हो गए, अभी तक निशीथ ने विवाह क्यों नहीं किया? करे न करे, मुझे क्या?

क्या वह आज भी मुझसे कुछ उम्मीद रखता है? हूँह, मूर्ख कहीं का!

संजय! मैंने तुमसे कितना कहा था कि तुम मेरे साथ चलो; पर तुम नहीं आए।··· इस समय जबकि मुझे तुम्हारी इतनी-इतनी याद आ रही है, बताओ मैं क्या करूँ?

कलकत्ता

नौकरी पाना इतना मुश्किल है, इसका मुझे गुमान तक नहीं था। इरा कहती है कि डेढ़ सौ की नौकरी के लिए खुद मिनिस्टर तक सिफारिश करने पहुँच जाते हैं, फिर यह तो तीन सौ का जॉब है।···निशीथ सवेरे से शाम तक इसी चक्कर में भटका है, यहाँ तक कि उसने अपने ऑफिस से भी छुट्टी ले ली है। वह क्यों मेरे काम में इतनी दिलचस्पी ले रहा है? उसका परिचय बड़े-बड़े लोगों से है और वह कहता है कि जैसे भी होगा, वह काम मुझे दिलाकर ही मानेगा। पर आखिर क्यों?

कल मैंने सोचा था कि अपने व्यवहार की रुखाई से मैं स्पष्ट कर दूँगी कि अब वह मेरे पास न आए। पौने नौ बजे के करीब, जब मैं अपने टूटे हुए बाल फेंकने खिड़की पर गई तो देखा—घर से थोड़ी दूर पर निशीथ टहल रहा है। वही लंबे बाल, कुरता-पाजामा। तो वह समय से पहले ही आ गया! संजय होता तो ग्यारह के पहले नहीं पहुँचता, समय पर पहुँचना तो वह जानता ही नहीं।

उसे यों चक्कर काटते देख मेरा मन जाने कैसा हो आया!···और जब वह आया तो मैं चाहकर भी कटु नहीं हो सकी। मैंने उसे कलकत्ता आने का मकसद बताया, तो लगा कि वह बड़ा प्रसन्न हुआ। वहीं बैठे-बैठे फोन करके उसने इस नौकरी के संबंध में सारी जानकारी प्राप्त कर ली, कैसे क्या करना होगा, उसकी योजना भी बना डाली; बैठे-बैठे फोन से ऑफिस को सूचना भी दे दी कि आज वह ऑफिस नहीं आएगा।

मेरी विचित्र स्थिति हो रही थी। उसके इस अपनत्व भरे व्यवहार को मैं स्वीकार

भी नहीं कर पाती थी, नकार भी नहीं पाती थी। सारा दिन मैं उसके साथ घूमती रही; पर काम की बात के अतिरिक्त उसने एक भी बात नहीं की। मैंने कई बार चाहा कि संजय की बात बता दूँ, पर बता नहीं सकी। सोचा, कहीं वह सुनकर यह दिलचस्पी लेना कम न कर दे। उसके आज भर के प्रयत्नों से ही मुझे काफी उम्मीद हो चली थी। यह नौकरी मेरे लिए कितनी आवश्यक है, मिल जाए तो संजय कितना प्रसन्न होगा, हमारे विवाहित जीवन के आरंभिक दिन कितने सुख में बीतेंगे!

शाम को हम घर लौटते हैं। मैं उसे बैठने को कहती हूँ, पर वह बैठता नहीं, बस खड़ा ही रहता है। उसके चौड़े ललाट पर पसीने की बूँदें चमक रही हैं। यकायक ही मुझे लगता है, इस समय संजय होता तो? मैं अपने आँचल से उसका पसीना पोंछ देती, और वह···क्या बिना बाँहों में भरे, बिना प्यार किए यों ही चला जाता?

"अच्छा, तो चलता हूँ।"

यंत्रचलित से मेरे हाथ जुड़ जाते हैं, वह लौट पड़ता है और मैं ठगी सी देखती रहती हूँ।

सोते समय मेरी आदत है कि मैं संजय के लाए हुए फूलों को निहारती रहती हूँ। यहाँ वे फूल नहीं हैं तो बड़ा सूना-सूना सा लग रहा है।

पता नहीं संजय, तुम इस समय क्या कर रहे हो! तीन दिन हो गए, किसी ने बाँहों में भरकर प्यार तक नहीं किया।

कलकत्ता

आज सवेरे मेरा इंटरव्यू हो गया है। मैं शायद बहुत नर्वस हो गई थी और जैसे उत्तर मुझे देने चाहिए, वैसे नहीं दे पाई। पर निशीथ ने आकर बताया कि मेरा चुना जाना करीब-करीब तय हो गया है। मैं जानती हूँ, यह सब निशीथ की वजह से ही हुआ।

ढलते सूरज की धूप निशीथ के बाएँ गाल पर पड़ रही थी और सामने बैठा निशीथ इतने दिन बाद एक बार फिर मुझे बड़ा प्यारा सा लगा।

मैंने देखा, मुझसे ज्यादा वह प्रसन्न है। वह कभी किसी का अहसान नहीं लेता; पर मेरी खातिर उसने न जाने कितने लोगों का अहसान लिया। आखिर क्यों? क्या वह चाहता है कि मैं कलकत्ता आकर रहूँ उसके साथ, उसके पास? एक अजीब सी पुलक से मेरा तन-मन सिहर उठता है। वह ऐसा क्यों चाहता है? उसका ऐसा चाहना बहुत गलत है, बहुत अनुचित है!···मैं अपने मन को समझाती हूँ, ऐसी कोई बात नहीं है, शायद वह केवल मेरे प्रति किए गए अन्याय का प्रतिकार करने के लिए यह सब

कर रहा है! पर क्या वह समझता है कि उसकी मदद से नौकरी पाकर मैं उसे क्षमा कर दूँगी या जो कुछ उसने किया है, उसे भूल जाऊँगी? असंभव! मैं कल ही उसे संजय की बात बता दूँगी।

"आज तो इस खुशी में पार्टी हो जाए!"

काम की बात के अलावा यह पहला वाक्य मैं उसके मुँह से सुनती हूँ, मैं इरा की ओर देखती हूँ। वह प्रस्ताव का समर्थन करके भी मुन्नू की तबीयत का बहाना लेकर अपने को काट लेती है। अकेले जाना मुझे कुछ अटपटा सा लगता है। अभी तक तो काम का बहाना लेकर घूम रही थी, पर अब? फिर भी मैं मना नहीं कर पाती। अंदर जाकर तैयार होती हूँ। मुझे याद आता है, निशीथ को नीला रंग बहुत पसंद था, मैं नीली साड़ी ही पहनती हूँ। बड़े चाव और सतर्कता से अपना प्रसाधन करती हूँ और बार-बार अपने को टोकती जाती हूँ—किसको रिझाने के लिए यह सब हो रहा है? क्या यह निरा पागलपन नहीं है?

सीढ़ियों पर निशीथ हलकी सी मुसकराहट के साथ कहता है, "इस साड़ी में तुम बहुत सुंदर लग रही हो।"

मेरा चेहरा तमतमा जाता है; कनपटियाँ सुर्ख हो जाती हैं। मैं सचमुच ही इस वाक्य के लिए तैयार नहीं थी। यह सदा चुप रहनेवाला निशीथ बोला भी तो ऐसी बात।

मुझे ऐसी बातें सुनने की जरा भी आदत नहीं है। संजय न कभी मेरे कपड़ों पर ध्यान देता है, न ऐसी बातें करता है, जबकि उसे पूरा अधिकार है। और यह बिना अधिकार के ऐसी बातें करे?···

पर जाने क्या है कि मैं उस पर नाराज नहीं हो पाती हूँ, बल्कि एक पुलकमय सिहरन महसूस करती हूँ। सच, संजय के मुँह से ऐसा वाक्य सुनने को मेरा मन तरसता रहता है, पर उसने कभी ऐसी बात नहीं की। पिछले ढाई साल से मैं संजय के साथ रह रही हूँ। रोज ही शाम को हम घूमने जाते हैं। कितनी ही बार मैंने शृंगार किया, अच्छे कपड़े पहने, पर प्रशंसा का एक शब्द भी उसके मुँह से नहीं सुना। इन बातों पर उसका ध्यान ही नहीं जाता; वह देखकर भी जैसे यह सब नहीं देख पाता। इस वाक्य को सुनने के लिए तरसता हुआ मेरा मन जैसे रस से नहा जाता है। पर निशीथ ने यह बात क्यों कही? उसे क्या अधिकार, क्या सचमुच ही उसे अधिकार नहीं है?···नहीं है?

जाने कैसी मजबूरी है, कैसी विवशता है कि मैं इस बात का जवाब नहीं दे पाती हूँ। निश्चयात्मक दृढ़ता से नहीं कह पाती कि साथ चलते इस व्यक्ति को सचमुच ही मेरे विषय में ऐसी अवांछित बात कहने का कोई अधिकार नहीं है।

हम दोनों टैक्सी में बैठते हैं। मैं सोचती हूँ, आज मैं इसे संजय की बात बता ही दूँगी।

"स्काई-रूम!" निशीथ टैक्सीवाले को आदेश देता है।

'टुन' की घंटी के साथ मीटर डाउन होता है और टैक्सी हवा से बातें करने लगती है। निशीथ बहुत सतर्कता से कोने में बैठा है, बीच में इतनी जगह छोड़कर कि यदि हिचकोला खाकर भी टैक्सी रुके, तो हमारा स्पर्श न हो। हवा के झोंके से मेरी रेशमी साड़ी का पल्लू उसके समूचे बदन को स्पर्श करता हुआ उसकी गोदी में पड़कर फरफराता है। वह उसे हटाता नहीं है। मुझे लगता है, यह रेशमी, सुवासित पल्लू उसके तन-मन को रस से भिगो रहा है, यह स्पर्श उसे पुलकित कर रहा है, मैं विजय के अकथनीय आह्लाद से भर जाती हूँ।

आज भी मैं संजय की बात नहीं कह पाती। चाहकर भी नहीं कह पाती। अपनी इस विवशता पर मुझे खीज भी आती है, पर मेरा मुँह है कि खुलता ही नहीं। मुझे लगता है कि मैं जैसे कोई बहुत बड़ा अपराध कर रही होऊँ; पर फिर भी मैं कुछ नहीं कह सकी।

यह निशीथ कुछ बोलता क्यों नहीं? उसका यों कोने में दुबककर निर्विकार भाव से बैठे रहना मुझे कतई अच्छा नहीं लगता। यकायक ही मुझे संजय की याद आने लगती है। इस समय वह यहाँ होता तो उसका हाथ मेरी कमर में लिपटा होता! यों सड़क पर ऐसी हरकतें मुझे स्वयं पसंद नहीं; पर जाने क्यों, किसी की बाँहों की लपेट में जाने के लिए मेरा मन ललक उठता है। मैं जानती हूँ कि जब निशीथ बगल में बैठा हो, उस समय ऐसी इच्छा करना या ऐसी बात सोचना भी कितना अनुचित है। पर मैं क्या करूँ? जितनी द्रुतगति से टैक्सी चली जा रही है, मुझे लगता है कि उतनी ही द्रुतगति से मैं भी बही जा रही हूँ, अनुचित, अवांछित दिशाओं की ओर।

टैक्सी झटका खाकर रुकती है तो मेरी चेतना लौटती है। मैं जल्दी से दाहिनी ओर का फाटक खोलकर कुछ इस हड़बड़ी से नीचे उतर पड़ती हूँ, मानो अंदर निशीथ मेरे साथ कोई बदतमीजी कर रहा हो।

"अजी, इधर से उतरना चाहिए कभी?" टैक्सीवाला कहता है। मुझे अपनी गलती का भान होता है। उधर निशीथ खड़ा है, इधर मैं, बीच में टैक्सी!

पैसे लेकर टैक्सी चली जाती है तो हम दोनों एक-दूसरे के आमने-सामने हो जाते हैं। यकायक ही मुझे खयाल आता है कि टैक्सी के पैसे आज तो मुझे ही देने चाहिए थे। पर अब क्या हो सकता था! चुपचाप हम दोनों अंदर जाते हैं। आसपास

बहुत कुछ है, चहल-पहल, रोशनी, रौनक। पर मेरे लिए जैसे सबका अस्तित्व ही मिट जाता है। मैं अपने को सबकी नजरों से ऐसे बचाकर चलती हूँ, मानो मैंने कोई अपराध कर डाला हो और कोई मुझे पकड़ न ले।

क्या सचमुच ही मुझसे कोई अपराध हो गया है?

आमने-सामने हम दोनों बैठ जाते हैं। मैं होस्ट हूँ, फिर भी उसका पार्ट वही अदा कर रहा है। वही ऑर्डर देता है। बाहर की हलचल और उससे अधिक मन की हलचल में मैं अपने को खोया-खोया सा महसूस करती हूँ।

हम दोनों के सामने बैरा कोल्ड-कॉफी के गिलास और खाने का कुछ सामान रख जाता है। मुझे बार-बार लगता है कि निशीथ कुछ कहना चाह रहा है। मैं उसके होंठों की धड़कन तक महसूस करती हूँ। वह जल्दी से कॉफी का स्ट्रॉ मुँह से लगा लेता है।

मूर्ख कहीं का! वह सोचता है, मैं बेवकूफ हूँ। मैं अच्छी तरह जानती हूँ कि इस समय वह क्या सोच रहा है।

तीन दिन साथ रहकर भी हमने उस प्रसंग को नहीं छेड़ा। शायद नौकरी की बात ही हमारे दिमागों पर छाई हुई थी। पर आज···आज अवश्य ही वह बात आएगी! न आए, यह कितना अस्वाभाविक है! पर नहीं, स्वाभाविक शायद यही है। तीन साल पहले जो अध्याय सदा के लिए बंद हो गया, उसे उलटकर देखने का साहस शायद हम दोनों में से किसी में नहीं है। जो संबंध टूट गए, टूट गए। अब उन पर कौन बात करे? मैं तो कभी नहीं करूँगी। पर उसे तो करनी चाहिए। तोड़ा उसने था, बात भी वही आरंभ करे। मैं क्यों करूँ और मुझे क्या पड़ी है? मैं तो जल्दी ही संजय से विवाह करनेवाली हूँ। क्यों नहीं, मैं इसे अभी संजय की बात बता देती? पर जाने कैसी विवशता है, जाने कैसा मोह है कि मैं मुँह नहीं खोल पाती। यकायक मुझे लगता है, जैसे उसने कुछ कहा।

"आपने कुछ कहा?"

"नहीं तो!"

मैं खिसिया जाती हूँ।

फिर वही मौन! खाने में मेरा जरा भी मन नहीं लग रहा है; पर यंत्रचलित सी मैं खा रही हूँ। शायद वह भी ऐसे ही खा रहा है। मुझे फिर लगता है कि उसके होंठ फड़क रहे हैं और स्ट्रॉ पकड़े हुए उँगलियाँ काँप रही हैं। मैं जानती हूँ, वह पूछना चाहता है—दीपा, तुमने मुझे माफ तो कर दिया न?

वह पूछ ही क्यों नहीं लेता? मान लो, यदि पूछ ही ले तो क्या मैं कह सकूँगी कि मैं तुम्हें जिंदगी भर माफ नहीं कर सकती, मैं तुमसे नफरत करती हूँ। मैं तुम्हारे साथ घूम-फिर ली या कॉफी पी ली, तो यह मत समझो कि मैं तुम्हारे विश्वासघात की बात को भूल गई हूँ।

और यकायक ही पिछला सबकुछ मेरी आँखों के आगे तैरने लगता है। पर यह क्या? असह्य अपमानजनित पीड़ा, क्रोध और कटुता क्यों नहीं याद आती? मेरे सामने तो पटना में गुजारी सुहानी संध्याओं और चाँदनी रातों के वे चित्र उभरकर आते हैं, जब घंटों समीप बैठ, मौन भाव से हम एक-दूसरे को निहारा करते थे। बिना स्पर्श किए भी जाने कैसी मादकता तन-मन को विभोर किए रहती थी, जाने कैसी तन्मयता में हम डूबे रहते थे...एक विचित्र सी, स्वप्निल दुनिया में!...मैं कुछ बोलना भी चाहती तो वह मेरे मुँह पर उँगली रखकर कहता, 'आत्मीयता के ये क्षण अनकहे ही रहने दो, दीपा!'

आज भी तो हम मौन ही हैं, एक-दूसरे के निकट ही हैं। क्या आज भी हम आत्मीयता के उन्हीं क्षणों में गुजर रहे हैं? मैं अपनी सारी शक्ति लगाकर चीख पड़ना चाहती हूँ नहीं!...नहीं!...नहीं!...पर कॉफी सिप करने के अतिरिक्त मैं कुछ नहीं कर पाती। मेरा यह विरोध हृदय की न जाने कौन सी अतल गहराइयों में डूब जाता है!

निशीथ मुझे बिल नहीं देने देता। एक विचित्र सी भावना मेरे मन में उठती है कि छीना-झपटी में किसी तरह मेरा हाथ इसके हाथ से छू जाए! मैं अपने स्पर्श से उसके मन के तारों को झनझना देना चाहती हूँ। पर वैसा अवसर नहीं आता। बिल वही देता है, मुझसे तो विरोध भी नहीं किया जाता।

मन में प्रचंड तूफान! पर फिर भी निर्विकार भाव से मैं टैक्सी में आकर बैठती हूँ...फिर वही मौन वही दूरी। पर जाने क्या है कि मुझे लगता है कि निशीथ मेरे बहुत निकट आ गया है, बहुत ही निकट! बार-बार मेरा मन करता है कि क्यों नहीं निशीथ मेरा हाथ पकड़ लेता, क्यों नहीं मेरे कंधे पर हाथ रख देता? मैं जरा भी बुरा नहीं मानूँगी, जरा भी नहीं! पर वह कुछ भी नहीं करता।

सोते समय रोज की तरह मैं आज भी संजय का ध्यान करते हुए ही सोना चाहती हूँ, पर निशीथ है कि बार-बार संजय की आकृति को हटाकर स्वयं आ खड़ा होता है।

कलकत्ता

अपनी मजबूरी पर खीज-खीज जाती हूँ। आज कितना अच्छा मौका था, सारी बात बता देने का! पर मैं जाने कहाँ भटकी थी कि कुछ भी नहीं बता पाई।

शाम को मुझे निशीथ अपने साथ 'लेक' ले गया। पानी के किनारे हम घास पर बैठ गए। कुछ दूर पर काफी भीड़भाड़ और चहल-पहल थी, पर यह स्थान अपेक्षाकृत शांत था। सामने लेक के पानी में छोटी-छोटी लहरें उठ रही थीं। चारों ओर के वातावरण का कुछ विचित्र सा भाव मन पर पड़ रहा था।

"अब तो तुम यहाँ आ जाओगी!" मेरी ओर देखकर उसने कहा।

"हाँ!"

"नौकरी के बाद क्या इरादा है?"

मैंने देखा, उसकी आँखों में कुछ जानने की आतुरता फैलती जा रही है, शायद कुछ कहने की भी। मुझसे कुछ जानकर वह अपनी बात कहेगा।

"कुछ नहीं!" जाने क्यों, मैं यह कह गई। कोई है, जो मुझे कचोटे डाल रहा है। क्यों नहीं, मैं बता देती कि नौकरी के बाद मैं संजय से विवाह करूँगी, मैं संजय से प्रेम करती हूँ, वह मुझसे प्रेम करता है? वह बहुत अच्छा है, बहुत ही! वह मुझे तुम्हारी तरह धोखा नहीं देगा; पर मैं कुछ भी तो नहीं कह पाती। अपनी इस बेबसी पर मेरी आँखें छलछला आती हैं। मैं दूसरी ओर मुँह फेर लेती हूँ।

"तुम्हारे यहाँ आने से मैं बहुत खुश हूँ!"

मेरी साँस जहाँ-की-तहाँ रुक जाती है आगे के शब्द सुनने के लिए; पर शब्द नहीं आते। बड़ी कातर, करुण और याचना भरी दृष्टि से मैं उसे देखती हूँ, मानो कह रही होऊँ कि तुम कह क्यों नहीं देते निशीथ कि 'आज भी तुम मुझे प्यार करते हो, तुम मुझे सदा अपने पास रखना चाहते हो, जो कुछ हो गया है, उसे भूलकर तुम मुझसे विवाह करना चाहते हो? कह दो निशीथ, कह दो!'...यह सुनने के लिए मेरा मन अकुला रहा है, छटपटा रहा है! मैं बुरा नहीं मानूँगी, जरा भी बुरा नहीं मानूँगी। मान ही कैसे सकती हूँ निशीथ! इतना सब हो जाने के बाद भी शायद मैं तुम्हें प्यार करती हूँ—शायद नहीं, सचमुच ही मैं तुम्हें प्यार करती हूँ!

मैं जानती हूँ—तुम कुछ नहीं कहोगे, सदा के ही मितभाषी जो हो। फिर भी कुछ सुनने की आतुरता लिये मैं तुम्हारी तरफ देखती रहती हूँ। पर तुम्हारी नजर तो लेक के पानी पर जमी हुई है...शांत, मौन!

आत्मीयता के ये क्षण अनकहे भले ही रह जाएँ, पर अनबूझे नहीं रह सकते। तुम चाहे न कहो, पर मैं जानती हूँ कि तुम आज भी मुझे प्यार करते हो, बहुत प्यार करते हो! मेरे कलकत्ता आ जाने के बाद इस टूटे संबंध को फिर से जोड़ने की बात ही तुम इस समय सोच रहे हो। तुम आज भी मुझे अपना ही समझते हो, तुम जानते

हो, आज भी दीपा तुम्हारी है!···और मैं?

लगता है, इस प्रश्न का उत्तर देने का साहस मुझमें नहीं है। मुझे डर है कि जिस आधार पर मैं तुमसे नफरत करती थी, उसी आधार पर कहीं मुझे अपने से नफरत न करनी पड़े।

लगता है, रात आधी से भी अधिक ढल गई है।

कानपुर

मन में उत्कट अभिलाषा होते हुए भी निशीथ की आवश्यक मीटिंग की बात सुनकर मैंने कह दिया था कि तुम स्टेशन मत आना। इरा आई थी; पर गाड़ी पर बिठाकर ही चली गई या कहूँ कि मैंने जबरदस्ती ही उसे भेज दिया। मैं जानती थी कि लाख मना करने पर भी निशीथ आएगा और विदा के उन अंतिम क्षणों में मैं उसके साथ अकेली ही रहना चाहती थी। मन में एक दबी सी आशा थी कि चलते समय ही शायद वह कुछ कह दे।

गाड़ी चलने में जब दस मिनट रह गए तो देखा—बड़ी व्यग्रता से डिब्बों में झाँकता-झाँकता निशीथ आ रहा था।···पागल! उसे इतना तो समझना चाहिए कि उसकी प्रतीक्षा में मैं यहाँ बाहर खड़ी हूँ!

मैं दौड़कर उसके पास जाती हूँ, "आप क्यों आए?" पर मुझे उसका आना बड़ा अच्छा लगता है! वह बहुत थका हुआ लग रहा है। शायद सारा दिन बहुत व्यस्त रहा और दौड़ता-दौड़ता मुझे सी-ऑफ करने यहाँ आ पहुँचा। मन करता है कि कुछ ऐसा करूँ, जिससे इसकी सारी थकान दूर हो जाए। पर क्या करूँ? हम डिब्बे के पास आ जाते हैं।

"जगह अच्छी मिल गई?" वह अंदर झाँकते हुए पूछता है।

"हाँ! पानी-वानी तो है?"

"है।"

"बिस्तर फैला लिया?"

मैं खीज पड़ती हूँ। वह शायद समझ जाता है, सो चुप हो जाता है। हम दोनों एक क्षण को एक-दूसरे की ओर देखते हैं। मैं उसकी आँखों में विचित्र सी छायाएँ देखती हूँ, मानो कुछ है, जो उसके मन में घुट रहा है, उसे मथ रहा है, पर वह कह नहीं पा रहा है। वह क्यों नहीं कह देता? क्यों नहीं अपने मन की इस घुटन को हलका कर लेता?

"आज भीड़ विशेष नहीं है।" चारों ओर नजर डालकर वह कहता है।

मैं भी एक बार चारों ओर देख लेती हूँ, पर नजर मेरी बार-बार घड़ी पर ही जा रही है। जैसे-जैसे समय सरक रहा है, मेरा मन किसी गहरे अवसाद में डूब रहा है। मुझे कभी उस पर दया आती है तो कभी खीज। गाड़ी चलने में केवल तीन मिनट बाकी रह गए हैं। एक बार फिर हमारी नजरें मिलती हैं।

"ऊपर चढ़ जाओ, अब गाड़ी चलनेवाली है।"

बड़ी असहाय सी नजर से मैं उसे देखती हूँ, मानो कह रही होऊँ, तुम्हीं चढ़ा दो। और फिर धीरे-धीरे चढ़ जाती हूँ। दरवाजे पर मैं खड़ी हूँ और वह नीचे प्लेटफॉर्म पर। "जाकर पहुँचने की खबर देना। जैसे ही मुझे इधर कुछ निश्चित रूप से मालूम होगा, तुम्हें सूचना दूँगा।"

मैं कुछ बोलती नहीं, बस उसे देखती रहती हूँ।

सीटी हरी झंडी...फिर सीटी। मेरी आँखें छलछला आती हैं।

गाड़ी एक हलके से झटके के साथ सरकने लगती है। वह गाड़ी के साथ कदम आगे बढ़ाता है और मेरे हाथ पर धीरे से अपना हाथ रख देता है। मेरा रोम-रोम सिहर उठता है। मन करता है चिल्ला पड़ूँ—मैं सब समझ गई, निशीथ, सब समझ गई! जो कुछ तुम इन चार दिनों में नहीं कह पाए, वह तुम्हारे इस क्षणिक स्पर्श ने कह दिया। विश्वास करो, यदि तुम मेरे हो तो मैं भी तुम्हारी हूँ, केवल तुम्हारी, एकमात्र तुम्हारी!... पर मैं कुछ कह नहीं पाती। बस साथ चलते निशीथ को देखती भर रहती हूँ। गाड़ी के गति पकड़ते ही वह हाथ को जरा सा दबाकर छोड़ देता है। मेरी छलछलाई आँखें मुँद जाती हैं। मुझे लगता है कि यह स्पर्श, यह सुख, यह क्षण ही सत्य है, बाकी सब झूठ है; अपने को भूलने का, भरमाने का, छलने का असफल प्रयास है।

आँसू भरी आँखों से मैं प्लेटफॉर्म को पीछे छूटता हुआ देखती हूँ। सारी आकृतियाँ धुँधली सी दिखाई देती हैं। असंख्य हिलते हुए हाथों के बीच निशीथ के हाथ को, उस हाथ को, जिसने मेरा हाथ पकड़ा था, ढूँढ़ने का असफल सा प्रयास करती हूँ। गाड़ी प्लेटफॉर्म को पार कर जाती है और दूर-दूर तक कलकत्ता की जगमगाती बत्तियाँ दिखाई देती हैं। धीरे-धीरे वे सब दूर हो जाती हैं, पीछे छूटती जाती हैं। मुझे लगता है कि यह दैत्याकार ट्रेन मुझे मेरे घर से कहीं दूर ले जा रही है—अनदेखी, अनजानी राहों में गुमराह करने के लिए, भटकाने के लिए!

बोझिल मन से मैं अपने फैलाए हुए बिस्तर पर लेट जाती हूँ। आँखें बंद करते ही सबसे पहले मेरे सामने संजय का चित्र उभरता है...कानपुर जाकर मैं उसे क्या

कहूँगी ? इतने दिनों तक उसे छलती आई, अपने को छलती आई, पर अब नहीं।··· मैं उसे सारी बात समझा दूँगी। कहूँगी, संजय जिस संबंध को टूटा हुआ जानकर मैं भूल चुकी थी, उसकी जड़ें हृदय की किन अतल गहराइयों में जमी हुई थीं, इसका अहसास कलकत्ता में निशीथ से मिलकर हुआ। याद आता है, तुम निशीथ को लेकर सदैव ही संदिग्ध रहते थे; पर तब मैं तुम्हें ईर्ष्यालु समझती थी; आज स्वीकार करती हूँ कि तुम जीते, मैं हारी!

सच मानना संजय, ढाई साल मैं स्वयं भ्रम में थी और तुम्हें भी भ्रम में डाल रखा था; पर आज भ्रम के, छलना के सारे ही जाल छिन्न-भिन्न हो गए हैं। मैं आज भी निशीथ को प्यार करती हूँ। और यह जानने के बाद एक दिन भी तुम्हारे साथ और छल करने का दुस्साहस कैसे करूँ ? आज पहली बार मैंने अपने संबंधों का विश्लेषण किया, तो जैसे सबकुछ ही स्पष्ट हो गया और जब मेरे सामने सबकुछ स्पष्ट हो गया, तो तुमसे कुछ भी नहीं छिपाऊँगी, तुम्हारे सामने मैं चाहूँ तो भी झूठ नहीं बोल सकती।

आज लग रहा है, तुम्हारे प्रति मेरे मन में जो भी भावना है, वह प्यार की नहीं, केवल कृतज्ञता की है। तुमने मुझे उस समय सहारा दिया था, जब अपने पिता और निशीथ को खोकर मैं चूर-चूर हो चुकी थी। सारा संसार मुझे वीरान नजर आने लगा था, उस समय तुमने अपने स्नेहिल स्पर्श से मुझे जिला दिया; मेरा मुरझाया, मरा मन हरा हो उठा; मैं कृतकृत्य हो उठी और समझने लगी कि मैं तुमसे प्यार करती हूँ। पर प्यार की बेसुध घड़ियाँ, वे विभोर क्षण, तन्मयता के वे पल, जहाँ शब्द चुक जाते हैं, हमारे जीवन में कभी नहीं आए। तुम्हीं बताओ, आए कभी ? तुम्हारे असंख्य आलिंगनों और चुंबनों के बीच भी, एक क्षण के लिए भी तो मैंने कभी तन-मन की सुध बिसरा देनेवाली पुलक या मादकता का अनुभव नहीं किया।

सोचती हूँ, निशीथ के चले जाने के बाद मेरे जीवन में एक विराट् शून्यता आ गई थी, एक खोखलापन आ गया था, तुमने उसकी पूर्ति की। तुम पूरक थे, मैं गलती से तुम्हें प्रियतम समझ बैठी।

मुझे क्षमा कर दो संजय और लौट जाओ। तुम्हें मुझ जैसी अनेक दीपाएँ मिल जाएँगी, जो सचमुच ही तुम्हें प्रियतम की तरह प्यार करेंगी। आज एक बात अच्छी तरह जान गई हूँ कि प्रथम प्रेम ही सच्चा प्रेम होता है; बाद में किया हुआ प्रेम तो अपने को भूलने का, भरमाने का प्रयास-मात्र होता है···।

इसी तरह की असंख्य बातें मेरे दिमाग में आती हैं, जो मैं संजय से कहूँगी। कह

सकूँगी यह सब ? लेकिन कहना तो होगा ही। उसके साथ अब एक दिन भी छल नहीं कर सकती। मन से किसी और की आराधना करके तन से उसकी होने का अभिनय करती रहूँ ? छिह ! नहीं जानती, यही सब सोचते-सोचते मुझे कब नींद आ गई।

लौटकर अपना कमरा खोलती हूँ तो देखती हूँ कि सबकुछ ज्यों-का-त्यों है, सिर्फ फूलदान के रजनीगंधा मुरझा गए हैं। कुछ फूल झरकर जमीन पर इधर-उधर भी बिखर गए हैं।

आगे बढ़ती हूँ तो जमीन पर पड़ा एक लिफाफा दिखाई देता है। संजय की लिखाई है, खोला तो छोटा सा पत्र था।

दीपा

तुमने तो कलकत्ता जाकर कोई सूचना ही नहीं दी। मैं आज ऑफिस के काम से कटक जा रहा हूँ। पाँच-छह दिन में लौट आऊँगा। तब तक तुम आ ही जाओगी। जानने को उत्सुक हूँ कि कलकत्ता में क्या हुआ ?

तुम्हारा
संजय'

एक लंबा निश्श्वास निकल जाता है। लगता है, एक बड़ा बोझ हट गया। इस अवधि में तो मैं अपने को अच्छी तरह तैयार कर लूँगी।

नहा-धोकर सबसे पहले मैं निशीथ को पत्र लिखती हूँ। उसकी उपस्थिति से जो हिचक मेरे होंठ बंद किए हुए थी, दूर रहकर वह अपने आप ही टूट जाती है। मैं स्पष्ट शब्दों में लिख देती हूँ कि चाहे उसने कुछ नहीं कहा, फिर भी मैं सबकुछ समझ गई हूँ। साथ ही यह भी लिख देती हूँ कि मैं उसकी उस हरकत से बहुत दुःखी थी, बहुत नाराज भी; पर उसे देखते ही जैसे सारा क्रोध बह गया। इस अपनत्व में क्रोध भला टिक भी कैसे पाता ? लौटी हूँ, तब से न जाने कैसी रंगीनी और मादकता मेरी आँखों के आगे छाई है !

एक खूबसूरत से लिफाफे में उसे बंद करके मैं स्वयं पोस्ट करने जाती हूँ।

रात में सोती हूँ तो अनायास ही मेरी नजर सूने फूलदान पर जाती है। मैं करवट बदलकर सो जाती हूँ।

कानपुर

आज निशीथ को पत्र लिखे पाँचवाँ दिन है। मैं तो कल ही उसके पत्र की

राह देख रही थी। पर आज की भी दोनों डाकें निकल गईं। जाने कैसा सूना-सूना, अनमना-अनमना लगता रहा सारा दिन! किसी भी तो काम में जी नहीं लगता। क्यों नहीं लौटती डाक से ही उत्तर दे दिया उसने? समझ में नहीं आता, कैसे समय गुजारूँ!

मैं बाहर बालकनी में जाकर खड़ी हो जाती हूँ। यकायक खयाल आता है कि पिछले ढाई सालों से करीब इसी समय, यहीं खड़े होकर मैंने संजय की प्रतीक्षा की है। क्या आज मैं संजय की प्रतीक्षा कर रही हूँ? या मैं निशीथ के पत्र की प्रतीक्षा कर रही हूँ? शायद किसी की नहीं, क्योंकि जानती हूँ कि दोनों में से कोई भी नहीं आएगा। फिर··· ?

निरुद्देश्य सी कमरे में लौट पड़ती हूँ। शाम का समय मुझसे घर में नहीं काटा जाता। रोज ही तो संजय के साथ घूमने निकल जाया करती थी। लगता है, यहीं बैठी रही तो दम ही घुट जाएगा। कमरा बंद करके मैं अपने को धकेलती-सी सड़क पर ले आती हूँ।···शाम का धुँधलका मन के बोझ को और भी बढ़ा देता है। कहाँ जाऊँ? लगता है, जैसे मेरी राहें भटक गई हैं, मंजिल खो गई है। मैं स्वयं नहीं जानती, आखिर मुझे जाना कहाँ है। फिर भी निरुद्देश्य सी चलती रहती हूँ। पर आखिर कब तक यों भटकती रहूँ? हारकर लौट पड़ती हूँ।

आते ही मेहता साहब की बच्ची तार का एक लिफाफा देती है।

धड़कते दिल से मैं उसे खोलती हूँ। इरा का तार था।

'नियुक्ति हो गई है। बधाई!'

इतनी बड़ी खुशखबरी पाकर भी जाने क्या है कि खुश नहीं हो पाती। यह खबर तो निशीथ भेजनेवाला था। यकायक ही एक विचार मन में आता है—क्या जो कुछ मैं सोच गई, वह निरा भ्रम ही था, मात्र मेरी कल्पना, मेरा अनुमान? नहीं-नहीं! उस स्पर्श को मैं भ्रम कैसे मान लूँ, जिसने मेरे तन-मन को डुबो दिया था, जिसके द्वारा उसके हृदय की एक-एक परत मेरे सामने खुल गई थी?···लेक पर बिताए उन मधुर क्षणों को भ्रम कैसे मान लूँ, जहाँ उसका मौन ही मुखरित होकर सबकुछ कह गया था? आत्मीयता के वे अनकहे क्षण! तो फिर उसने पत्र क्यों नहीं लिखा? क्या कल उसका पत्र आएगा? क्या आज भी उसे वही हिचक रोके हुए है?

तभी सामने की घड़ी टन्-टन् करके नौ बजाती है। मैं उसे देखती हूँ। यह संजय की लाई हुई है।···लगता है, जैसे यह घड़ी घंटे सुना-सुनाकर मुझे संजय की याद दिला रही है। फहराते ये हरे परदे, यह हरी बुकरैक, यह टेबल, यह फूलदान, सभी तो संजय के ही लाए हुए हैं। मेज पर रखा यह पैन उसने मुझे सालगिरह पर लाकर दिया था।

अपनी चेतना के इन बिखरे सूत्रों को समेटकर मैं फिर पढ़ने का प्रयास करती हूँ, पर पढ़ नहीं पाती। हारकर मैं पलंग पर लेट जाती हूँ।

सामने के फूलदान का सूनापन मेरे मन के सूनेपन को और अधिक बढ़ा देता है। मैं कसकर आँखें मूँद लेती हूँ।...एक बार फिर मेरी आँखों के आगे लेक का स्वच्छ, नीला जल उभर आता है, जिसमें छोटी-छोटी लहरें उठ रही थीं। उस जल की ओर देखते हुए निशीथ की आकृति उभरकर आती है। वह लाख जल की ओर देखे, पर चेहरे पर अंकित उसके मन की हलचल को मैं आज भी, इतनी दूर रहकर भी महसूस करती हूँ। कुछ न कह पाने की मजबूरी उसकी विवशता, उसकी घुटन आज भी मेरे सामने साकार हो उठती है। धीरे-धीरे लेक के पानी का विस्तार सिमटता जाता है, और एक छोटी सी राइटिंग टेबल में बदल जाता है और मैं देखती हूँ कि एक हाथ में पेन लिये और दूसरे हाथ की उँगलियों को बालों में उलझाए निशीथ बैठा है...वही मजबूरी, वही विवशता, वही घुटन लिये।...वह चाहता है, पर जैसे लिख नहीं पाता। वह कोशिश करता है, पर उसका हाथ बस काँपकर रह जाता है। ओह! लगता है, उसकी घुटन मेरा दम घोंटकर रख देगी।...मैं यकायक ही आँखें खोल देती हूँ। वही फूलदान, परदे, मेज, घड़ी... !

कानपुर

आखिर आज निशीथ का पत्र आ गया। धड़कते दिल से मैंने उसे खोला। इतना छोटा सा पत्र!

प्रिय दीपा,

तुम अच्छी तरह पहुँच गईं, यह जानकर प्रसन्नता हुई।

तुन्हें अपनी नियुक्ति का तार तो मिल ही गया होगा। मैंने कल ही इराजी को फोन करके सूचना दे दी थी, और उन्होंने बताया था कि तार दे देंगी। ऑफिस की ओर से भी सूचना मिल जाएगी।

इस सफलता के लिए मेरी ओर से हार्दिक बधाई स्वीकार करना। सच, मैं बहुत खुश हूँ कि तुम्हें यह काम मिल गया! मेहनत सफल हो गई। शेष फिर।

शुभेच्छु

निशीथ'

बस? धीरे-धीरे पत्र के सारे शब्द आँखों के आगे लुप्त हो जाते हैं, रह जाता है केवल—'शेष फिर!'

तो अभी उसके पास 'कुछ' लिखने को शेष है? क्यों नहीं लिख दिया उसने अभी? क्या लिखेगा वह?

"दीप!"

मैं मुड़कर दरवाजे की ओर देखती हूँ। रजनीगंधा के ढेर सारे फूल लिये मुसकराता सा संजय खड़ा है। एक क्षण मैं संज्ञा-शून्य सी उसे इस तरह देखती हूँ, मानो पहचानने की कोशिश कर रही होऊँ। वह आगे बढ़ता है, तो मेरी खोई हुई चेतना लौटती है और विक्षिप्त सी दौड़कर उससे लिपट जाती हूँ।

"क्या हो गया है तुम्हें, पागल हो गई हो क्या?"

"तुम कहाँ चले गए थे संजय?" और मेरा स्वर टूट जाता है। अनायास ही आँखों से आँसू बह चलते हैं।

"क्या हो गया? कलकत्ता का काम नहीं मिला क्या?...मारो भी गोली काम को। तुम इतनी परेशान क्यों हो रही हो उसके लिए?"

पर मुझसे कुछ नहीं बोला जाता। बस मेरी बाँहों की जकड़ कसती जाती है, कसती जाती है। रजनीगंधा की महक धीरे-धीरे मेरे तन-मन पर छा जाती है। तभी मैं अपने भाल पर संजय के अधरों का स्पर्श महसूस करती हूँ और मुझे लगता है कि यह स्पर्श, यह सुख, यह क्षण ही सत्य है, वह सब झूठ था, मिथ्या था, भ्रम था।

और हम दोनों एक-दूसरे के आलिंगन में बँधे रहते हैं—चुंबित, प्रति-चुंबित!

□□□